东京贫困女子

〔日〕中村淳彦 著

傅栩 译

人民文学出版社
PEOPLE'S LITERATURE PUBLISHING HOUSE

著作权合同登记：图字 01-2025-0563 号

图书在版编目(CIP)数据

东京贫困女子/(日)中村淳彦著;傅栩译. —北京:人民文学出版社,2021(2025.8 重印)
ISBN 978-7-02-015961-1

Ⅰ.①东… Ⅱ.①中… ②傅… Ⅲ.①纪实文学-日本-现代 Ⅳ.①I313.55

中国版本图书馆 CIP 数据核字(2019)第 297669 号

责任编辑 **卜艳冰 周 展**
封面设计 **钱 珺**

出版发行 **人民文学出版社**
社　　址 **北京市朝内大街 166 号**
邮政编码 **100705**

印　　制 **上海盛通时代印刷有限公司**
经　　销 **全国新华书店等**

字　　数 **196 千字**
开　　本 **889 毫米×1194 毫米 1/32**
印　　张 **9**
版　　次 **2021 年 7 月北京第 1 版**
印　　次 **2025 年 8 月第 10 次印刷**

书　　号 **978-7-02-015961-1**
定　　价 **59.00 元**

如有印装质量问题，请与本社图书销售中心调换。电话:010-65233595

前　言

在女性身上究竟发生着什么？

那是2012年的事了。当时我正在撰写一部题为《日本风俗女子》（新潮新书出版）的拙著，日常闲聊中，我和我的责任编辑讲了一些过去的经历，比如采访成人影片女优和风俗小姐以及在看护现场的一些见闻等。当时，这位责任编辑说了这么一句话：

这么看来，原来中村先生一直都在挖掘贫困问题啊。

当时的对话，是我头一次在自己亲历的事情里听到“贫困问题”这个词。

那个时候，虽然我对采访对象的状况、言语、日常接触人群的异常有问题意识，却从未想过这会是贫困问题。

用身体去换取金钱的，主要是一些生活在以东京为主的大都市的贫困女性。现在是少子高龄化社会，所以女性从事风俗业和卖身的年龄是没有上限的。

决定承担风险出卖自己身体的女性，基本上都是以提高收入、解决负债偿还等经济问题为大前提的。

然而，因为钱赚得太容易，她们对经济的感觉会失衡，会在名牌或男公关身上大笔消费或者招致一些图谋不轨的男人，从而又陷入其他问题。

她们的故事虽然不是平稳而幸福的，但也充满了传奇的痛快感。

各有难处的女性最终堕入赤身裸体的特殊产业，因为，一旦下定决心堕入这个世界，它不仅能使你脱离贫困，可能还能让你超越中产阶层进入富裕阶层。

简单总结一下我的履历：1990 年代中期，我成为自由撰稿人，自那之后的 20 多年，我一直在对成人影片女优和风俗业进行采访。

大学的时候，我很憧憬当时最受人追捧的职业——杂志撰稿人。而我开始涉足男性成人杂志的相关工作，是因为比起时尚杂志、爱好专题杂志和周刊，它的门槛是最低的。

涉嫌违法的工作，基本不会登载在招聘杂志上。20 多年前我读大学 3 年级的时候，有一天我和同级校友在居酒屋里喝酒，突然有一个穿着打扮十分可疑的人走到我们的座位旁，和我们搭话。

“你们想不想打点零工？姑且，算是媒体的工作吧。”

只有我一个人举起了手。

几天后的一天上午 10 点，我被叫到了中野站南口。那天和我们搭话的，是个参与过成人影片制作、自己刚开始创办杂志的社长。从车站步行几分钟就是他的家，也是杂志社的办公室，虽然杂志社是在看上去租金不菲的住宅楼里，但一打开玄关门，我就看到了一个简直令人难以置信的垃圾场。

打开门的一瞬间，就能看见从玄关通往客厅的走廊上堆出好几处 1 米多高的垃圾山，我们只能踩在各种垃圾上，朝最里面的客厅走，我的四周还飘散着异味。社长习以为常地在垃圾堆间穿行。差不多 25 平方米的客厅里，有一块没有垃圾、勉强能让人坐下的平地，那就是办公的地方。

我只听说是媒体的工作，结果让我做的事是编写一些文字填充男性成人杂志的版面。我在几乎没有文章撰写经验的情况下，开始了写作。社长说："成人杂志的文章根本就没人看，所以只需要用日语把版面填满就行，只要内容够色情，你爱写什么写什么。"就这样，类似一般企业 OJT① 的过程，仅 5 秒钟就结束了。

我本来对女性和成人杂志都没什么兴趣，也没什么才能。但我把自己随便用文字处理软件敲出来的文章丢给编辑之后，只过了两周左右，就被印成杂志，摆在书店里卖了。甚至有时候还能署上名字，实在是很有意思。于是，由于我干劲儿太足，工作也逐渐多了起来。

为了在风俗资讯杂志和男性成人杂志风俗资讯栏目中刊载的内容而到处寻访风俗店，是每一个男性成人杂志新人写手和编辑的必经之路。在"风营法"② 修订之前的 90 年代，东京简直到处都是风俗店。尤其是在山手线各站徒步 1 分钟范围内，几乎每一栋楼里都能闻到一股风俗店特有的消毒液的味道。

我工作的内容就是电话联系风俗店约好相关事宜，过去给风俗小姐拍照，进行 10 分钟左右的简单采访，然后离开。像这样，一天能跑好几家。采访风俗小姐时一般就问"敏感带在哪里？""喜欢什么类型的男性？"之类无关痛痒的问题。风俗小姐不希望男性客人对自己的身体有过多不必要的接触，于是会说"敏

① OJT："On the Job Training"的缩写，即在实际工作过程中对员工进行的培训。

② 风营法：是日本《风俗营业取缔法》的略称。该法律于1948年制定以来曾有过多次大幅修订，现题名为《风俗营业的规制与业务适当化等相关法律》。

感带在背上还有手臂上”。

大学4年级的时候，我几乎都没去上课，也没找工作，毕业后就直接成了自由撰稿人。当时的杂志非常多，工作接踵而至。风俗小姐名鉴，成人影片以及无码影片的评论，胡编乱造的性爱告白，风俗店和可疑地点的潜入采访，成人影片拍摄现场的采访，等等，这些工作我做了个遍，只是当时合作过的杂志，几乎全都停刊了。后来很多出版社也都倒闭了。

男性成人杂志彻底消失了，我的工作几乎都没了，唯一持续到后来的，只有在商业杂志以及网络媒体上刊登的成人影片女优、风俗小姐的长篇访谈。和她们见面，听她们讲述，然后写成稿件，周而复始。到今天为止采访过的女性人数我没有精确计算过，也不是每个人都记得，但不管怎么说，也有1300人以上了。

说实话，采访出卖身体的女性并不是一项简单的工作。除了采访技巧之外，和她们的距离感、彼此的立场、自己想要通过她们表达些什么，都很难有确切的答案。刚开始的时候，我每天都在试错。

“她们并不是性玩具，而是人”——这是年轻气盛时的我曾经有过的一种单方面的、类似人权意识的感觉。记忆中，我也曾经因个人的价值观而同情过她们。

做成人影片女优也好，做风俗小姐也好，都是将女性自身作为商品，提供性爱影像或性服务的一种商业行为。不管是市场原理还是商品本身，只有适应男性的需求和喜好才是正义，让她们重视自己、否定自己是适应男性需求和喜好的物品，就成了罪恶。

于是，懂得珍惜自己的女性在产业里成了恶人，而与她们的烦恼和痛苦产生共鸣，并将之公之于世的行为也成了恶行，有时还会招致攻击。甚至我单方面同情的女优有时也会因此恼怒于我。

因为她们一旦开始重视自己，不再只把自己当成性玩具，收入就会减少，导致生活无以为继。就算她们本意并非如此，但成为性玩具就能获得足够的经济能力，其中的多数人也只有在这样的状态下，才能保持精神上的稳定。

然而现实是，赤身裸体的世界是能直接反映日本社会男性优势地位的产业，而身陷其中的大多数女性都因无法维持身心的平衡而非常痛苦。

成人影片业界会在网络上或繁华街道的路边发掘一些有吸金潜力的女性，让她们同意成为脱衣服赚钱的商品，在成人影片拍摄现场拍摄出男性猥琐欲望的最大公约数，然后将这些影像根据法律要求修剪后，再投放到市场上去。成人影片产业就是这样的一种产业。

他们彻底遵从市场原理，让女性承担所有风险，毫不留情，用完就丢，因此成人影片女优后来的人生不可能一帆风顺，大多都是黯淡的。

长期在成人影片业界内部采访让我发现，成人影片业界的实态，其实充斥着违法乱纪，根本没有人权可言。然而，作为当时的业界相关人士，我能做的也只有尽量在不触及高危线的前提下，将事实的一部分写出来，然后传达出去。

如果我以我的立场揭露他们的违法行为，提倡他们毫不关心的女性人权，逼迫他们改善对女性不利的从业环境，即使不被杀死，也得被弄成重伤住院。那个世界真的就是这样。我只能在被他们彻底厌恶、驱赶出业界之前，适可而止。

最终，我找到的答案：不把自己的价值观带入采访，彻底充当一个旁观者，不培养超越采访的人际关系，在自己不会受到攻击的安全线之内最大限度地采写和传递真实。我不是援助者，而是一个令她们正在面对的现实可视化的采访者。这种意识，我一直贯彻至今。

此外，在采访现场，除去获取信息所需的最低限度的提问，我几乎不会主动开口说话，只倾听她们的讲述。不管她们的回答是什么，我都不予以否定。这些女性，不知为何，大多更愿意对不否定她们的对象倾诉。

2000 年以后，日本经济开始下滑，各种各样的公共事业兴起，社会福利和非营利组织开始受人瞩目。现在，希望能为别人提供帮助的援助者和他们想要帮助的人何其多。

和采访一样，援助赤身裸体的女性也非常困难。援助者虽然想要为深陷苦难中的她们提供帮助，但大多数情况是援助者与她们所处的阶层截然不同。一心想要帮助她们，结果却是援助者站在了居高临下的位置上，一边对卖身持否定态度，一边向她们伸出援手。

同时阶层的差异造就了成长环境和文化的差异，两者之间共通的认识极少，彼此缺乏理解，所谓的援助也难免成了一种单方面的行为。

我虽然也无法全部理解，但身处的阶层与她们是相似的。我想在此表明，我的采访，与来自“另一个世界”的援助者的评估和调查，以及如窥视一般的实地调研是不同的。

从她们口中讲出的，是父母无休止的虐待、精神疾病、负债、自残、被人口贩卖等各种各样的残酷经历。而这些经历，我已经专注倾听了将近 20 年。

在被那位编辑提醒之前，我完全没有意识到，自己一直在做的、对赤身裸体的女性的这些采访，从结果上看，竟成了对“贫困”这一社会问题的一种实地调研。

* * *

对赤身裸体的女性所作的采访，一直都是围绕东京这个舞台进行的。

虽然没有意识到这是一项实地调研，但我在 2006 年到 2007 年间，渐渐产生了“日本社会是不是出问题了”这种模糊的不安感。

不仅要赤身裸体，自己的性爱影像还要被公开贩卖，虽然背负如此高的风险，但成人影片女优中间出现了“演出费太低，根本就不能维持正常生活”的阶层。

演出费和拍片的数量因竞争的出现而减少，在东京高额房租的压迫下，她们的生活开始变得困窘，这一现象愈演愈烈，如今已经发展到收入能够维持自己生活的仅为上游的一小部分人。

从 2005 年左右开始，援助交际和卖身的市价也开始大规模持续下跌。想要出卖身体的女性急剧增加，结果造成了价格的急剧下降。

人们害怕贫穷，害怕没钱，于是，因蓄意坑害他人而引起的争端和犯罪自然而然地产生了。在市场行情急转直下的赤身裸体的世界里，相关人员恐吓其他相关人员的事件频频发生，我实在对此感到厌烦，于是开始经营起了因存在巨大需求而备受瞩目的看护机构。

我原本以为逃到看护这种有关社会福利的事业里，就可以逃离那些丑陋的争端，没承想，看护的世界却是我至今为止从未见过的困窘之人的巢窟。

持有“介护福祉士”国家认证资格的专门人士，即使是在行政的监督之下，也只能在每月到手仅 14 万到 16 万日元的低回报条件下劳动。“被服务者的感谢就是我们的报酬。我们要对高龄者抱有感恩之心。我们大家应该对能从事如此美好的事业而深感荣幸。”像这样令人难以置信的口号，居然被当作理所当然的正确理论。

我起初无法理解，为何持有国家认证资格的专业人士提供政府规定的服务，反而要感谢被服务者。但很快我就明白了，这是为了用言语上的洗脑来遮掩相关业务由官办转为民办之后产生的贫富差距和雇用金的下滑。

顺带一提，现场看护工作人员实际的平均年薪不到 300 万日元，而地方公务员的年薪要多出其一倍有余。将公务剥离出来让民间自营，人力成本就可以压缩一半以上。

大多数看护工作人员都对专门学校和证书培训学校反复强调的“感谢即报酬”的理念深信不疑，过的却是一个月只能去一次家庭餐厅、唯一的乐趣是玩一日元弹子机的生活。

此外，把结婚组建家庭当作一种奢望的思想也十分普遍，虽然不会说出口，但他们当中的很多人，都放弃了自己的将来，只想着让眼前的高龄老人过得更幸福一点。在极端优待高龄老人的趋势下，黑色劳动悄然蔓延，自然而然地形成了贫困的巢窟。面对看护界的这种彻底轻视年轻世代的体制，我愕然了。

先是置身于与社会隔绝的成人影片和风俗业这类闭塞的灰色营生之中，不断地进行采访；抽身之后又忙于眼前的看护事业，对“派遣解雇”和“跨年派遣村”这类现象冷眼旁观的我终于发现，“日本社会是真的出问题了”。

虐待、精神疾病、负债、自残、人口买卖等残酷的故事，在成人影片女优们的口中竟成了常事。另一方面，看护现场也是一边讴歌感恩之心，一边泛滥着权力欺压、性骚扰、虐待和过度劳动。将这些不断涌现的不和谐的点之间连成线的，是从小泉纯一郎政权开始正式展开的新自由主义路线。

原本没有被市场化的领域因为管制的放缓和法律的修正而市场化，于是催生了竞争。历来由公务员担任的看护工作最先被当作市场化的对象。为了不让支撑看护现场的职员们意识到自己的贫困，各种各样的洗脑和宣传开始了。我参与的机构就生产出了大量无论现实多么黑暗、永远乐观向上、拿着低工资拼命劳动的员工。

由于可以随时解约，对企业来说更便于管理的雇用很快流行起来，就连自治体也开始积极聘用非正式员工，在如今的女性受雇者中，非正式员工已占据了 4 成左右。

对于经营者和企业的正式员工来说，富裕的人致富更容易了；而对非正式员工，正常的工作却无法维持正常的生活，于是，贫富差距就此拉开。

日本社会针对贫困的当事人有一种很强的责任自负的认识。

但事实果真如此吗?

在女性身上，究竟发生着什么呢?

* * *

开始设身处地地思考女性的贫困问题之后，我接到了一个以前认识的女性的电话。之后，她成了和我一起进行采访的编辑。

“啊，好久不见，自从高中毕业以后，有25年没见了吧？我明天要换新的工作了。你知道东洋经济在线吗？”

她和我同龄，是在高中时代认识的。我记得她当时毕业于东京著名的初高中一体的女校，考进了庆应义塾大学，后来进了一家大型演艺事务所工作。

“咱们来开一个连载吧。女性的贫困，现在不是一个社会问题吗？”

在杂志接连停刊、出版社接连倒闭的大趋势下，年过40了要想换工作，必须能够马上适应工作岗位才行。而她在构思要提交给总编辑的选题时，忽然想到可以深度挖掘贫困女性的现实，于是查到了我的手机号码，给我打了一个电话。

“像你这样从全是富人阶层的大小姐学校毕业，又考进了庆应义塾，后来又混迹丰富多彩的演艺世界的上流阶层人士，要想插手贫困世界的问题可不大现实。”

我告诫她，阶层的差异会在采访现场造成沟通的障碍，彼此不能理解对方的语言，会令采访过程举步维艰。

“啊？你在说什么呢？我可是身处底层中的底层啊，简直无可救药了。庆应中途就退学了，都这个岁数了也从没当过一回正式员工，老公每天都骂我是笨蛋、废物，工资太低存不下来钱，都要走投无路了。还上流阶层，你别开玩笑了。”

她真的很快就让这个选题通过了，东洋经济在线从2016年4月起，开始了《在贫困中呻吟的女性》的连载。这个连载也是本书的起源。

起初我从寻找自己周围的贫困女性开始，后来以居住在东京的女性为中心，与她一起不断地进行关于贫困问题的采访。没想到，她十分顺利地融入了贫困女性群体，丝毫不着痕迹，简直令人惊诧。她在各种各样的场景中对贫困女性的痛苦境遇表示出理解和共鸣，使对方没有对彼此阶层的差异感到怀疑。不管对方说了什么，我几乎从没见她表示过否定。她不只是随口说说，而是真的亲身体会过底层的生活。对此我深感佩服。

在这一系列连载中，为了探究女性，特别是单身女性与单身母亲的贫困问题，我们刻意没有做总述，而是将焦点放在了介绍“个人经历”之上。同时，我们随时接收正因贫困问题而深感苦恼的读者的采访申请，并从中筛选采访的对象。

贫困，是在出身和成长经历、家庭环境、健康状态、就业、政策、制度、个人和配偶的性格及人格等多重因素的影响下发生的。每个人面对的现实五花八门，各不相同。

解决问题的关键，只能在详细分析每一个生活案例之后，从中提炼出真相，才能找到。我认为，哪怕多讲述一个贫困的故事都是十分必要的，因此我开始了我的采访。

而这本书，就是这3年间的采访记录。

目录

* 本书中登场的所有女性的名字均为化名，年龄均为接受东洋经济在线采访当时的年龄。所使用的一切官方发布的数据，均为执笔本书时所能获得的最新数据。

第1章　想为人生画上句号

大学生，是真的没钱。

大学校园，就是贫困的巢窟。

而且，他们也没有足够的劳动时间来赚取必要的金钱。

大学生的贫穷乃至贫困的背后，是父母一代收入的下降和原则上应由受益者承担的学费的持续上浮。

更何况，现在的大学课业十分繁重，不再像以前那样自由。

即使他们下定决心要打工赚钱，招工信息杂志和网站上登载的招工广告也尽是些接近最低工资水平的工作。

他们根本无法赚到求学生活所必需的金钱。

领取日本学生支援机构助学金①的学生，已经超过了学生总数的一半。

大学生当中有超过一半的人不得不背着足以让自己破产的负债步入社会。

现在的大学生们生活的世界，与30年前那个校园生活愉快又丰富的世界，已有了天壤之别。

---

① 助学金：因其性质并不是无偿的奖励，而是需要学生毕业后连本带利进行偿还的，故译为“助学金”。

没钱，根本没有一点好处。

大学生们不能选择退学，那会毁掉自己的未来；他们也不会吃霸王餐，那是犯罪行为。为了生存和维持求学生活，他们会去找寻单价高、能赚到钱的工作，这是一种必然趋势。

我听人说，“在读女大学生中不断有人加入‘征集干爹’的行列”。于是，我点击访问了某网络留言板——一个“征集干爹”的舞台。

所谓“征集干爹”，就是女性或为实现梦想和愿望，或为自我实现，或为生计，像找工作或者征婚一样，寻找金主当自己“干爹”的行为。

虽然从昭和时代起，就存在通过与配偶以外的异性缔结肉体关系而获取报酬的“情人”“援助交际”等行为，但“情人”和以肉体关系为前提的“援助交际”与现代的“干爹”既相似又不同。在现代，参与“征集干爹”的普通大学生或专门学校学生，以及拥有正式雇用或非正式雇用工作的普通女性人数之多，简直令人震惊。而且从2018年起，年轻男性寻找年长女性做金主的“征集干妈”行为也变得常见了起来。

在这些现象的背后，是男女间的收入差距、世代间的收入差距以及年轻世代的低薪劳动。

在非正式受雇者超过全部受雇者40%的情况下，自食其力的未婚女性的生活基本上都很艰难。没有结婚生子等长期规划的女性，会以经济上的援助为前提和年长的男性交往或恋爱。有的人是真的谈恋爱，也有的人建立的是近似于卖身的关系。顺带一提，即使建立的是近似于卖身的关系，“征集干爹”也属于自由恋爱的范畴，并不违法。

很快，我便找到了数条以“在读女大学生”为卖点的征集信息。

我是 21 岁的国立大学学生。
因为课业繁忙不能打太多零工，
也得不到家里的支援，
所以来寻找能给予援助的人。
从前我一直都挺受欢迎的，
容貌和性格也不坏。
请给我发邮件写下您的条件。

我联络了这么一条信息的发送者。

她使用假名字，并给了我假的学历信息，戒备心非常强。我们通过邮件联络了几次，她给我的感觉，就像是个女高中生。戒备心过强源于她还没习惯与成年人进行沟通，这是精神年龄偏小的证据。

结果，几天后，我终于和这位名叫广田优花（化名，21 岁）的女性约定见面。她指定的地点是新宿。

出现在我面前的是国立大学医学部在读女大学生

打扰了，我就是和您约了 19 点见面的广田。

我和那位女编辑等了一阵，就听到一个微弱又略带歉意的声音和我们打了个招呼。对方是一位令人难以置信的美少女，惊得我一时说不出话来。如果拿艺人来打比方，她有点像有村架纯。一旁的女编辑也不禁惊呼了一声，和我交换了一下眼神。她的确是个少有的美少女，和她走在一起，擦肩而过的人都会回头。

我们走进了人向来不多的城市酒店咖啡厅。

也许是源于猜疑心和怕生，广田小姐一直低头沉默。想必她大概是糊里糊涂地接受了采访邀请，但仔细想想又开始担心会有风险了。我们想方设法缓解了她的紧张，听起了她的故事。

正如留言板上写的那样，她的确是国立大学的在读学生，而且就读的是医学部，学校是入学考试偏差值超过 70 的大学，非常难考。我们也确认了她带面部照片的学生证。她不仅外表条件优越，还是一个接近最高偏差值的名牌大学的学生。这样一个女大学生会出现在贫困问题采访的现场，这让我很惊讶。

> 留言板上的干爹征集，其实就是卖身吧。现在和我保持联络的有两个人。都是 40 多岁，详细情况我不知道。我也不喜欢这些人。我们只是偶尔一块儿吃饭，上床，然后拿钱。不过，我完全不习惯这样……和特定的人多见几次面就觉得害怕，而且我本身也不想见他们。

她开始通过留言板征集干爹是在半年前。互发几次消息之后，她认识了两个中年男人。广田小姐很忙，实际上一个月只能和他们见上一次面。每见一次面可以拿到 1 万日元到 3 万日元不等。

她没和他们谈恋爱，而是冷静地以一种接近卖身的形式在和干爹们交往。

她一直表现得非常不安定，其原因来自对自己行为的罪恶感和一种茫然的不安。

因为害怕向对方暴露自己的身份，所以她和男性接触时使用的全都是假名。大学的名字和自己的私生活也全都是编造的。她因金钱而烦恼，于是去留言板上留言，和不认识的男性取得联系，和他们吃饭，上床，撒谎，然后又因不安而烦恼，于是关于干爹征集的一切都成了她的负担。

我这么做只是为了钱。所以，我很害怕他们侵入我的个人生活。我不希望和他们联系太过密切。所以我即使是和干爹在一起时，也有点心不在焉，若即若离的。另外，我还从大学 1 年级的暑假开始做风俗店的工作……在歌舞伎町的手部按摩服务店。

她低着头，声音一直很小。干爹和风俗店的事她似乎从未和任何人说过，所以她不知道到底应不应该对我们讲出她的经历，非常不安。所谓的手部按摩服务店，是指为男性客人手淫令其发泄性欲的轻风俗店。在招聘广告上以不用脱衣服，不会被摸，工作内容轻松为卖点，招揽没有经验的普通女性。

从几天前看了留言板到今天为止，我和女编辑跟她互通了好几次邮件。她不愿透露自己的电话号码，使用的名字有好几个，沟通一度十分困难。她这一系列行为的缘由，全都在于她对不仅在风俗店工作，还卖身的自己感到羞耻。

她一直都是一个教科书式的标准优等生，而且一直以来在她周围的也全都是优等生。她很缺乏除学业以外的知识和信息，思维的柔韧性不足，对一些事无法泰然处之，对于自己的出格行为相当自责。她根本不适合从事干爹征集和性风俗业这些处于社会阴暗面的行当。像她这样的女孩子，本来都不应该出入歌舞伎町这种地方。

而她即使如此不安也愿意接受我们的采访，我想，大概是她希望有人能倾听她的故事，对她的行为做出一个判断，然后告诉她她没有错吧。

从她微弱的声音里，我听出了孤独。

> 我的第一个干爹是手部按摩服务店里的客人。因为忙着大学课业和打工，风俗店的工作没办法定期去，只会在真的缺钱的时候去。因为没有固定时间都是突然去的，所以工钱低的时候1天也就5千日元。即使忙一点也只有2万日元左右。这样完全赚不到什么钱所以挺头疼的，结果有个客人说“我给你2万日元吧”，然后约我在店外见面，这就是开始。我和这个人见面，上床，但是他很忙，所以也不怎么见得到面。最后，我就在那种交友网站注册了。

她之所以指定新宿作为采访地点，就是因为采访结束后她还要去手部按摩服务店上班。一到休息日她就会把日程排得很满，合理地利用时间。

虽然上班的次数非常少，但我干风俗也有两年半了。基本上我都没法心平气和。那时候我甚至和男朋友都还没上过床，什么经验都没有就去店里应聘了。虽然工作做着做着就习惯了，但我还是没法做到若无其事，所以我只能干这种服务项目比较轻松的，一直都只在同一家店做。

她一提到自己的男朋友，眼睛里就泛起了泪光。

她的恋人是同一所高中的学长，目前就读另一所国立大学。我搜索了一下他们母校的偏差值，那是一所县内排名第一的公立高中。

她和男朋友从高中时代开始交往，已经4年了。据她说，他们发生肉体关系是在1年半以前。广田小姐还是处女的时候就开始在手部按摩店打工，和交往两年以上的男朋友破了处女之身之后，立刻就带着罪恶感开始征集干爹卖身了。

她在风俗店打工和以中年男性为对象的卖身，唯一的理由就是为了维持求学生活。她从大学一年级开始坚持在超市打工，但为了保证上课，她最多只能1天工作4小时，1周上2～3天班。时薪是接近最低工资水平的920日元，月收入大概只有4万～5万日元。

她的父亲在几年前被裁员了，现在父母都在工作但都是非正式工。全家的年收入最多只有500万日元上下，还有两个弟弟，所以母亲总是说“高中和大学，私立学校我们绝对供不起”。于是她从小学时代起就拼命努力学习，一直保持着高偏差值，没经受过什么失败。

因为考上的是国立大学，所以即使是医学部学费也不算高。入学金28.2万日元，一年的授课费是53.58万日元，所有学费都是借的日本学生支援机构的助学金。她父母的意向是，让她学费就用助学金来交，然后其他的费用靠兼职打工想办法赚。

在进大学之前，她都是从自己家上学，所以没觉得有什么困难，但在大学里，她参加了一个运动系的社团活动，加上教科书和杂费比想象的贵很多，于是她的时间和钱就不够用。

——你觉得自己家里穷吗?

我觉得我家挺穷的。我妈妈高中毕业，一直很操劳。因为家里穷，我很想以后做个有钱人，所以从小学习就很努力。

——你从很小的时候就这么想吗?

我意识到自己家里穷，是因为去朋友家玩儿的时候发现自己家里比别人家破旧得多，而且家里用的东西、身上穿的衣服，都是周围的女孩更高级。我妈妈只给我付补习班的钱。

她的母校是县内首屈一指的公立高中，所以她应该初中的时候成绩就是年级第一，再不济也是年级前三名的水平，综合评定几乎全部5分。而且她还文武兼修。高中时代她热衷于体育系的社团活动，高中三年级时在体育方面取得了全都道府县前四名的好成绩。

参加社团活动让她得到了学习中得不到的成就感，所以在大学里她也想继续参加。高中三年级退出社团以后，她没日没夜地拼命学习，一举考上了国立大学医学部。进了大学后，她再次加入了体育系的运动社团。

参加社团活动很花钱。大学里的同学一个个都是私立中学上来的，他们的家庭和我的有天壤之别。高中的时候差距还没那么大，但大学里的同学真的都很有钱。在体育系的社团里更是如此。每个人参加社团的钱都是父母给的。我靠打工1个月只能挣4万～5万日元，而社团活动的开销比这还多。我让妈妈帮我出钱，虽然她也给了，但都是求她三四回她才很不情愿地拿给我。因为家里穷，所以她不可能很痛快就给我。只要一和父母提钱的事儿，家里的气氛就会变得很糟。我还要去外地参加比赛，各种开销都凑到一块儿了，我真是除了去做风俗小姐，没有别的选择了。这些都是大学一年级暑假里的事儿了。

她在大学里的课都是从9点第一节开始上。社团活动是从傍晚开始，每周2～3天。在超市的兼职只能排在没有社团活动的日子。大学里的同学、社团里的队友、高中时代开始交往的男朋友，她在求学生活中所接触的人全都来自中产以上的家庭，谁都无法理解她在经济上的困境。她过得那么艰难，却没有一个能听她倾吐苦水的朋友。

要是增加兼职的时间，就不能保证学习的时间，很容易留级。大学里是真的特别严格，要是留级，那就连时间都没了。所以我一周的日程从早到晚都排得满满的，本来已经很忙了，还要想办法花尽量少的时间赚更多的钱，我怎么想都觉得只有风俗这一条路。我从没想过自己竟然会做这种事，都是看电视才知道有这么一个行当的。

做多了风俗业的采访你就会知道，最近两年，在读的女大学生出现在你面前已经是很正常的事了，和入学的难易度没有任何关系。就东京都内来说，就读于早庆上智①、MARCH②这种学校的风俗业从业者，都很常见。总体来说她们都是比较老实的普通女大学生，但她们都在从事性交易。她们都不约而同地回答说："纠结到最后，就剩风俗这一个选择了。"

不止女大学生如此，能找到短时间内高收入的工作的，都是有自己的诀窍，或和各方面有关系的少数学生。平日里经常会听见人说："与其做风俗，不如去酒吧陪酒。"但是夜总会③里的陪酒小姐得酒量好，会聊天才行。特别是得会和男人聊天，这是一种特殊的才能，即使同样是女大学生，这一行也多是那些显眼的、朋友多的、人群中能站上金字塔顶端的女生才干得了。

在读的女大学生里，大部分都是很看重自己的求学生活和学业的普通学生，她们最容易走进招聘网站里那些标榜着高收入的风俗店的大门。

---

① 早庆上智：指日本3所最难考的私立大学：早稻田大学、庆应义塾大学和上智大学。

② MARCH：指日本东京都内五大名门学府：明治大学（Meiji）、青山学院大学（Aoyama）、立教大学（Rikkyo）、中央大学（Chuo）和法政大学（Housei）。

③ 夜总会：指有陪酒小姐陪酒的酒吧。

在大学的医学系里，国家资格考试的合格率与学生在大学里的评价直接相关。留级是常事，对学习的要求真的非常严格。要兼顾学习和社团活动，本来就已经非常忙碌，没什么多余时间了。这样的环境中，根本干不了多少兼职。

和干爹的事只要“不被恋人知道”就好了

她在经济上陷入窘境，是入学之后不久的事。

大学一年级的夏天，她不仅要花一大笔教材费，还要付社团活动的钱。不管怎么节约，还是差3万日元。她恳求父母资助，好不容易渡过了难关，但很快又要参加夏季集训。她已经没法再向父母开口了。于是她纠结再三，打开了高价招聘网站。

因为完全没有过性经验，她的心中满是不安，但是时间又完全不够用，除了出卖身体，她再也想不出别的手段了。于是，她下定决心去应聘，然后很快就被聘用了。

> 每天的课都是从第一节开始上的，所以要持续到深夜的陪酒工作我干不了。因为要参加社团活动，所以家庭教师也不好安排。我去现在这家店面试的时候，他们和我说：“哪怕一个月来一两天也行，只要你有时间的时候来就行了。”所以我就鼓起勇气干起了这份工作。在店里要做的就是，先自己脱衣服，然后让对方冲个澡。当然也分人，有些人会一直往我身上又摸又舔的，刚开始我觉得特别恶心，会让他们不要这么做。店里的规矩本来是不许动手摸的，但是不停地拒绝也挺麻烦的，所以有时候也认了。

从大学一年级的夏天开始，需要钱的时候，钱不够花的时候，她就会去歌舞伎町的风俗店工作。在异常繁忙的日程之间，每个月抽一两天来靠性服务赚钱。因为属于边缘服务，所以报酬也很低。但这样一个月就能额外赚2万～3万日元，总算能参加集训了。目前，她勉勉强强能维持自己的求学生活。

家庭收入低，虽然靠日本学生支援机构的助学金能勉强支付学费，但光靠一般的兼职打工根本没法维持学生的生活。这就是典型的大学生贫困现象。

> 我不会乱花钱，也没什么想要的东西，我只想参加社团活动，然后大学期间不留级顺利毕业。真的只有这样而已。但是每个月，怎么都差个3万日元周转。风俗店的工作特别难受，我真的是一点儿也不想干。要是有别的办法，我肯定会立刻辞职不干。怎么说呢，我自己做的事让我觉得恶心。我讨厌自己。居然光着身子和不认识的人睡在一起，简直太荒谬了。而且也对不起男朋友，真的没有一点好的。

她和恋人交往的第3年，他们第一次发生了肉体关系。之后学业和社团活动更加繁忙，时间更不够了。光靠风俗店的工作赚的钱也不够用了，于是她向从网上看到的征集干爹的行当伸了手。在学业、社团活动和兼职打工之外，每个月在风俗店工作两天，和干爹的卖身1个月一天，出卖自己的身体平均每个月能多赚5万日元。这就是她的日常。

对恋人的罪恶感一直存在。然而不管如何纠结烦恼，她也找不到比出卖身体更好的办法了。她对此的回答是：“现在也只有不去想那么多了。”

> 我是想着，这些事只要不被男朋友知道就好。虽然我对社会还没那么了解，但是有钱的人，是真的很有钱吧。我周围的人都能从父母那儿拿钱，生活无忧。但是，我就从来都没钱。已经生在贫穷星球上了，靠做风俗业赚点钱，那也是没办法的事吧。

我一直点头，对她所说的和她现在所做的一切表示肯定。也许，在她极为有限的时间里，也真的只有靠出卖身体赚钱这一条路可走了吧。

像她这样的外形条件，也不排斥卖身的话，是有更简单的方法赚更多钱的。将自己作为商品买卖的性风俗业、干爹征集以及援助交际这一类行当，打的是个人信息战。一般的风俗小姐或热衷于征集干爹的女性们每天都在收集各种各样的信息，寻找那些最轻松赚得最多的活儿。

但是，像她这样的优等生，面对自己涉足了风俗业和干爹征集的现实会陷入自我厌恶，在夜晚的世界里捂住耳朵，对在社会底层行业里赚钱更是毫无兴趣。她感到自己与成人的世界还有欢乐街格格不入，对其充满疑心，所以根本就无法接触到那些有用的信息。恐怕风俗店还有和她在同一家店工作的风俗小姐们也觉得她只是一个误入歧途的小丫头，根本不适合这里，因而不会给她提供任何有用的情报。

> 风俗业你只要做了第一次，那第二次第三次就没什么区别了。在风俗店里工作6小时能赚2万日元，但是只要找到像干爹这种单独约的人，1个小时就能赚2万日元左右。我觉得效率挺高的。

她说着说着，紧张的表情渐渐缓和了，语言也流畅了不少。对不会否定自己的人倾诉，至少也能算得上是精神上的一剂清凉药吧。

离她大学毕业，还有3年。她打算在对恋人和大学同学绝对保密的情况下继续从事风俗业和干爹征集，直到顺利毕业通过国家资格考试。

> 这世界上有些人钱就是多到花不完，而这些人渴望能遇到年轻女孩子，和她们上床。有人需要我，而我需要钱，我们彼此之间的供求关系是一致的。虽然我也曾烦恼纠结了很长一段时间，但今天我还是觉得，这不算是一件坏事。

21点半，我们走出了酒店的咖啡厅。她朝歌舞伎町的方向去了，而我们则目送着她踏进歌舞伎町的背影，她与那条街的喧哗显然是格格不入的，我们的社会似乎是真的出问题了。

当她的背影从我的眼前完全消失时，我的内心涌起了一股难以言喻的不协调感。

充斥着诽谤中伤的留言栏

结束新宿的采访10天后，这位21岁医学生的报道在东洋经济在线上发表了。

然而就在报道发表后的数日之内，留言栏里不断出现辛辣的评论。这和编辑拟了《21岁医科大学生“卖身”的经过》这种具有煽动性的标题也不无关系，总之，很多惹眼的评论都是消极的、高高在上的，并没有扣到“大学生的贫困问题”这一主旨上来。

在有父系家长制传统的国家或地区，女性的自由很少被认可。在日本，从古至今，出卖身体的女性都是被轻蔑歧视的对象。我的本意原是想说明，在现在的大学生面临的生存环境之下，她做出出卖自己身体这种迫不得已的选择是无奈的，但这篇文章的留言栏中却充斥着诽谤和中伤。

在发布评论的人中，可能也有和她同年龄的年轻人，但我想其中的绝大多数应该都是比她年长很多的中年男性。他们对当事人的苦衷不仅毫无理解之意，甚至连倾听都不愿意，给她的只有嘲笑和蔑视。

想到当事人本人可能也会读到这些评论，我深深地叹了一口气。

放弃社团活动不就行了吗？玩到高中就足够了吧。

我将来可不想这种医生给我看病。

我认识的人里有个在东大医学部读博士顺利毕业的孩子，人家可是没了双亲的。即便如此人家也靠着助学金活过来了好吗？虽然也要打点工，但人家不买衣服，吃得也省，学习还特别刻苦。这才叫真心向学懂吗？

只要不参加社团活动就好了。这种人虽然很会读书，但是经济头脑太弱了。明明只要放弃社团活动，拿那些时间来打工就行了。这个女人就是个头脑僵化的傻瓜。

运动系的社团活动需要耗费大量的时间和金钱。就算是普通家庭的大学生也玩不起的。把社团活动和卖身放到天平上衡量最后居然选择社团活动，我只能认为是这个人脑子有毛病。

居然能为了钱做出这种事，要么是编的，要么就是喜欢报道里写的那些行为。只有这两种可能吧？

有些女生，虽然没有经历过男人，但是会遮住脸在网上暴露自己的裸体。这个女生估计也是这一类人。我看她多半就是对自己的外貌有几分自信，但身材又没有好到能当模特，光是做发型模特和杂志的读者模特呢，又赚不到什么钱。本身就穷，当不成模特心里又自卑，还有种自我表现欲，想向人标榜自己不仅学习好，能考上国立大学的医学部，长得还好看，见有男人吃她这一套又愿意捧着，她就飘飘然了，所以才做出这种轻率的举动。

不参加运动系的社团活动就行了。她可以去参加更轻松的社团嘛。这么简单的决断都做不了的人，我看根本就当不了医生。她该不会就是想轻松赚快钱吧？而且她都选择风俗业还找干爹了，就赚这点儿也太少了。做一回就给两三万都愿意卖身，她是脑子有病吧……

他们不只是态度高高在上，还会用威胁的语气恫吓她“给我退出社团!”或是辱骂她“一回才给3万日元你还做就是脑子有病”。放眼望去，评论里全是让人忍不住想捂住耳朵的讥讽和谩骂。

正如我在前言里写的那样，我采访成人影片女优和风俗业界，已经20多年了。我听过至少1000多个人的讲述。我想说，对于内心并不愿意却因很多现实的原因而不得不出卖身体的女性，我是非常了解的。

脱衣的行业和性交易的市价是最容易受通货紧缩影响的。这些行当的市价近来一直都在暴跌。即使是处于黄金年龄段的在读女大学生，3万日元也是相对接近高位的价格了。

对这些社会上的“长辈”们超乎想象的武断回应，我十分愤慨。能对她“没有足够的金钱来维持求学生活”这一烦恼表示同情的意见少之又少，绝大多数的意见基本上都是在对她出卖身体这一行为进行批判和中伤。

不过，虽然稀少，但偶尔还是会有一些声援她的评论出现。以下引用了其中的一部分。

你们知道现在东京做家庭教师的时薪行情吗？而且做家庭教师的话，去学生家一个来回需要付出很高的时间成本，算下来1小时的单价其实是很低的。即使是在23区以内，往返时间一般也需要2个小时。

人要是没有希望和自尊根本活不下去。对这个21岁的女生而言，就只有参加社团活动的时候，她才能忘却日常的痛苦，感觉到自己存在的意义吧。你们从感性上想去批判那些用性来交换金钱的女性，我能理解，但核心论点根本不在这儿吧？“不只是F级大学①的贫困学生，就连读国立大学医学部的贫困学生也只能靠用性来交换金钱才能维持学业”，这样的国家还有未来吗？要知道支撑着这个国家未来的，正是高中生和大学生啊。我认为国家应该废除借贷型的助学金，设立更多非偿还型助学金才对。

正如上面这条评论所言，卖身的行为正确与否并不是核心的论点，本应撑起国家未来的优秀学生只能靠迫不得已的交易来维持自己的学业，这样的现实才是问题的关键。日本社会正在发生一些不可挽回的变异，而以从幸福的昭和时代过来的一代人为代表的很多人，根本没有意识到这一点。

虽然不清楚留言评论者们的具体年龄，但我姑且假设他们大多是上一辈的男性吧。在日本1800兆日元的个人金融资产（来自日本银行的调查）之中，有6成来自60岁以上的高龄者，据说这一代人的家庭平均储蓄额已超过了2000万日元（根据总务省的调查）。而另一方面，正在利用助学金的大学生（昼间部②）已经接近半数了（根据日本学生支援机构的调查）。

① F级大学：指偏差值低，办学水准处于日本垫底水平的大学。

② 昼间部：日本的大学分昼间部和夜间部两大类课程，昼间部即主要在白天授课的课程，而夜间部则是主要在夜间授课的课程。

而且，风俗业和卖身行业会诱导苦于贫困的学生相信，为了维持生计，她们除了这一条路“别无选择”，而主要享受这类服务的，正是这些中高年龄层的人。

不但要让自己的妹妹，甚至是女儿、孙女一辈人背负债务，还要她们向自己提供性服务，这就是日本社会的现状。明明是他们自己将原本肩负着下一代希望的女儿、孙女辈的女孩儿们逼入了绝望的深渊，却还要自以为是地对她们诽谤中伤，只图自己心里痛快。这是何等自私自利！除了异常，我实在是想不出还能怎么形容。

现在的日本，已经变成了这样一副令人不忍直视的样子了。

在入学典礼前成了“风俗小姐”

在报道发表几天后，我正因乌烟瘴气的留言栏而深感无奈之时，收到了一封20岁在读女大学生的邮件。于是我立刻决定和她见面。

> 那个医科大女生的报道下面，有太多非现实的、令人难以置信的评论了。现在的大学生还有年轻人中，被环境所逼而以高效的手段赚钱，并且不得不如此的，真是太常见了，我本人就是这样。这完全不是什么特殊案例。所以我觉得，我要是把自己的状况说出来，会不会也被认为是编的呢？我对此挺感兴趣的，所以联络了您。

于是我和这位就读于中等私立大学夜间部的菅野舞小姐（化

名，20岁）约在了池袋的山田电机日本总店门前见面。这里的人川流不息，可以从清晨持续到深夜。

菅野小姐参加的是一个文化系的社团，白天在一家中小企业兼职帮人录入数据。这份兼职的时薪是1000日元，每周工作5天。

她的兼职不止这一份，期末考试结束后的深冬时节正是她集中赚钱的时候。她说今天的20点以后就在池袋约了一个会给自己零花钱的中年男人见面，而和这个中年男人见面的地点就一直是山田电机日本总店门前。

> 每次都是这个男人说了算，所以我也不知道今天要干什么，不过可能会和他上床吧。

这些话，她说得心平气和。她留着一头茶色的头发，衣着比较朴素，看上去是个随处可见的普通女大学生。她在大学附近租了一间便宜公寓独住，房租7万日元，没有双亲。她从小是在地方上的儿童养护机构长大的，当然也没人供给日常开销，完全是靠自己一人之力维持着大学生活。钱无论如何也是不够花的。纠结再三的结果，她从大学一年级的春天开始涉足性风俗业，然后从大二开始以特定的中年男性为对象卖身。

私立大学学生的贫困是尤其严重的。总学生人数的半数以上都在借贷助学金，而父母提供的生活费金额也在不断减少。离家去外地上学的学生能从父母那儿得到的生活费资助，从1994年的12.49万日元下跌到了2017年的8.61万日元，若从父母资助的总费用里扣除房租，平均下来1天的生活费就只有817日元（根据东京私大教联[1]的调查数据）。

那些父母收入低的、离开父母去异地求学的大学生如果不长时间打工，别说正常生活了，就连生存都成困难。他们的父母辈收入还在持续下降，学费在上涨，对上课出席的要求又十分严格。于是，粗暴利用这些受经济状况所迫的大学生的无良企业不断出现，最近黑心兼职[2]成了很大的问题。现在的大学生，已经无法再像从前的人们揶揄的那样，悠闲自在地在“游乐场”一样的大学里玩乐了。

——你对自己的父母一代人，怎么看?

我对过去的事情也不了解，但你让我评价的这一代人可能是生活得很富足的一代人吧。所以他们才不会理解，一个学生沦落到干风俗业意味着什么。

——为什么这么认为呢?

干风俗业，会遇到很多非常瞧不起我们的中年客人，他们会认为“这女人为什么要做这种工作，是想买那些名牌奢侈品吧?”。其实还用问吗，当然是为了生活啊。他们不懂其实也没关系，我也不需要理解。但是，被这样想心里还是会有点不舒服。

① 东京私大教联：机构简称，全称为“东京地区私立大学教职员组合联合”。

② 黑心兼职：指毫不顾及员工人权，不合理压榨员工劳动力的兼职工作。

她面带无奈，冷冷地说道。

在中年男性之中，有相当一部分人对出卖身体的女性有鄙视的倾向。不过带着很强的自尊心出卖身体的女性其实只是极少数，大多数的女性当事者都明白自己是被人鄙视的。面对这样的现实，她们也懒得次次都动怒。

要鄙视我是你们的自由，我也没有意见，但你们至少该想想，为什么年轻人会做出这样的选择。我想这就是菅野小姐的言下之意。看样子，对于那些成长于富足的年代，高高在上，满口恶言，还瞧不起人的大人们，她没有丝毫的信任，也不打算放在眼里。拥有同样想法的绝不止她一个人。这就是世代之间的鸿沟，而且今后只会越来越深。

现在，日本在社会保障方面的财政情况十分紧张，政府和各行政单位都缩减了医疗保险和本应由社会看护高龄者的介护保险的保险范围，全日本都在拼命构建包含年轻人在内、由地方政府提供相关保障的“地域总括看护系统”。但真正关心和支持地域总括看护系统的只有一小部分生活富裕、目光长远的人，相关政策的推进实在说不上顺利。

一味地将年轻人逼入痛苦的境地，并在世代之间划下鸿沟，同时又让他们去关怀高龄者和社会上的弱者，这样一边倒的政策怎么可能顺利实施呢？更何况，中高年龄层和高龄者们看上去不仅对让年轻人苦不堪言的现实一无所知，甚至是毫无兴趣。

在儿童养护机构长大的菅野小姐没有父母，没有人供给她生活所需。

为了大学毕业，4 年的学费和生活费她都必须自己去赚。自从高中 2 年级时决定上大学，她便开始在便利店打工存钱了。不顾高中老师和儿童咨询救助中心[①]的反对，她决意到东京求学。她坐着新干线来到东京，参加普通招生考试，考上了大学。她之所以选择了夜间部的课程，是因为学费便宜。

算上助学金和白天打工的工钱，她的月收入是20万日元左右。交了房租，剩下12万日元左右。这里面再扣除手机话费、水电气费、交通费、伙食费，就所剩无几了，没有父母的资助，所以她还必须自己负担全部学费。

> 靠白天打工倒是可以勉强维持生计，但是我还得交学费。不过，这个情况我读高中的时候就预料到了，所以我从大学1年级的春天就开始做风俗工作了。在池袋一家派遣风俗店[②]，做1单给1万日元，每周出勤1天左右。1个月能赚个6万～10万日元吧。干风俗赚的钱，我全部存起来交了学费。

她从小长大的地方离东京十分遥远。她不顾福利机构人员的反对，执意来到东京，对于升学需要面临的处境，也经过了深思熟虑，所以，在参加入学典礼之前，她就成了风俗小姐。虽然她说起这些事时语气十分淡然，但她告诉我，对她来说，为陌生男性提供性服务的工作，是一种精神上的煎熬。

> 光是出勤1天在精神上都够呛。第二天，整个人会身心疲惫到连动都不想动。所得与付出完全不对等。同时做这件

---

① 儿童咨询救助中心：该机构是根据日本的《儿童福祉法》相关条款规定，分设于日本各都道府县和政令指定都市的专门维护儿童人权的机构。

② 派遣风俗店：指通过中间人联络买主和风俗小姐，安排性交易的店面。

> 事总归有负罪感，所以精神上也很疲惫。为了赚钱没办法，把能卖的东西拿来换钱也无可厚非，即使自己有这些理由，社会上的不认同也还是会让我感到无处容身。不和不认识的男人做这种事情自己就活不下去，这样的现实令我很痛苦。

所谓“派遣风俗店”提供的服务是疑似性行为，即不做到最后一步的性行为。要和不认识的男人交谈，被抚摸，成为对方宣泄欲望的对象。这不只是精神上的折磨，20 岁上下，还在发育途中的身体也会疲惫不堪。她说，那感觉就像身体一直在被磨损和消耗一般。

> 有的人下手很重，有的人胡子磨得人很疼。有时候胸部还会破皮出血，真的特别累。度过了这样的 1 天之后，第二天还要去打工，真的很痛苦。虽然很想让身体休息一下，但是根本没这个时间。后来，大学里的朋友给我介绍了通过网络寻找男客的方法。现在嘛，虽然本质上还是卖身，不过换成在网上寻找男客赚钱了。

20 岁的女孩子为了钱而将自己的身体出卖给中年男客，不断消磨着自己的精神和肉体，这样的故事，光听着就让人心情沉重。

用带“征集干爹”的标签发送推文

近几年，和征集干爹一样流行的，还有在网络上寻找援助交际和卖身对象的行为。未成年少女参与相关活动的案例也是屡禁不止，甚至还发生过未成年少女因劝诱非特定多数人卖身，涉嫌违反卖身防止法而被逮捕的事件。

> 我也知道这是违法的。但我还是在网络上注册了援助用的账号，用带“干爹”“征集干爹”“援助”一类的标签发推文，粉丝自然而然就增加了，不断有人给我发私信，说想买我。然后我就从中挑我觉得能接受的见面。不止我，这种账号在网上有成千上万。如果上床，我的心理价位是3万日元以上，这样的关系持续1年左右，我就找到了几个会定期见面的人，这比做风俗轻松得多。

她在网上分别建了3个账号。1个用自己的本名，上面有自己的大学名和专业等信息，1个用风俗小姐的名字发些日常的抱怨。剩下的那个，就是做援助交际用的账号了。这3个账号之间没有任何联系和交集，除了她本人，没有任何人知道它们是同一个人在更新。

> 要是有私信过来，我会先看语气和用词，看看文字通不通顺，然后选比较正常的人。另外，因为是纯为了赚钱，所以一二十岁的年轻人我会无视他们。因为年轻人没什么钱，可能会讲价，还可能要求我和他谈恋爱。虽然和不认识的大叔见面一点也不开心，也很害怕，但是也没办法。

现在，会定期和她见面的男性有3个人，全都40多岁。每个人和她约见的日期和天数都不同。只要空出时间，她就会和他们约在山田电机店门前见面。那一天如果上床，她能拿到3万日元以上，如果只是吃饭，则能拿到5000日元到1万日元不等的饭钱。

自升入大学二年级之后，她通过网络做援助交际和卖身一个月能赚到10万～12万日元了。所以，去做风俗的频率就少了。赚到的钱直接打进存学费用的一般储蓄账户。4月中旬之前必须缴清的数十万日元的学费，在很早之前就能存够。

日本学生支援机构的助学金被人们批判为“实质上的学生贷款”。像她这样进入性风俗业和卖身的女大学生很多。一旦在经济上陷入窘境，人选择赚钱的手段便有可能会违背自己的性格。比如，还是处女以及很珍视自己恋人或恋爱关系的普通女学生可能会进入风俗业，本性善良的男学生也可能会听信不良劝诱而协助非法分子以高龄者为对象实施诈骗等。

普通的女孩子会为了生存而出卖自己的身体——日本的年轻人贫困、世代间的经济差距以及男女间的收入差距，不可谓不大。

因为风俗客一般都属于有钱的阶层，所以主力军是身处中等阶层以上的中年男性。虽然菅野小姐只是微微一偏头说“心里很不舒服”，但这些在富足的年代受着各种恩惠成长起来的中年男性，却还要高高在上地对这些为了维持求学生活而赤身裸体拼命赚钱的年轻女孩说教，他们说的每一句话都是那么苍白无力，只会加深鸿沟，伤害这些女孩，激起她们的愤怒。

在零存款状态下开始的东京求学生活

菅野从两岁起就在儿童养护机构里生活了。她的父母因为不得而知的理由而放弃养育她，将她送到了机构里。那是一个只有二三十人的小机构，主要收容一些被父母虐待的孩子。

> 机构里被虐待的孩子很多，被虐待的孩子多数容易歇斯底里，易怒，动不动对人拳打脚踢，很粗暴，有的还有自残行为。我因为是被父母遗弃的，所以觉得自己和这些孩子很不一样。养护机构的小孩长大之后，几乎没几个能顺利适应社会生活的，要么找不到工作，要么干不长。一个个都是每天得过且过的生活状态。

她上小学之后才知道自己的出身特殊，和其他的同学不一样。上不了兴趣班，生日和圣诞节不会有人买礼物，过年也没有压岁钱……这些不一样，一直是她的心结。

高中时代，她意识到，自己只能自力更生，无法得到任何人的帮助。她明白，自己只不过是托制度的福活了下来，等高中一毕业，就没有人再帮助她了。高中1年级的时候，儿童咨询救助中心给她介绍了寄养家庭。经过深思熟虑之后，她离开了养护机构。

> 那家人保护欲过强而且很严格。那对夫妇本来想要孩子，但是因为流产没能如愿。那个时候，即使告诉我家庭应该是什么样，我也没什么感觉，什么要互相体贴，互相扶持，我完全不理解。我就觉得，从小到大，我本来做好自己的事就行了，为什么忽然要我去体贴、扶持别人？我那时候从来也没自己买过东西，也不会做家务，连家电的使用方法都不懂。他们就老是责备我“你怎么这都做不好？”，让我感觉自己的

一切都被否定了，非常痛苦。

她的养母对她的生活习惯等方方面面都提出了要求。她没有被表扬过一次，离开了养护机构，生活反而变得更压抑了。她受不了这样的压抑，精神开始变得不安定，于是她开始逃学了。

菅野小姐撩起自己的头发，给我看她的耳朵。不止耳垂上，她的整个耳朵上到处都是耳洞。

算是一种自残吧。我停止不了打耳洞的冲动，两个耳朵我打了十五六个，舌头下面还有肚脐周围也打了洞，全部有30个。我买了打耳钉专用的针，往自己身上打眼。一般都是在深夜里打。我不喜欢割腕什么的。在自己身上打眼然后给别人看，别人会感到害怕或者夸我厉害，这让我有一种满足感。

所谓的寄养父母，说到底不过是外人，她也没能成为他们理想中的家人。高中2年级时，她决定离开令她毫无留恋的家乡，到东京去读大学。儿童咨询救助中心和高中负责学生升学的教师都阻止她："做不到的，你还是就业吧。"但她没有听他们的建议。

放学后，她就到附近的便利店打工，赚到的钱全部存起来作为上京和考学的费用。因为优先赚钱，所以没什么时间备考，于是她放弃了学费便宜的国公立大学，将私立大学夜间部作为报考目标。考试合格后，她郑重地向寄养父母道了别，便去东京了。这一切已经是两年前的事了。

每天生活最大的压力便来自金钱。学费和上京的费用几乎花光了她两年间积攒的130万日元。于是她在存款几乎为零的状态下开始了在东京的求学生活，每半年就有一个缴纳数十万日元学费的期限。房租7万日元，也偏高，她的心中只有不安。

于是，她很快就当上了风俗小姐。虽然她并不想向不认识的男性提供性服务，但现实状况让她别无选择。

> 成为大学生之后，就再也没有人会保护我了。在这里也没有认识的人，所有的一切都只能靠自己，就是健康状况稍微欠佳都可能让我活不下去。压力很大，精神负担其实挺重的。

她在大学里加入了文化系的社团，还开始和一个同年级的男生交往了。

她从皮包里拿出手机，给我看她的手机画面。上面显示着一个男性的名字，LINE显示通话中。不知为何，他们一直处于通话中的状态。

> 这是我男朋友。1年之前我们开始同居，不在一起的时候我们就一直是通话中。我们彼此依存。他有被父亲家暴的经历，我们有相似的不安，我们都渴望被别人需要，所以我们就仿佛一直连在一起一样。除了一起在家的时候，我们就一直这样通电话。稍微离开对方一会儿，就会因为不安而发病。

她在老家生活的时候本就一直在重复着类似自残的行为，到了东京之后，情形进一步恶化，有时我会突然哭起来，或者呼吸过速。后来，她开始依存于一个说喜欢自己的男性。只有和恋人在一起的时候，她不安定的情绪才会得到缓解，安下心来。

我在做风俗业的事很快就被发现了。因为他看了我的手机。我们彼此依存，所以会查看彼此的手机。做风俗小姐不是都会发一些日记或手机照片吗？这些被他发现了，就说要和我谈谈。但对方也是个学生，我要是不干了就活不下去了。于是我告诉他我没办法，他也只有低头不说话，所以我就无视他的意见继续干了。我也希望能不用卖身过活，但是，现在这个状况，怎么想都不可能。

她卖身赚来的钱全部都用作学费。如果她能拿到非偿还型助学金，说不定就能少一些不安，不用卖身就能维持求学生活了。

但是，看到像我这种没有父母的人，那些大人估计只会在评论里攻击我说“你这种人就别读大学了！”之类的吧。我能想象得到他们会说什么。但是，如果一个养护机构出身的孩子想读大学，来问我怎么办，“那，你也去卖身呗！”这种话，我肯定说不出口。要问我这个孩子到底怎么才能弄到足够的钱来交学费，我自己的这一套办法是无论如何也不会推荐给她的。我还是觉得，得有非偿还型助学金才行。

大学助学金已然成为一个社会问题，很多人都在提倡不需要偿还的助学金的必要性。安倍政权虽然从 2017 年起新设了非偿还型助学金，但预算只有区区 70 亿日元，平摊到每个大学生手里，就只有 2400 日元。

大学生们的状况正在日益恶化。陷入不出卖自己的身体就无法维持求学生活的困境中的女大学生，远不止她们两个人。2018 年，日本社会开始探讨针对低收入家庭的大学无偿化和负担减轻的可能性，也不知目前这种艰难的状况，是否会因此而有一丝缓和。

为了偿还父亲的债务而在风俗店工作

因为必须偿还父亲的债务，所以我在风俗店工作。

一个在读女大学生发来了这样一封邮件。

时至今日，尽管我已经采访过众多身为女大学生的风俗小姐，但在寻找“女大学生贫困”问题的采访对象时，遇到的风俗从业者之多，仍然令我诧异。这个给我发来邮件的在读女大学生也是一个现役的风俗小姐。

我和她是在某条繁华街上约见的。这条街上仅 200 米范围之内就密集分布着餐馆、一日元弹子机店、风俗店、情侣酒店等各式店铺。除了日语，还有亚洲各国语言彼此交错，偶尔还能看到中文或韩文的招牌。而身为著名女子私立大学 3 年级学生的小仓久留米女士（化名，21 岁），则带着一脸的忧郁和疲惫来到了我的面前。

我做风俗小姐是从半年前开始的。虽然也曾想过，自己还是个学生，做这种工作真的好吗？但是，现在也容不得我想这么多了。

她给我的印象，比她的实际年龄要稳重一些，带有理智而知性的气质。与其夸她可爱，不如用美来形容更恰当。她的主要精力用于在大学里上课，然后空余的时间同时做补习班讲师和派遣风俗店小姐两份工作。补习班每周去上 4 天课，还有两天则要往返于这条繁华街。她的表情忧郁，看上去十分疲惫。

> 做风俗小姐属于体力劳动，当然会累啊。一天 2 个人，多的时候 3 个人左右。两个人里就有 1 个人要求做到最后。虽然有时候受身体状况影响，或面对不同的人，会有不同的选择，但拒绝总是很麻烦的，所以多半会收钱做到最后。反正，就是卖身吧。和这些不认识的男人做，我常常想，自己究竟是在干什么。

以我的采访经验来说，赤身裸体的世界里的女性都会有肯定自己的所作所为的倾向，风俗小姐，通常会倾向于美化风俗业，特别是成人影片女优，这种倾向最为显著。但是，小仓女士对自己的所作所为既没有否定，也没有积极地正当化，而是十分冷静客观地看待。风俗业就是女性的体力劳动，既不高贵也不低贱，但是回过神来想想，这份工作又确实会让她们产生疑惑与迷茫。

风俗小姐和男性客人通过个人交涉，或追加服务或瞒着店里私下见面，被称作“私会”。

如果女性从业者和客人做到最后一步，店铺就会违反卖身防止法，这是非常严重的违法行为。然而，这些女性却能因此类行为增加收入，也有不少店铺会对这种行为睁一只眼闭一只眼。

因为她突然说“可能会被客人撞见，不想在这里（繁华街）待下去了”，于是我们坐了10多分钟电车，来到了她独居的住所附近的街区。

她来自九州，考上大学后来到东京，在大学附近的住宅区独自生活。房租是每月6.3万日元。每年100万日元的学费由父亲提供，但一概没有生活费的供给。

在东京的求学生活需要的开销有房租、水电气费、餐费、交通费、通信费、服装费、图书费等。每个月用于生活的钱要花15万日元。两年前，她刚来东京，马上就做起了补习班讲师。光是做讲师的收入是拿不到15万日元的，她的生活一直非常艰难。

没等到暑假，她就开始在夜总会兼职，而决心卖身则是在半年前。她现在的收入构成，据说是每月补习班8万～10万日元，风俗业20万日元左右。生活总算是稍微宽裕了一些。

在大学里成绩名列前茅

小仓女士的志愿是成为保育士①。在大学里，她的成绩名列前茅。

听说她想成为存在低收入问题的“保育士”，我叹了一口气。越是生长在贫困家庭或遭遇过不幸的女性，越倾向于放弃为自己合法积累财富的选项，而抱着希望能对别人有用的心态，去选择那些低收入的福利类职业。

保育行业的现状是，为解决保育园不足问题，企业主导型保育园制度开始施行，对孩子并没有太大兴趣的企业为了政府补贴

① 保育士：日本职业名，相当于幼师。

而大量涌入，整个行业危机四伏，摇摇欲坠。国家放弃相关责任，民营化不断加剧的福利事业是没有未来的，这并不是年轻人应该梦想的工作。然而，我并没有告诉她这些。

获得诺贝尔经济学奖的普林斯顿大学教授丹尼尔·卡内曼曾提出："人的幸福感在年收入达到7.5万美元之前，是随收入的提升等比例增加的。"虽然国家和行政部门通过职业培训和世代间交流等方式，拼命地诱导年轻人去从事福利类职业，但是就职于低收入的福利类职业的年轻人们却相对变得不幸了。

在高中确定未来规划的时候，我想到了成为保育士。并不是有多喜欢孩子，而是想到了自己小的时候没有得到父母的爱。我从来没觉得自己幸福过，这已经是无法挽回的了。但是，我希望能为别的孩子带去我没能从父母那里得到的爱和关怀。这就是我想成为保育士的初衷。

她说自己的家庭是有问题的，她的原生家庭里有父亲和妹妹，她上中学时母亲因病去世，之后，她家就成了父女单亲家庭。

上了大学，我遇到了各种各样的人，这才后知后觉地意识到，自己可能并没有得到过父母的爱。父亲曾经因为要养我和妹妹要花不少钱而发脾气，对我怒吼过"你们怎么不干脆死了算了"这种话，而且也确实掐过我的脖子。受到了肉体上的虐待，自然不会觉得自己被爱了。

她的父亲现在53岁，从事某种专门职业资格的个体经营。他对自己的两个孩子根本没兴趣，全身心扑在工作上，父女之间的距离十分遥远。在她的讲述中令我震惊的是，她竟然正在全额借贷日本学生支援机构的第一助学金（每月 6.4 万日元）和第二助学金（每月 12 万日元），合计每个月有 18.4 万日元。

她每月领取助学金的本人名义储蓄账户由父亲保管。她每年 100 万日元的学费就是由父亲用助学金来支付的，而每年支付后剩余的约 120 万日元，则被父亲拿来用作生活开销。大学 4 年里她累积的负债，光是简单计算就有 883.2 万日元之多。再加上年利率上限为 3% 的利息，她的还款总额将超过 1000 万日元。

即使她步入社会，也是低收入的保育士。光靠工资收入，恐怕连独立生活都困难。这样的经济状况下还要背负 1000 万日元的债务，根本不可能顺利还清。

她的未来，已然是一片黑暗。

——你借贷的助学金超过你的学费了吧？

全额借贷助学金是父亲建议的。他和我说可以借到助学金是好事，就让我借，基本是半强迫的。我上的是私立大学，学费又很贵，我想这也是没办法的事情。

自从越来越多成长于泡沫经济时代的人成为大学生的父母，孩子的助学金被父母拿来补贴家用的事情也多了起来。因为学生本人还未成年，很多人签约都是由父母一手操办，学生在不了解详细内容的情况下，就以自己的名义背上了债务。

——你不觉得父亲用你的助学金不对吗？

我听大学里的朋友说过这样不合理。我自己的助学金被父亲拿去用，这在普通家庭里根本不可能发生。这一点我还是明白的。但是，父亲很可怕。我无法对他提任何意见，只能自己忍耐。将来这些全都要成为我的负债，但是我也无计可施，所以放弃了。我也知道，即使我毕业了成了保育士，也绝对没能力偿还这么大的金额，但我能有什么办法呢？

她看起来心如死灰，说得字字锥心。

她父亲不只占用助学金，他偶尔还会打电话来问她要钱。上上个月她开始做风俗小姐，经济上稍微宽裕了一些，所以按父亲的要求往他的账户上打了 10 万日元。

当然，她的父亲并不知道她受经济状况所迫，做了风俗小姐。

出轨并私吞助学金的父亲

助学金被父亲挪用，贫困的她只能靠做风俗业维持生计，这样的现状是异常的。如果只是想取得保育士资格，她根本没有必要来东京。可见她要离开家，是有原因的。

父亲蛮横而自私，母亲体弱多病，她的家庭一直都是冷冰冰的。上中学的时候，因为母亲的病逝，她的家庭产生了深深的裂痕。说完了对父亲的距离感和厌恶感，她开始聊起了去世的母亲。我之所以会产生她比实际年龄更成熟的第一印象，其实是因为她从来无法依靠家人，所以在精神上和经济上都很独立，对自己面对的残酷现实理解得十分透彻。而从她的讲述中，我也能感觉到她一直以来都为之所困。

> 母亲因为肺炎诱发并发症，最后去世了。因为从我小时候起，母亲就一直频繁地住院出院，所以我几乎没有和她共同生活的记忆。小的时候，我其实并不讨厌自己的父母，而且还挺喜欢，挺信赖他们的。但是，自从母亲去世，我就只有妹妹可以信任了。母亲去世的时候，我自己也不知道为什么，完全没觉得悲伤，一滴眼泪都没流。

在她母亲去世前的一个月，她的父亲曾对她说过“暂时都见不到你妈妈了”这样的话。她以为还是和平常一样的住院，也没怎么担心，专心于社团活动和应试的学习。突然有一天，她得知了母亲病危的消息。

> 既然已经是生命垂危的状态，至少应该告诉我和妹妹一声吧？但是他们一次也没有说过。所以我想，大概是我和妹妹根本就没被他们放在眼里吧。要说完全不难过，其实也是假的，但是我都还没回过神来，大家就已经在葬礼上悲痛万分了。我父亲还有母亲一方的亲戚他们都在哭，只有我一个人看似坚强，像个局外人。现在想起来，我对家人之间的感情产生悲观的看法，就是从母亲死的那天开始的。不过我觉得，我的看法实际上也没错。

她的母亲去世后数月，父亲就被发现有了外遇，而且关系已经持续了好几年。

是她妹妹发现了父亲和外遇女性之间的短信，就把父亲有外遇的事告诉了她们的外婆。从那以后，外婆就一直和这两个外孙女数落她们父亲的不是，父亲开始对外婆产生怨恨，于是，家庭分崩离析。自从母亲去世，她们的父亲开始疏远两个女儿，并时不时诅咒她们："你们怎么不干脆死了算了。"

然后到了高中时代，她们被夹在了外婆和父亲之间。家人之间互相的埋怨、辱骂成了家常便饭："你们的父亲就不是人"，"那个死老太婆"……所谓家人，根本无法信任了。

于是她确信，自己只能一个人活下去了。虽然把妹妹独自一人留在了家里时常让她感到于心不忍，但高中毕业后，她还是以升学为借口，逃离了自己的家庭。

高中时代，她的成绩非常优秀，顺利考上了第一志愿的大学。她接受父亲的建议，借了日本学生支援机构的助学金，坐上了开往东京的新干线。她的父亲告诉她，在东京的生活费只能由她自己想办法。她当时以为，虽然会吃些苦头，但总会有办法。

很快，她就去参加了补习班讲师的招聘面试。通过一些简单的测试，她被录用了。但上完大学里的课程后，她即使强迫自己超负荷地工作，一个月也只能挣到 8 万～ 10 万日元左右。以前，家庭教师和补习班讲师都是大学生高收入兼职的代表性职业，但在补习培训机构实行经销制的当下，讲师的工资变得低廉，算上备课的成本，1600 日元的时薪，接近东京的最低工资水平。

大学 1 年级的四五月份，我除了做补习班讲师，还会做日聘派遣员工去工厂帮工。兼职真的是拼了命在干，但赚的钱却完全不够用。连生活都难以为继。每个月都会缺个3万～4万日元，有时候交不起手机费，有时候交不起电费，基本都这样。虽然我下了决心离开家，但现实真的很残酷。我真的是没有办法了，于是大一的6月份，我开始在夜总会打工。做陪酒小姐什么的，不是一般都被看不起吗？我本来也想做正常的工作来维持生计，但是很快这个念头就被打消了。

她被离家最近的一个车站附近的夜总会录用了。时薪很低廉，只有1800日元。因为没有经验，她也不知道这个时薪是高还是低。结束了在补习班的工作，她马上又到夜总会上班，一直陪男客人陪到深夜两点。这样除了在补习班挣到的8万日元，她在夜总会还能有10万日元左右的收入，总算是能维持在东京的求学生活了。

忙忙忙，从早上到深夜都安排得满满当当。虽然生活艰苦，但少了经济上的压力，精神上总算是放松了一些。她被补习班里认识的研究生讲师同事表白了，也开始谈起了恋爱。

在夜总会我也算不上多有人气，不过，毕竟是十八九岁嘛，比较受客人欢迎。有的人私底下也对我不错，会给我送礼物。我收到过不少名酒、包之类的东西，但是因为用不着，所以就挂在煤炉①上卖掉。因此赚了不少钱，能解燃眉之急。

与此同时，她也顺利取得了学分。求学生活没有什么问题了。

---

① 煤炉：日本的二手交易网站，国内一般称“煤炉”。

原本她觉得夜总会的兼职还算一个挺赚钱的工作，但一年之后，她开始干不下去了。

> 虽然肉体上没有多疲劳，但是精神上的折磨很厉害。因为也有其他女生一起工作，客人们就会聊些夜总会的女孩子谁可爱谁不可爱什么的。容貌，人格，有些人评头论足起来简直口无遮拦。成天听这些，就算不是说自己，也会忍不住想，哦，你们成年人成天就爱说这些啊……还有些大叔会不厌其烦地成天撩拨你。因为我只想拿时薪而已，所以对这些与工作无关的是非非常厌烦。不只是厌烦，简直是一种精神上的负担。

大学 2 年级的夏天，她辞掉了夜总会的工作。

离开夜总会之后，生活又难以为继了。对一个会拿她的助学金当生活费用的父亲，她也不指望能向他诉苦，叫他还钱。不管怎么找，能在大学和补习班之外的时间就业，并且是单价还很高的工作，就只剩风俗业了。

于是，她应聘了一家派遣风俗店。当时，她还有 1 个已经交往了 1 年以上的恋人。但应聘时，恋人的脸甚至都没有在她的脑海中闪现过。

> 上班就是赶往情人旅馆或者短租房，里面有客人等着，然后向那些人提供性服务。要是对方说想做到最后，就多收点钱，和他们做。等到了时间，就冲个澡然后离开。我虽然也疑惑过，自己这是在干吗？不过其实也挺轻松的。毕竟没

钱，也没办法。

做了风俗小姐之后一个月，她厌倦了必须靠谎言来维持的关系，和恋人分了手。

这样举步维艰的状况，在得不到父母资助的大学生中，却是习以为常的。

简单来说就是，一个从地方上来，且得不到父母资助的单身大学生，如果不去陪酒或做风俗业，就没法维系求学生活。像她这样陷入经济困境的女大学生，是一个庞大的群体。而男大学生的境况也是一样的。

对于父亲私吞助学金的事，她好像已经完全死心了，只说了一句“随便他吧”。

一毕业就要背负1000万日元以上的债务，小仓女士的未来，只有一片黑暗。不管如何艰难，她都不能选择回家。即使顺利成为一个保育士，她的困境也只会持续下去，没有尽头。

——10年后，你觉得你会如何？

虽然这么说挺阴暗的，但我想我应该自杀了吧。虽然我时常会想自己的将来，不过别说是幸福的自己了，就连活着的自己，我都想象不出来。

说这些话的时候，她的脸上没有一丝波澜，看起来不像是希望别人同情的那一类人。想必她说这些，是出自本心。

也许是自己还年轻吧，还没多少人生经验。我不管怎么想，都规划不出自己的未来。即使我当上了保育士，成了社会的一员，我也想象不出来自己10年后结婚、生子或是工作节节高升，过上普通人生活的样子。我活了这21年，根本无法肯定自己的人生，也不觉得自己有资格活下去。现在，我也只是在对不认识的男人出卖自己的身体，就这么不断往深渊里掉而已。

她说，她有时候会想，自己要选择哪种死法。

跳楼会给别人添麻烦，所以可能会选择上吊吧。我真的会经常想这些，虽然不知道自己什么时候会付诸行动，但总有一天会这么做的。活到这么大，我对别人，怎么说呢，从来没法产生什么积极的感情。我的父母，还有我今后会遇到的人，可能都差不多吧。既然成年了也只有痛苦，那就在某个时间结束一切好了。

没留下只言片语就突然去世的母亲，搞外遇还私吞助学金的父亲，不停辱骂家人的外婆，即使拼命打工也维系不了的求学生活，在夜总会侮辱女性的客人，要求做到最后而晃动腰肢的男客，超过1000万日元的负债——这就是这些年她看到的一切。

果然，一切的开端还是母亲的去世吧。都快死了，我还是希望她至少能告诉我一声。也许是母亲根本就不想见到我吧，谁知道呢，有种被她背叛了的感觉。

谈话结束了。

母亲死后，她深深觉得，自己被母亲背叛了。

来到东京，即使知道父亲挪用了助学金，她也只是觉得“哦，是吗？”。反正自己也活不长，所以管他是负债300万还是1000万日元，根本没什么区别。既然看不到未来，那就放弃一切不去看好了。不只是社会，就连家人都被割裂的日本，未来同样没有光明。

想找一个点为自己的人生画上句号……

第 2 章　这一辈子都不想再见到母亲了

钱的问题总是令人烦恼。

“趁年轻就应该主动迎接历练。”这种乐观的名言也曾于某个时代流行一时，但现在的大学生们肩上压着高额的学费，连半年后能不能维系求学生活都不知道。

在半年后的生活都无法展望的不安定状态下，因为心理上的压力，他们中的一部分人，精神也受到了侵蚀。

没钱，真的是一点好处都没有。

满脑子只有烦恼，学业也继续不下去了。

因为要优先打工赚钱，所以频繁地留级、退学。被人捏住软肋而被迫从事黑色兼职，甚至参与违法行当，染指卖身或犯罪行为。

非自愿进入风俗业和卖身的女大学生，其实就是在充当中年男性性欲发泄的工具。

对贫困的恐惧会造成“连锁反应”。

问题不会止于没钱。2018 年 9 月 7 日，在九州大学箱崎校区发现了一具烧焦的尸体，据说就是一个因苦于贫困而自焚身亡的自杀者。

贫困，有时关联着毁灭性的后果。

3年前，我曾出版过一本专门采访女大学生贫困问题的书：《女大学生风俗小姐》(朝日新书出版)。在执笔过程中，我先后采访了10多个为学费和生活费发愁、苦于贫困的在读女大学生。我尝试与其中的一位——山田诗织（化名，24岁）取得了联系。

她现在正因为酒精依赖症在关东近郊的一所精神病医院住院治疗。听说只要提出外出申请，获得许可就可以外出，所以我和她约在了医院附近见面。

我住进医院是在10月25日，现在已经住了1个多月了。身体一塌糊涂……我都不知道为什么非要把自己喝成这副德性……

山田女士一边叹气一边喃喃说道。

山田女士当时是就读于都内著名大学的四年级学生，一边在涩谷的一家派遣风俗店打工，一边过着学生的生活。我原先采访她的时候，她已经结束了就职活动，好像是得到了一家广告公司的内定。

冷静地回想起来，我毕业之后的两年简直过得一团糟。其实那之后，我放弃了内定的公司，做了成人影片女优。但是，光这样也不行，所以就找了一份事务性的工作……结果半年就辞了。之后我又做了服务业的店员，但也没超过半年。现在无业。后来就染上了酒精依赖症，1个月之前住进了精神病医院。我真的不知道自己都干了些什么。

她的表情呆滞而疲倦，只化了个淡妆，头发也没打理。大学生时代那种如花般充满自信的印象已荡然无存，外表的沧桑感已经超过了她的实际年龄。

放弃内定成为成人影片女优

她的父亲在她上高中的时候被裁员了，家庭失去了供这个女儿上大学的经济能力。但她拿到了一般升学考试很难合格的一所大学的保送名额，实在舍不得放弃升学。家里的祖父母为她凑够了第一年度的入学费用，把她送进了大学。

然而，每半年就得交一次学费。可除去入学前支付的第一年的费用，她之后的求学生涯，父母和祖父母都给不了她一分钱的援助。

她借了日本学生支援机构的第二种助学金10万日元，全额用作学费。当时她还住在自己家里，生活费、餐饮费和交通费就靠打工来赚。她以为，只要打打工，总能维持下去，所以刚升学时并没有想得太严重。

成为大学生后不久，她开始在住处附近的荞麦面店打工。如果要优先保证上课的时间，工作挣钱的时间就会十分有限。时薪只有900日元，又不能长时间上班，一个月的收入就只有3万～4万日元。而每半年50多万日元的学费负担实在是太重了，大学二年级那年，她决定去做风俗业。

在网络上，风俗业的招聘信息到处都是，与招聘全靠纸质媒介、街头招揽和介绍的时代比起来，风俗业离人们的日常生活更近了。这样的环境下，无论是谁，只要发一封邮件就能踏入那个世界。未经慎重考虑，她就成了风俗小姐。掌握了赚钱的诀窍，她很快便积极地干起了这一行。

两年前采访她的时候，她对步入社会持乐观的态度。她说："如果偿还助学金和生活费的钱不够了，进了公司也会利用休息日做风俗业的工作。"

做多少就拿多少钱的性风俗业给从业女性的自由度很高，她们可以自由选择工作的时间，而且客人对她们的需要也可以满足她们被人认可的欲望。这对当时的山田女士来说，是一个理所当然的选择。

但那之后，她的心境究竟产生了怎样的变化？是什么让她放弃了内定，决定去做成人影片女优呢？

> 现在回想那个时候，其实我并没有明确想从事的工作。大学一二年级的时候只是模糊地希望可以去海外工作，暑假的时候还留过学。开始做风俗业也是因为当时实在太想去留学了。但是，自从做了风俗业，我又迷茫了。随着钱越挣越多，我开始把夜晚的工作当成第一目标。在我心里，大学生涯和夜晚的工作无法两全了。

从父亲被裁员的高中时代到成为风俗小姐的大学二年级，山田女士不能和朋友一起吃午餐，也不能一起出去玩儿。因为没钱，也没法打扮。每年两次的学费支付一直是心头沉重的负担，她怀着自卑感成天只担心钱的事情。

她长着张娃娃脸，胸部丰满，在外貌上很有优势。因为一心想去留学而冲动地应征了风俗店的工作，被录取后便下定决心去上班了。在荞麦面店里工作一个月的工钱，只短短一天就挣到了。她当时想，“我找到了一份了不起的工作”。

那之后，她很快就能月入40万～70万日元了。山田女士所在的大学里富裕阶层的子女较多。因为有了钱，她能和家庭富裕的朋友们平等地出去玩了，还可以无节制地想买什么就买什么。卸下了没钱交学费的重担，她觉得自己真的找到了一份了不起的工作。

> 我并没觉得自己去卖身就不是好人了。只觉得，在夜晚的世界里工作，成了我的一切。因为有了夜里的工作我能上大学了，还留了学，没钱带来的精神上的折磨也没有了。风俗业对我来说，已经不再是赚钱的临时手段，也不再是我实现未来规划的一种临时依托，夜晚的世界成了我的归宿。虽然白天遇到的人并不认识夜晚的我，但是我觉得在夜晚努力工作赚钱成了我的骄傲和真实愿望，我对此产生了一种依赖。

她低着头，小声地讲述着。听上去，似乎在否定过去的自己。

花光了在风俗店里赚到的钱

因为开始做风俗业，所以不再为钱的问题所困了。但是，为了不让父母发现自己在风俗店打工，她还是每个月借10万日元的助学金。而借来的助学金依然用作缴纳学费。

到了大学三年级，校区从郊外转移到了都内。她借此机会离开了自己家，开始一个人生活。

大学、打工的风俗店、常去玩儿的繁华街都离得很近。她开始享受悠闲自在的大学生活。赚到的钱全都花出去了。据她说，有时候购物的花销甚至达到一周 10 万日元，一个月 40 万日元左右。

大学三年级的冬天，从开始找工作的时候起，她的精神状态渐渐出现了问题。原因是即将无法继续眼下的生活而导致的不安。一旦步入社会，离开风俗业，收入当然会变少。不久的将来，她的收入下滑，无法维持目前的生活水平，这是显而易见的，于是她的烦恼增多了。这也成了她正式步入成人影片行业的契机，有机会派往海外工作就职的初心，也从她的心中消失了。

那时候她就开始渴望能一直像现在这样自由富裕地生活。于是工作找得三心二意，大学四年级的秋天，才终于拿到了非上市中小企业的内定。

助学金每个月都会到账，她没想太多，全都用来交学费了。虽然她懂什么是借贷，但具体怎么归还她没有想过。

结束就职活动后，大学四年级的 10 月，开了一场以大学里的助学金借贷者为对象的，针对还款的说明会。那个时候她才认清了现实：加上利息，助学金的偿还总额竟高达 600 万日元。看看自己当初签约的项目，她得还到 40 多岁才能还清。步入社会不仅意味着收入减少，而且 600 万日元贷款的偿还摆在她的面前。

从大学三年级开始，因为要一边上课一边找工作，所以去风俗店打工的天数减少了，比起原来，赚的钱没那么多了。我那时候一个人生活，学费以外的所有开销都靠风俗业的收入维持，所以没留下什么钱。每个月到账的助学金虽然没用作生活费，但也全都拿来交学费了。自从参加了还款的说明会，心里的不安真的是越来越强烈。内定的那家公司的初始工资是每月19万日元左右。扣去税金和社会保险金等，算算到手的金额，觉得要还600万日元的贷款根本就不可能。

在这里，我解释一下在女大学生的讲述中频繁出现的大学助学金。

以前，为因经济原因而就学困难的学生提供就学资金借贷服务的是日本育英会。但是，政府于2004年对其进行了大幅度的调整，日本育英会被废除，改组成了独立行政法人日本学生支援机构。

从那时开始，“大学助学金”便改头换面了。日本学生支援机构以财政投融资和民间资金为财源，将助学金制度作为金融事业发展，年利率上限为3%，助学金变成了徒有虚名的、实际上以利息为收益的金融产业。

其利率是变动型的，目前虽然是以0.01%的低利率在推移，但低利率时代一旦结束，就会跳到上限3%。明明是以严谨的资金运作为条件的融资，但程序上只要父母辈的收入水平被认定为低下就能通过审查；既没有担保，也不管作为债务承担者的学生本人的偿还能力。结果，理所当然地，接二连三的还款滞纳成了问题。

不知道将来要从事什么职业，甚至连劳动是什么都不清楚，高中刚毕业，被认定为低收入家庭出身——将有利息的资金借给这样的未成年人，怎么想都是无谋之举。但对大学毕业后就开始的还款，学生支援机构的要求却很严格——若是滞纳 3 个月以上，就和民间的金融机构一样将之列入黑名单（个人信用情报机构），开始由回收债权的专门企业实施催缴。所谓助学金，本质其实就是学生贷款，这么一个令人联想到支援和给予的美好词汇，却被商业性地利用了。

日本学生支援机构的助学金，分为无利息的第一种和有利息的第二种两类。由于第一种的条件是“借与学业特别优秀，却因经济上的原因明显修学困难的学生”，山田女士申请了有利息的第二种，每月 10 万日元。毕业时，本金有 480 万日元，还要加上利息。于是毕业的同时，她便要背负着与个人破产条件相当的债务，开始在社会上生活。

虽然这个制度存在的问题如此之大，但因为是国家制定的制度，父母和负责指导学生未来规划的工作人员都会轻易地向有升学意愿的学生推荐助学金。承担债务的当事人还是未成年人，他们在对利率和偿还总额一无所知的情况下便使用了这项服务，和山田女士一样，直到临近还款日的毕业前夕，或是步入社会被要求还款之后，才真正意识到这一笔债务的巨大。

我在性工作场所做过许多采访。出卖身体的女性们和社会状况往往有着直接的联系，远在这项制度成为社会问题之前，相关的倾向就在这些女性身上显现出来了。在 2011 年左右，就开始有风俗小姐和成人影片女优们说起自己因偿还助学金而烦恼。

刚开始我并不了解这项制度，所以听见了也没怎么在意。但学生本人和负连带担保责任的亲属的破产不断发生，到 2015 年形成了一个社会问题，政府终于开始以积极的态度尝试解决问题了。现在，政府开始以年收入不满 380 万日元的家庭为对象，研究制定学费减免制度和没有偿还义务的非偿还型助学金制度。

助学金制度把学生逼入绝境

正如前面登场的好几位女大学生所言，在女大学生中，没有父母的支持，只靠打工难以维持求学生活的人不在少数。她们为维系自己的求学生活而采取的最后手段，就是出卖身体。

一言以蔽之，只要提供非偿还型助学金或学费的减免，将她们缺的钱想办法补上，就会立刻显现出与其金额相应的效果。这效果便是，补充多少钱，就可以减少多少钱的卖身交易。

绝大多数的女大学生，但凡有法可想，都不愿意采取“最终手段”：逼不得已的风俗工作。有多少钱用于补助，她们就能有多少时间和精力去学习，去恋爱，去参加社团活动。

举个例子，2017 年度的医疗费用有 42.2 兆日元，达到了过去最高值。之所以会这么高，主要是因为 75 岁以上的高龄者的医疗费用增加了。

我们暂时按大学生 250 万人、短期大学学生 12 万人、研究生 25 万人、专门学校学生 55 万人计算，现在在读的学生总数大约是 342 万人。如果拨 1 兆日元作为高等教育经费投入其中，平分到每个人手中就约 30 万日元。再大概去掉父母一辈身处中上流阶层，收入水平超过中间线的一部分人，将这笔钱平分给低收入家庭的学生，这个金额就能达到 60 万日元。

如果后期高龄者们能为了孙辈们和日本的未来着想，将自己的医疗费用分一部分给教育经费，怎么都能让年轻人的风俗工作以及犯罪减少。不仅如此，若他们能够恢复学生本来的面貌，那么日本也一定能随之改变。

上述哪一种分配方案对社会更有益几乎一目了然，然而因为世代之间的鸿沟，这样的社会并不能实现。中高年世代都以为学生们仍在享受着明媚的青春。长此以往，不只是金钱，高龄者甚至可能将孙辈的人生都蚕食殆尽。

如此明了的世代间经济差距实在令人心惊，且让我们先说回山田女士的故事。

> 大学四年级下学期，我意识到自己背负了一大笔借款的事实，真的十分苦恼。接下来我就要步入社会，每个月靠不足20万日元的收入生活，还要偿还借款，我根本做不到。就在那个时候，我被一个制片公司发掘，他们让我做成人影片女优。他们告诉我，做这一行至少可以赚到助学贷款这600万的一半，让我活得更轻松，我就觉得这样也好。当初刚去试镜那时，我还计划白天照常工作，然后兼职做风俗业慢慢还钱，但日子久了，想要赶快还清借款、早点解脱的心情越来越强烈。结果，我回绝了已经发给我内定的公司，成了一个成人影片女优。

制片公司的游说加剧了她对助学金偿还的不安，于是她被说服了。在大学还没毕业时，她真的出道成了成人影片女优。

女大学生的年龄是18～22岁，短大和专门学校学生则是18～20岁。对于成人影片和风俗业等性产业来说，这是最有价值、最容易换钱的年龄段。成人影片星探和成人影片制片公司这些专门用女性来赚钱、宛如人贩子的从业者，必然会去接近那些能换钱的女性。这些从业者，对女性的实际状况了如指掌。

大学生和专门学校的学生靠着助学金升学，并未察觉那其实就是贷款，到了临近毕业，他们才认清现实，对于偿还贷款产生了不安的情绪，就算醒得再晚，大多也会在毕业之后的第一个月陷入混乱。他们对此非常清楚。

幸也不幸，山田女士胸部丰满，拥有男人们喜欢的娃娃脸，在性产业中的商品价值很高。从业者们如愿以偿地说服了她，让她作为企划单体女优[①]出道。作为一个巨乳女优，她还算卖座，仅半年时间，她便出演了近40部影片。

> 直到今天，我都很混乱，一直没能理清现实。我只知道，自己一直因为背负借款而非常不安，所以就成了成人影片女优。因为做了成人影片女优，我用挣到的钱还了300万日元的借款。这是唯一的救赎。现在还有300万左右需要还。原本要到47岁才能还完的借款，可以提前到32岁还完了。不管怎么说，600万日元是太大一笔钱了。

分期还款的金额是每个月2.5万日元。“找一个正经工作，节省一点，老老实实慢慢还不就行了？”这不过是外人的意见。何况，一个普通的年轻人突然面对高达数百万日元的借款，除了少

---

① 企划单体女优：是成人影片女优的一种类型，指没有与固定的影片制作方签订合同的、可以用自己名字进行宣传的女优。只要女优精力允许，出片数量不限，但收入也不高。

数特别成熟稳重的人以外，多少都会混乱无措，失去合理判断的能力。

助学金制度的设立，表面上是为了让贫困家庭的孩子也有机会接受高等教育。然而，让身后没有退路的贫困家庭的孩子们背负足以让他们个人破产的债务，事实上不仅不能利用高等教育来防止贫困的连锁效应，更会使不少学生进一步陷入负债的深渊。

> 上大学的时候我有两个同样借了助学金的朋友，她们也放弃了未来。因为如果认认真真去想，人会疯掉。我们有时会为了排遣郁闷而约出来喝酒，或者拿着信用卡分期付款购物。我们3个人只要聚到一起，聊的都是对将来的不安。比如结婚无望，我们怎么这么不幸啊什么的。临近毕业那会儿，其中一个人找我商量，说想做夜里的工作。我给她介绍了派遣风俗店，现在，她一边做OL，一边做风俗小姐。

心中的巨大不安甚至影响了精神的稳定，背负的借款金额足以使自己破产，最后只能出卖身体——付出如此高的代价去上大学，真的值得吗？靠借款升学就等同于一种商业投资，如果不能得到大于投资的回报，就会出现问题，过度地投资就会导致破产。

父母的收入低却坚持想上大学，促进这一选择增加的原因，便是对高中学历者的招聘的急剧减少。针对高中学历人员的招聘人数在1992年曾高达167.6万人（根据厚生劳动省调查数据），人数最低的2011年减少到了19.4万人。2017年因劳动力不足问题显著，招聘人数又急剧上升，现在恢复到了43.2万人。

与本世纪90年代初期相比，招聘人数最低的时期甚至减少了将近90%，和高度经济成长期以及泡沫期的状况截然不同。多年来，高中毕业后的选择就只能是上大学或者去专门学校。

高中学历招聘的减少，大学和专门学校的诱导，再加上学费在应由受益阶层承担的名义下持续走高，1996年时只要1.2万日元的国立大学学费已经涨到了如今的53.58万日元，直接翻了44倍。

如果家庭收入也翻了44倍，那不存在任何问题，然而家庭收入却从1994年的664.2万日元下降到现在的560.2万日元（根据厚生劳动省调查数据）。学费支出在家庭收入中的占比增加，父母开始付不起高等教育的费用了。

因为大学的升学率一直在上升，助学金的使用者持续增加，到2012年时助学金使用者已经占到了大学生（昼间部）总数的52.5%（2016年是48.9%，根据日本学生支援机构调查结果），这便是现在的社会背景。

我只能说，年轻人的生存环境前所未有地糟糕。他们和现在中年以上的一辈人，生活在截然不同的世界里。

女大学生成为风俗小姐，大致分为两种情况。

一种是在中学或高中时代就知道了助学金的风险，于是试图通过卖身赚钱来避免助学贷款，或者是在大学时代意识到其风险，将助学金的使用控制在最低限度，再下定决心通过卖身来补贴不足的部分。

另一种是并未深思熟虑便在父母或教师的建议下申请了助学金，到了必须还款的毕业前夕或开始还款的毕业后才明白了现实，陷入混乱。她们受偿还借款的压力所迫，开始寻找高薪的兼职，最后走上风俗业和陪酒行业的道路，然后开始做两份工作。

据调查，踏入风俗业或陪酒行业的最常见年龄是22岁。结合这些现状来看，不得不让人联想到助学金的巨大影响。

从此前女大学生的案例中可以看出，父母的支援太少或者完全没有的学生，光靠一般的兼职是无法赚够钱的。再加上几项对大学生不利的政策和没有增长的经济状况，导致的结果便是无关性经验和性格，也无关家庭环境，越来越多的女大学生开始流入夜晚的世界。男生也一样，在男公关、非法拉客、非法引诱、协助欺诈这类灰暗的世界里，有很多男大学生过着不知何时就会被警察逮捕的日子。年轻人贫困让女生出卖自己的身体，让男生们涉足犯罪，造成了巨大的社会损失。

第一次找到的“白天”的工作是非正式聘用的后勤职位

回绝了给出内定的公司，山田女士在成人影片女优隐退之后，已经没力气再从头找工作了。她找了Hello-Work① 咨询，他们介绍了一个医疗法人的后勤职位，她被录用了。

> 那是一个非正式聘用的行政工作，是我找到的第一份白天的工作。但是人际关系很复杂，工资低，坐班时间又长。每天都要加3～4小时的班，周六也会排班。工资到手是17万日元左右，光靠17万日元独立生活的话，根本过不下去。于是我打算继续做风俗业。但是，我要加班，没法兼职做夜

① Hello-Work：在日本指公共职业介绍所，属于公益机构，可以免费介绍工作机会。

里的工作。我觉得这样完全不划算。我靠花存款坚持了一段时间，最终只干了半年就辞职了。

因为她是一个人生活，所以最低的生活费必须保证到手20万日元。但是即使去找别的工作，也都是些非正式雇用的招聘，她一直没能找到一份可以赚够生活费的工作。经过一段时间的求职，她被某服务行业录用了。

只靠白天的工作偿还借款和生存，我的生活从一开始就是捉襟见肘的。纠结到后来，我的精神逐渐开始崩溃了。靠夜里的工作度过的充实的学生时代和靠白天的工作却连最低限度的生活都无法保障的现在，这之间的落差太大，我实在无法适应。另一方面，我也没想到自己的工作能力竟然这么差。干了服务业之后，虽然他们嘴上说只要踏踏实实，一点一点学着做就行了，但我又不是应届毕业生，对方也认为我应该有工作经验。人家是以我有社会人的基本常识为前提才录用我的，但人家要求的能力，我不具备。

她说，这是她自大学一年级打工以来，找到的第二份不用脱衣服的工作。三番五次地被上司和同事提醒，遭人冷眼，终于使她意识到，自己并不具备一般社会人的常识。

不会打招呼，日常用语也不合时宜，不懂接待客人的方法。我开始觉得，原来以为正确才做的事，全都是错的。我明明是想成为一个正经的社会人才去读大学，可我这些年都做了些什么呢？这种打击真的太大了。找不到人商量，就这么一个人闷着和自己较劲，后来就得了抑郁症。

不仅为金钱烦恼，而且在白天的工作里也找不到自己的位置，丝毫看不到将来的路。她开始失眠，早上起不来，晚上睡不着。她不会笑了，不停重复着过量进食和呕吐，还会突然悲伤地哭出来。

工作带来的落差和自责让我崩溃了。我意识到自己从前把社会看得太简单了，觉得自己应该重新认真工作。可我虽然有心工作，但情绪太糟糕，根本无法工作。存款一天天减少，而且每月必须偿还借款。太多的问题交织在一起，我消化不了，陷入崩溃和恐慌，感觉这样下去不行。我想，如果回家，可能可以从头再来吧。所以，我和父母商量，最后放弃了一个人生活，也辞了工作，回了老家。这是半年前的事了。

她的母亲告诉她，她需要精神上的休养，她和家人都觉得不能操之过急，先在老家放松生活一段时间。结束了一个人生活，支出减少了，她总算勉勉强强能只靠白天的打工维持自己的生活了。

可能因为父母在身边，所以产生了依赖情绪吧，回了老家，我又开始把喝酒当成了自己的寄托。父母虽然都劝我休息，但我想快点找到工作，特别焦虑。我很想工作，但现实却是，我的身心都跟不上这个愿望。

上午起床，中午就开始喝啤酒，到了傍晚又变成喝烧酒，每天都能喝空一个一升的酒瓶。晚上因为喝得烂醉所以都没什么记忆，直到早上起床才回过神来。这种危险的饮酒行为日复一日地重演着。

> 我得了控制障碍[①]。很多事情都变得一团乱。大白天就开始喝酒，一直喝到睡过去，什么事都不记得。烂醉如泥根本没记忆。这些成了我的日常，于是因为过度进食引发的呕吐症状更严重了。抑郁和呕吐虽然是在我一个人生活的时候就有的症状，不过这回被我的父母看见了。我原来不认为抑郁和呕吐是病，但我父母看着烂醉如泥、还过度饮食、呕吐的我，察觉到不对劲了。于是他们带我去看了心理内科，后来又带我去了精神病医院，就这么住院了。

10 月初，她在心理内科被诊断为酒精依赖症，诊所的医生建议她去精神病医院住院治疗。10 月 25 日，她住进了现在的医院。

> 在精神病医院住院并不是一直躺在病床上。有时候会去患者自助组织，有时候要学习认知行动疗法，有时候还要通过作业疗法制作一些东西回避压力，还会参加一些关于酒精的学习会之类的。我以前完全不懂怎么缓解压力，所以一直

① 控制障碍：又叫“冲动控制障碍”“意向控制障碍”，此类病人会在过分强烈的欲望驱使下，采取某些不当行为，这些行为多为社会规范所不容或会对自己造成伤害，但病人无法控制自己。

在接受帮助我回归正常生活的系统辅导。

她从大学毕业还不到两年。在这期间，她做了成人影片女优，精神崩溃，最后患了酒精依赖症。想要去海外发展的梦想，她已经完全放弃了。

> 我不知道今后会怎么样。住院太突然了，等出院了我会去做白天的工作，但也不知道能不能持久，我一点自信也没有。我会运用最近学到的回避压力的方法，让自己能坚持久一点，但也可能做不到。因为住在老家，每个月有个20万日元也就够了。我想尽量找到一个收入能够维持我最低限度生活的工作。风俗业或者卖身什么的应该不会做了吧，其实我也说不好。至少现在我觉得，从社会常识的角度考虑，还是不做这些比较好。

我在医院附近的咖啡店里，花了两个小时倾听她的讲述。正如她本人所说，她看上去真的一团糟。酒精依赖症并不是可以完全治愈的病，但她尚在轻度状态便入院了，据说应该能够慢慢克服。

——你觉得你变成这样，是因为助学金吗？

> 虽然这全都是我自己不好，但我觉得助学金还是一个很大的因素。回想起来，我也很后悔做了成人影片女优，但要是不做，情况可能更糟，所以，也不能完全否定助学金吧。

这是三周以来她第一次外出。山田女士说，她要去优衣库买点衣服，然后回医院。

因持续的失眠而一时冲动上吊自杀

和 30 年前的青春时代相比，现在大学生的父母可支配的个人所得减少了，没了足够的钱用在孩子身上。同时，由于对国立大学补助金的削减而造成的学费高涨，入学人数的严格限制——为了日本的未来，本应为年轻人的教育投资的国家，却先后实行了这一系列的政策，加剧了大学生的贫困。

结果显而易见，大学生陷入贫困的现状，就说明了问题。

这些父母、祖父母们在大学时代感受到的尽是青春的美好。现在，他们丝毫不理解年轻一辈的处境，一味用自己的价值观来要求、评判他们，这更加重了年轻人的负担。

为了自己和日本的未来，正在接受高等教育的女孩们，将肉体献出来让这些成年人贪婪啃噬，身心疲惫不堪。这已经不是“穷苦学生”这个词可以概括的了，这是一种本末倒置，是一种异常。

> 我没有任何欲望，连衣服都不想换，已经几个礼拜没洗澡了，牙也没刷，来这里也是费了好大的劲……

几个月前从东京的著名女子大学自愿退学的石川美织女士（化名，22 岁）身穿睡衣站在我的面前，尽管我们约见的地点是人来人往的繁华街区。她头发凌乱，没化妆，一眼就能看出她周身都散发着一种极度疲惫之感。第一印象可以说是“憔悴不堪”，脚下也不稳，步子很慢。

她好像很畏惧他人的视线。路上与她擦肩而过的人源源不绝，她时不时会露出害怕的表情，她的状态明显就不大正常，看上去似乎患有精神上的疾病，我感觉情况不大妙，便和她进了离约见地点最近的一家 KTV 包厢。

> 我有很严重的统合失调症。大学实在是上不下去了，所以 3 个月前办了退学。同时也在接受最低生活保障①。

听她介绍，她在东京一个住宅区里独自生活，住的是福利房，房租一个月是 5.3 万日元。每个月她账户会收到 14 万日元的最低生活保障金。如果她的求学生活顺利的话，现在本该是大学四年级的学生。然而，她的病情不断恶化，再加上学费的问题，最后只能选择退学。

她说自己曾在东京一家医院的精神科住院 1 个多月，现在出院刚两个星期，对生活根本没有任何期待。我真的可以什么都不做，就这样一直在房间里躺着。

石川女士现在一天的大致生活轨迹：中午 12 点醒来，但因为疲倦，所以会睡个回笼觉。等再睡醒，通常都是傍晚了。

她连动一动身子都觉得累，爬起来上厕所也很勉强。她时常呆坐在房间一隅，一坐就是几个小时。肚子饿了，屋里有什么就

① 最低生活保障：这里指日本的低保制度，日本政府或自治体政府会向穷困国民提供一笔最低生活保障金，以维持其最基本的生活。

吃什么，到了时间就吃精神科给开的药。到了夜里她才会开始活动，漫无目的地盯着电视或网页看。到了清晨，她倒头就睡。最近两个星期，她的生活就是如此。

她说，自己吃的东西就只有附近便利店里的关东煮。因为懒得看菜单选，所以她会点鸡蛋、萝卜、竹轮，每次都一样。凡是远过附近便利店的地方，她都不想去。所以她真的就只吃关东煮。

> 自从出院以来，我一次也没洗过澡，牙也没刷过。不刷牙应该是很早以前开始的，什么时候已经记不清了。最近，我连衣服都没换过。原因是生病和药物的副作用，真的什么事情都不想做。

她咧开嘴，露出前面的牙齿给我看。上牙、下牙都有几处发黑。连前面通常不容易长虫牙的几颗牙也被侵蚀了，嘴里其他部位什么状况可想而知，肯定全是虫牙。

我和店员点了些饮料和吃的，然后让她把上学期还在籍的著名女子大学学生证、收取最低生活保障金的存折以及“服药笔记”出示给我看。学生证上的照片是入学前拍摄的，上面印着一位聪慧的美少女，光看她现在这个形容憔悴的模样，根本无法想象。

> 1 年半以前，我读大学 3 年级，那时候就已经没办法打工了。所以医院的大夫建议我，在病治好之前，先接受最低生活保障。但病总不见好。最近我吃的药剂量太大，很多事都没有记忆，就在拿最低生活保障金前几天，我还因为偷东

西被抓了，当时，我还以为是在收自己洗的衣服，完全不明白为什么不认识的人会对我发火，但其实，那些衣服好像是店里的商品，可我一点都不记得了。

她服的药似乎有很强的副作用，会让她频繁地失去记忆。一进 KTV 的包厢，她那令人生疑的不安神情消失了，开始主动讲述起来。她究竟是因为什么，才住进了精神病医院呢？

是因为我一直失眠，然后一冲动还上吊自杀了。我根本控制不住自己，说真的，太痛苦了。

于是我们开始了一段令人难以想象的对话。所谓统合失调症，是一种会产生妄想或幻觉的精神机能障碍，是一种脑部的疾病。思考、知觉、感情、言语、感觉都会受其影响，导致一些异常的举动。这不是服药就能治愈的，副作用会引发帕金森氏综合征或肌张力障碍，造成无法挽回的后果。

我自杀未遂，是因为被男朋友甩了。我男朋友是便利店的店长，他说，希望我“暂时不要联系他”。因为我有统合失调症，所以产生了妄想，觉得他是不是遇事被撤职了，有的没的想了很多。于是我没遵守约定给他发了一条短信，问他“怎么了”。结果他生气了，于是就把我甩了。我明明并没有想死，结果却冲动地上了吊。

据她讲述，她被男朋友甩是通过电话口头说的。因为那时是深夜，所以她在自己家。电话挂断以后，她无意识地失神了一段时间，其间用毛巾打了一个结，做成绳套，并步行了几分钟来到了附近的公园。

深夜的公园空无一人，十分宁静。她把毛巾挂在滑梯架子上，然后将头伸了进去。为了死，她用力往下一跳，吊在了绳套上。顿时一阵冲击力和剧痛袭向她的脖子，随后，她便“咚”的一声落在了地上。

> 上吊时毛巾的长度不够，我又接了一件运动服在上面。毛巾和运动服系在一起摩擦力小，所以耐不住重量松开了，绳套猛地一下松开，我就掉下去了，我因此得救。我当时心想，啊，失败了，得再来一次，于是又站起来，可是脖子疼得受不了，我便自己叫了救护车去医院拍了片子，结果喉部骨裂了。

听她讲完这段惨痛经历，我不禁倒吸一口凉气。统合失调症既有因强烈的妄想和幻觉而做出异常举动的阳性症状，也会有持续性意欲低沉这种阴性症状发作。她现在已经连刷牙的意愿都没有了，到这里来也十分勉强，这就是阴性症状。而冲动上吊自杀所体现的行动力则是阳性症状。

现在，她本应处于什么事都不想做的阴性症状中，却准时来到了这里，而且还讲述了不少故事，这让我感觉到她有一种强烈的意志，希望“有人来倾听我的声音”。

在她的服药笔记上记录着开给她的药。我数了一下，包括有强烈副作用的精神药物在内，总共 15 种。实在太多了。她究竟是怎么沦落到如此地步？于是我和她一起回溯，听她慢慢讲起了她的故事。

初中三年级时将京都大学定为志愿学校

她出生在关西地区，初中时便进了一所初高中连读的高质量升学名校。

> 我成绩很好，初中三年级的时候，我就把志愿定成了京都大学。我从初中三年级开始，直到高中二年级的暑假，几乎没在床上睡过觉，学习非常努力。我刻意削减睡眠时间用来学习，这样的生活持续了3年。每天光是在家里学习的时间就有8个小时以上。

她对学历高低和大学排名非常在意，从初中3年级就开始做考大学的准备，生活中只有学习。她不惜牺牲睡眠拼命学习，异常的睡眠不足一直持续着。

状态糟糕的时候，光是从家走到车站的5分钟里，她都可以闭着眼睛边睡边走。甚至周边的邻居都盛传，这个孩子有问题。还有人担心地问过她母亲："我看您女儿一直都是一副没精神的样子，没事吧？"然而，就算拿睡眠的时间来学习，她的成绩也没有如愿以偿地提升。

> 高中二年级的暑假之前，我参加模拟考试，京都大学的评定等级是B。一年前我参加同样的模拟考试，成绩也是B。我明明都不眠不休地学了，成绩却完全没长进。那之后，我

就开始不正常了。

她想学习，可一拿起笔，就胸痛难忍、过呼吸发作，这是最初的异常。

暑假我打算更拼命地学习，但过呼吸一发作，连作业都完成不了。第二学期开学典礼那天，我真的特别不想去学校，可还是硬撑着去了。然而，我却没能走进教室。一想到要去学习的地方，我就浑身恶寒，不住地打颤，还过呼吸发作。因此，我常跑保健室，这种状态一直持续到第二年3月。

她去医院检查，结果诊断为“抑郁症”。

在自己家里，她停止不了割腕、割腿等自残行为，并开始失眠。察觉到自己可能是精神疾病于是去医院检查，开始服用医院开的药物。可即使服了药，早上也没法按时起床。高中2年级的暑假以后，她一次也没能踏进教室的门，就这么升上了3年级。

她的家庭有问题。父亲是一个蛮横的人，母亲因为父亲的精神虐待而罹患精神疾病。哥哥和姐姐都是高中毕业后就逃一样地离开了家，而无法继续学习的她则在自己家里，不断重复着割腕和割腿的自残行为。

当时，我身上有不少的割腕伤和割腿伤，父亲看到了就会吼我：“真想死的家伙根本不会往这种地方割。”他总是说我“根本不是想死才割的”，即使我说“不是这样”，他也不听，只说“你就是装出一副想死的样子，吸引别人的注意罢了”，反正一直都在骂我。我不明白，自己的女儿都这么痛苦了，身上千疮百孔，他怎么能说出这样的话？我明明是在发出求救的信号啊……

高中3年级的夏天，她的父母离婚了。罹患精神疾病的母亲离开家，开始接受最低生活保障，而石川女士则和父亲两个人生活。跟着一个对孩子毫无兴趣的父亲生活，只能让她的心理压力与日俱增，根本无法学习。

于是她的成绩急剧下降，偏差值实在差得太多，原本定为目标的京都大学是无法再报考了。于是她将志愿学校改成了东京的一所私立女子大学，结果被录取了。那也是一所堪称名门的女子大学。

父亲本来反对她就读，后来以学费以外全部开销自己解决为条件，才勉强给她交了学费。她住进女生宿舍，从日本学生支援机构每月借11.3万日元的助学金。要是不靠打工每月至少赚个几万日元，她就没法维持求学生活。

自从来到东京，我的生活状况真的越来越糟。大学1年级到2年级的夏天，我患过过食症，2年级的夏天到4年级的春天又是抑郁症，4年级的春天开始变成统合失调症。患上抑郁症的时候，我的社团活动是每周3天，学校上课是每周5天，深夜的打工是每周4天。打工的牛肉饭连锁店里因为人手不足，上班的时间越来越长。到最后，每周有4天时间根本没法睡觉，因为过劳和睡眠不足，我的身体垮了。

进入大学之后，她便患上了过食症。据说一顿能吃 30 多个点心面包，吐司面包能吃 3 斤，餐费的开销很大。助学金的钱已经不够她花了，为了吃，她只能打工。于是她开始在连锁的牛肉饭店打工。连锁类的店铺，不管哪里，劳动力都严重不足。

服务行业的管理者非常清楚，很多学生的钱不够维持求学生活。所以为了应付人手不足的状况，管理者们的对策便是说服这些为钱所困的学生，多干哪怕一天、一小时的活儿。因为过劳伤了身体都是学生的责任，而这些管理者会舍弃这个人，去说服下一个学生。这些学生就是非正式聘用的一次性劳力。

> 仗着年轻，即使一个星期有 4 天不能睡觉，我也勉强维持着求学生活。这样持续了 1 年左右，身体渐渐撑不住了，最终结果是，虽然每天都很累，但失眠更加严重起来。我搬出女生宿舍，开始和男朋友同居。但我根本睡不着，等男朋友睡了，我夜里 3 点左右到 24 小时营业的超市买利口酒，一整瓶一直喝到早上也完全醉不了，无法入睡。后来我昼夜颠倒，学校那边也总是请假，打工也打不下去了。我没法坚持准时上工，于是被开除了。之后，我就开始在约会咖啡店①赚钱。

结果，她还是选择了卖身。

约会咖啡店是在首都圈繁华街里经营的男女约会场所，所有

---

① 约会咖啡店：指店家提供一个场所，女孩子可以自由进出，免费在里面看电视、喝饮料、吃零食，等待被约会；男客只要办张会员卡，再支付一定费用，就可以进店自由选择和这些女孩子“约会”。“约会”的内容不受限制，因此也可能是双方协商好的卖身行为。

的店面都可以成为卖身交易的温床。没有固定工作时间的卖身行为，是取得收入的最终手段。很多患有精神疾病，不知何时才能恢复的女性常常会利用这样的约会咖啡店。女性客人进出自由，和男性客人的交流也是自由的。她挑自己身体状况较好的时候来到店里，为了生活费而卖身。

流入灰色产业的学生

正如前文所述，贫困与犯罪和卖身有着直接的联系。夜总会自不必说，风俗店、成人影片制片公司、色情洗浴中心[①]、约会咖啡店、JK 营业[②]、社交网络等，在读女大学生真的无处不在。

男学生也是一样，非法拉客、非法引诱、男公关、协助犯罪等等，在籍的男大学生也一个接一个流入了回报较高的灰色产业。我通过采访，接触过一些和反社会势力勾结的灰色产业，它们几乎都是昙花一现，无法长久，所以他们都只在乎眼前的利益。今后还有漫长的人生要走的大学生根本不该涉足这样的产业，这些经历，只会给他们带去负面的影响。

在石川女士的同年级同学中，也有做风俗小姐的，她便是听朋友的建议踏入了风俗行业。因为失眠，她被打工的店开除了，于是，她找同年级的同学商量自己钱不够用的烦恼，她的同学告诉她“做轻风俗是很轻松的”。于是她在网上搜索，去面试了几家店。但因为过食症，她身体肥胖，风俗店不愿意录用她。最后，

---

① 色情洗浴中心：指可以指定店内风俗小姐为男客提供性服务的洗浴中心。

② JK营业：指可以在店内付钱享受女高中生等年轻女孩陪吃、陪聊等擦边服务的风俗店。也会有女大学生扮作女高中生在店内工作。

她以卖身为目的，开始出入约会咖啡店。

> 身体有力气动的时候就会到涩谷或池袋的约会咖啡店去，价格一般是1万或者2万日元。因为没法遵守门限，也不能住宿舍，我靠卖身，勉强攒够了钱，才搬到现在的住处。

她卖身给素不相识的男人，健康状态进一步恶化。失眠愈发严重，已经到了一旦醒来，就不知道什么时候才能再睡着的地步。她开始定期去精神科就诊，不断地倾诉自己的痛苦和窘况。给她开的药，也逐渐增加。

通过约会咖啡店卖身的生活持续了3个月便到极限了。可无论她的健康状况有多糟糕，生活仍要继续，她必须赚钱。她都不知道下个礼拜、下个月还能不能活着，心里的不安越来越强烈，她开始出现幻听。

石川女士在那个时候就曾经给恋人写过遗书，然后在恋人的房间里上吊自杀，引起过一场风波。

> 我不知道自己到底怎么了。每次想去约会咖啡店，就会发烧，每日每夜，都会想到死，原因不明。刚开始，是听见有人在耳边说“你对这个社会已经毫无用处了，不如死了算了”，很可怕，是幻听。为了不听见这些声音，我就哇哇大叫，但越是叫，幻听就越大声。我一个人实在是无法承受，整个人都处于错乱的状态，后来才发展成自杀未遂。只不过那天，我男朋友刚好在场，所以才得救了。

到了大学3年级的夏天，不要说求学生活，她就连普通的生活都难以维持，什么事都做不成了。

统合失调症的阳性症状——幻觉和幻听令她痛苦不堪，而现在的阴性症状，又让她陷入毫无期待的状态。在此之前，她的寄托是恋爱和异性。社团的学长，在约会咖啡店里认识的介护人员，还有成为她自杀未遂原因的便利店店长等，她依赖着自己结识的这些男性，勉强活着，而现在她失去了这一切，俨然已经处于一种极限状态了。就算她想继续依赖异性，像现在这种不洗澡、不刷牙的状态，根本不会有异性愿意接近她。

这之前，临近住院前那几天，我的身体状况差到连医院也没法去了，曾经停过几天药。周五那天药吃完了，所以到周一之前都没药吃。于是就发生了很恐怖的事。我听见玄关总有人“咚咚咚”地敲门，还有女人“啊——”的尖叫声。我心想这是怎么了？于是去看玄关的猫眼。结果，我看见两个没头的人站在门口，好像是一对母子。这时候，玄关忽然扭曲变形了，从我的手腕上突然涌出很多虫子。门这边我满手是虫，而门外的两个人还朝我伸出手来，我整个人完全错乱了。

我看见她的手臂上有一些抓痕。应该是精神错乱，觉得手臂上涌出虫子的时候抓伤的。她的描述是如此逼真，令我脊背发寒。现在，她正在和她的疾病作斗争，要是断掉精神药物，恐怕又会看到这些狰狞可怖的幻觉。

她的讲述到此为止。因为她好像还饿着肚子，所以我们吃了披萨，在将近两个小时的时间里，她抽了一包以上的烟。

> 我借的助学金大约500万日元。今年内我会申请个人破产。我想再努力学一次，考进憧憬的国立大学，然后扭转自己的人生。我想这是我最后的机会了，所以很想快点开始学习。现在虽然身体状况不允许，但等情况稳定下来，我会马上开始学习的。

她一边吃，一边说起了自己对未来的期许。对学历和大学的执着依然没有改变，她似乎觉得，再考进一所好大学，一切就能变得好起来。

即便在参加考试之前，她的病情好转，努力考进了心仪的学校，要靠打工来赚取学费和生活费也很困难。她打算今年内申请个人破产，那助学金和贷款就用不了了。我一时不知道应该对她说些什么。

激增的精神疾病患者

她服用的药物实在是太多了。每一种药上都写着一些危险的副作用的可能性。这样开药，真的没问题吗？我实在是有些担心，于是经过她的许可，给她的服药笔记上现在的处方拍了一张照，发给认识的药剂师看。

> 真是一次性开了这么多吗？睡眠药物开得太多，简直令人难以置信。她有没有说自己精神恍惚、疲倦乏力、想死什

么的？注意力肯定也下降了，副作用也可能造成胃和肝脏损伤，便秘肯定也很严重吧？所以还给她开了胃药和治便秘的药，但像这么吃药，我很担心会造成不好的后果。

这位药剂师看了很吃惊，我向他描述了她的现状，说她没有自杀意愿，但毫无期望，而且有点过食症状。

既然她现在没有自杀意愿，那应该是阴性症状。过食加上易胖的副作用，肯定会加重她的症状。我感觉这是典型的处方级联[①]，所以最好是能减药。我不清楚她的年龄、体格、过往病史、肝脏功能、治疗过程，所以很难下定论，不过我觉得换一家医院也不失为一种选择。她的情况复杂，应该从哪里开始着手治疗，我也不知道。不过，我想她是真的非常不安，而且十分强烈地向医生倾诉过自己的失眠症状吧。真希望她能得到好的治疗。

几天后，我把药剂师的建议通过邮件转发给了她，却没有得到她的回复。

她虽然心怀重新求学的希望，但是一直大剂量服用副作用这么强的药物，她怎么能重新站得起来呢？她会不会终其一生都只能接受最低生活保障，活在痛苦之中呢？

在日本，抑郁症等精神疾病患者的数量从 1999 年的 204.1 万人，激增到 2014 年的 392.4 万人（根据厚生劳动省调查数据）。

---

① 处方级联：指开处方给患者一种药物，引起了不良症状，为处理这些不良症状开出新的药物处方的情况。

精神疾病的原因，多来自过劳、人际关系问题、离婚等带来的精神压力。患者激增的背后，是虐待的增加，以及通货紧缩带来的劳动环境的恶化。对石川女士来说，人手不足造成的长时间劳动，便成了压倒她的最后一根稻草，让她被痛苦的病状侵蚀，如同坠入地狱一般。看她的状况，我无法想象她回归社会的样子，所以在她恢复之前，只能依靠国家最低生活保障的支持了。

见过石川女士这种鲜明的案例，我意识到，自 2000 年起便势头凶猛，因长时间劳动而毁掉了众多人才的黑心企业，真的是一个很严峻的问题，这让我感到很愤怒。风投企业的经营者成为时代的宠儿，过度劳动蔓延，致使抑郁症激增。现在想来，这其实是让经济不景气的日本加速沦陷很大的一个原因。

其实，我以前经营的以贫困阶层为目标人群的临时性（包日服务和短期停留服务）看护机构，就曾经出现过过度劳动的状况，所以我深知它的可怕。

工作人员一个接一个地出状况，看护程度最高的分支机构里，员工只要工作一年以上，健康一定会受到影响。现在回想起来，在 2000 年左右的过度劳动，还是流行和受人称赞的。

最终，在机构里帮忙的妻子患了抑郁症，家庭险些支离破碎，恢复原状花了两年多的时间，我因此明白，在长时间劳动下，人的体力和心理上的双重负担，很轻易便能将人击垮。所以，我关掉了公司。

2000 年以后的黑心企业问题，在大型服装制造商和连锁居酒屋接二连三地搞垮新就业的年轻人后，终于演变成了一个大问题。家庭，地方，乃至国家投资培养出来的年轻人，竟被一个企业为了自己的利益搞垮了，这种事是不可原谅的。所以这些企业被指名道姓地责难，是应该的。

人一旦患上精神疾病，即使想工作也可能有心无力。当事者如果不去依赖家人和亲戚或是福利制度等安全网，就会被逼入无法生存的窘境。如果找不到安全网，他们会陷入严重的贫困。预防过度劳动的发生，对全社会来说是绝对有必要的。

受到母亲的虐待而罹患抑郁症

最近，想寻死的心情又变强了……还真是挺难受的。

高坂美咲（化名，25 岁）面无表情地说道。她在 10 多岁的时候就患了抑郁症，现在也仍在和抑制不住的“求死冲动”斗争着。她的外表看起来和同龄女性似乎并无二致，但表情里看不出喜怒哀乐，也许是因为失眠，她看上去有些疲惫。

我其实很想工作，因为有精神疾病，没办法工作。我本来进行了一段时间的求职活动，但总是拿到内定又被辞退，重复了好几回。以前的生活就是一直窝在家里，今年第一次被主治医生诊断为“可以每星期工作 2 ～ 3 天”，一直到两个月之前，我都照派遣公司的分配，做一家外资企业的英语接待员。不过，我还是被解雇了。

她被解雇的理由，据说是“大声吵嚷”。她本人表示这是毫无道理的不正当解雇，说自己“绝对没有做过这种事情”。

为了获得更多利益，不惜让员工过度劳动的公司，不会愿意雇用有精神疾病的人。像她遇到的这种扯不清的糊涂官司，在很多公司里都会有。不只是她，患有精神疾病的人本就容易引发问题，也许高坂女士是在工作过程中被怀疑患有精神疾病的，这么一来，她遭遇公司不公平的待遇也就不难想象了。

一旦被怀疑患有精神疾病，首先会引起职场内同事的厌恶。当事者明明因为精神疾病而痛苦不堪，这样一来，痛苦又会加深一层。被解雇之后，她的精神状况进一步恶化，已经到了没法见人的地步了。过了好几个星期，才勉强能浏览招聘网站去找新的工作，并且来我这里接受采访。

她的表情非常紧张。因为约见的地方是车站附近，所以人很多。她似乎很不喜欢人多的场所，于是我们走进了 KTV 的包间。

她给我看了写着 13 万日元的最低生活保障金收据以及大学的毕业证书。她的学历非常高。从堪称名门的著名国立初高中连读中学（偏差值 75）毕业考入一所国立大学，最后毕业于美国的研究生院。去年秋天，她才毕业回国，几乎与此同时，她开始接受最低生活保障。

> 接受了最低生活保障之后，精神上轻松了很多。在此之前都是父亲在支持我，因为，要是和我母亲发生金钱上的纠葛，不知道什么时候她就会冲过来打我一顿……

她现在一个人住在地铁中央线沿线的一栋老旧公寓里。在上研究生之前，家里提供她所有的学费和每月 10 万日元的生活费，而回国之后，她就断绝了和父母的关系，选择了接受最低生活保障。据她讲述，是母亲过度干涉她的生活，深深伤害了她，使她罹患了精神疾病。

就读研究生期间我的身体就不大好，不过要是回到父母身边生活，我可能会死。我和保健师商量，被告知还可以选择最低生活保障这条路，于是，我从去年10月开始接受救济。我从没想过要依靠这笔钱，只是精神不稳定的生活让我非常不安，我只是想尽快回归社会。虽然我找工作的第一步失败了，但我不会放弃，会继续努力的。

去年回到日本后便接受最低生活保障的高坂女士生活十分艰难，抑郁症的症状非常重，状况不佳的时候身体几乎无法动弹，什么都做不了。

去年和前年，我过得举步维艰，生活中几乎没办法下床。从就读的后半段开始，我的生活就是这种状态，毫不夸张地说，我差不多有两年时间都过着卧床不起的生活。

一旦出现症状，她就会陷入持续的疲倦感中，身体无法动弹。因为什么事也干不了，所以她会在床上一动不动地躺上几十个小时，心里一直想着好想死、我必须死……时间白白流逝，绝望感越来越强。

我也不知道为什么会恶化。要是知道，我也不会得病了。脑子里不是“好痛苦、好痛苦、好痛苦”就是“好想死、好想死、好想死”，这种状态下，我连澡都不敢洗。去年有段时间，我连续一个月都没洗澡。但是，如果不吃不喝，我真的会死，还好有发病的先兆，我知道自己会变成这个样子，所以就囤了不少食物在床边，好让自己不会饿死。

考虑到饿死的可能性，她在床边囤了饮用水、香蕉、巧克力和甜甜圈。身体状况差的时候会失去食欲，整个人不饿到必须进食，就根本动不了。实在是饿极了，就用尽力气把放在一旁的食物送入口中。

类似绝食的状态最多只能坚持两天。所以状况差的时候就一直头疼、恶心，和一心想死的念头斗争，这时候整个人都是飘的。大脑不断地发出指令，说我想死，说我必须去死，吃药也没用。心情的起伏要是太大，身体真的会承受不了，所以平时我会注意控制自己的情绪，即使有好事也不能太开心。

一个20多岁的年轻人身上的精神疾病严重到如此地步，实在令人同情。明明身处积累资历最关键的时期，却只能将宝贵的时光荒废。要想重新振作，需要花费漫长的时间。况且，她不仅失去了社会资源，还要接受最低生活保障，这也是增加国家的负担。

她的病症恶化主要是在去年，一整年里，她一次笑的记忆都没有。

你和母亲之间到底发生了什么？

其实我母亲的家庭暴力就是一切的源头。

看来，她的母亲虐待过她。当我问起家庭暴力的具体情况时，只见她面无表情地抱住头，并把头埋了下去，口中发出“呜呜”的呻吟，仿佛正强行将已经消失的记忆从大脑的深处拉扯出来。

类似的事情有很多，我小时候印象最深的是，有一回我没按母亲的意思完成学习任务，就被她拽着椅子猛推出去，椅子撞在墙上发出巨大的声响，坏掉了。当时我害怕极了，脑子里一片空白。我母亲除了扇耳光、拳打脚踢之外，还会朝我砸东西，或者拿菜刀指着我，高声尖叫“我要杀了你”“有本事你杀了我”。

她的父亲是一家全球著名的上市公司的职员。她上幼儿园的时候父亲被派往美国工作，把全家人都带过去了。她的母亲因身处异国他乡，精神状况出现了问题。后来，父亲一个人留在了美国，她和母亲都回到了日本。

她的母亲一直想成为人上人，于是把她送进了一所著名的私立小学，后来她考进了最难考的一所初高中连读的学校。为此，她从小学一年级开始上补习班，小学三年级开始上专门针对入学考试的私塾，总之在学习上被要求得非常严格。

在我成绩不好或者没完成作业的时候，母亲就会生气，或者说发狂。在很多父亲一个人赴外地工作的家庭里，母亲都会产生一些心理疾病。我想，也许我母亲的身心崩溃就是她暴力的根源。

不只在家里承受暴力，她在小学里也被同学欺负。男孩子会打她，女孩子会藏她的东西或者无视她的存在，让她仿佛生活在地狱一般。哪怕只是学校这一边能逃离苦海也好，这个愿望成了她拼命学习，考进最难考的国立中学的动力之源。她满心期待可以过上平和的学生生活，进入了最难考的学校，但上了中学后，她被同学欺负得更惨了。之后，她就患上了抑郁症。

我读的那所初高中连读校里，到处都是患有精神疾病的孩子，可以说是很异常。初中3年级的时候，班上一半的女孩子都有自残行为，学校还为自残的学生专门设置了一份名单。我没有自残过，所以3方面谈的时候，老师还说“您的女儿精神状态良好”。

这些孩子都背负着父母的巨大期望，从上小学起就只能每天拼命学习，不能玩耍。在这所偏差值高达75的学校里，有太多在父母的伤害中成长的孩子，他们中一半以上，心理都存在问题，在教师看不到的地方，校园欺凌也在不断蔓延。

虽然不是每个人都像我这么严重，但我中学时代的同学里，有很多都有精神疾病。就我知道的几个，要么住在父母家里，要么结了婚做了家庭主妇，没有一个是在工作的。估计是因为有精神疾病，所以没法融入社会吧。我们身处的环境真的太可怕了。恐怕，每一个人都不同程度地受过父母的精神虐待或者家庭暴力。所以，为了发泄压力，欺凌就比较严重。

她受到的欺凌行为包括被嘲讽、被无视、被当成污秽物、被藏东西、被吐口水、被施暴，等等。学校里的生活一片狼藉，回到家还要面对崩溃的母亲。回国之后，母亲的状况没有丝毫改善，成天说她成绩差、行事不顺眼，对她的虐待越来越严重。

没有人听到的求救信号

她在讲述时，表情十分淡漠，几近于无。大概是受到了精神药物的影响。

话说到中途，同行的女性编辑问她："中学时代那些男生，是不是喜欢你呢？"听到这句话的瞬间，她的脸上忽然抽搐了一下，紧接着哭了出来。原本毫无恶意的女编辑赶忙道歉。谁也没想到，女编辑一句无心的调侃，竟能让她大哭起来。

> 好了，我没事。"他是不是喜欢你？"每每听到这种轻松调侃的话，我都特别难受……欺凌真的很严重，可对方只要是男生，周围的人总是会随口说一句"他是不是喜欢你？"，然后不当回事。这令我非常绝望，精神上几近崩溃。去找学长谈心，他们只会说："既然你父母给你付了学费，那毕业之前你就只能忍着吧？"问私塾里的老师，得到的回答也只有："对不起，我也不知道应该怎么办。"长期陷在困境中却找不到任何对策，我想这才是致使我病情恶化的首要因素。

被母亲虐待，在学校被欺凌，致使她精神崩溃。她在崩溃的边缘曾经多次向周围发出求救信号，然而没有人听到她的声音。她一直处在这样恶劣的环境中，真正意义上超过她承受的限度，是在高中二年级的时候。从那时起，她开始产生求死冲动，总是想死，觉得自己必须死。后来有一次，她企图从学校屋顶上跳下去，结果自杀未遂。

当时她跨过安全铁网正想跳下去，结果，她被老师和同学阻止了。

> 渐渐地，我开始产生想死的冲动，而这种想法在高二的时候变得强烈起来。高三的时候，我住进了精神病医院的封闭病区。因为大剂量地服用药物，所以那时候的事，还有后来的大学时代，我都没什么记忆。

因此，我只问了她记得的事。

她没法去学校，即使去了也听不进去课。上课的时候，因为药物的副作用，她都看不清黑板上的字。同年级的同学一个个考上了东大、京大，而因为药物的副作用没法专心学习的她，只考上了一所难度较低的国立大学。

> 大学时代一直在和疾病做斗争，和现在的状况没有太大区别。病情时好时坏，一旦发病，可能一个月都起不来床。和我住在一起的母亲好像从心底里对我烦不胜烦，我甚至从她身上感受到了一种杀意，一种为人父母根本不可能有的杀

意。于是，我最终决定断绝和她的关系。而且，为了离开母亲，我考了美国的研究生院，回国以后，委托第三方正式传达了想要断绝关系的意志。

她最后一次见母亲，是在 3 年前离家去美国的那天。母亲虽然面带笑容，一直挥着手直到淡出她的视线，但看上去很悲伤。可是，她决定，一生都不要再与她相见了。

研究生毕业后，她联系了保健师，咨询了自己的精神疾病，以及曾受母亲虐待的事。接受建议，递交了最低生活保障申请之后，很快就被受理了。

这一番对话让人看不到她的未来，可她只有 25 岁。在和母亲断绝了关系，又没有家人能给予她帮助的情况下，她还要活上几十年。

原来接受父亲经济支援的时候，我一想到以后终有一日还得和母亲见面，心里就非常恐惧。所以身体状况才那么糟糕，痛苦不堪。自从接受了最低生活保障，我松了口气，也能定期去医院接受治疗了，这才终于看到了以后能工作自立的可能。

最低生活保障金一个月大概 13 万日元左右。除掉房租、水电气费、手机通讯费之后，只剩 5 万～ 6 万日元。精神状况恶化，一步也不能外出的月份能省下一些钱，但自从开始找工作，钱就不够用了。

我一直是个学生，所以没有正装。要想重新振作，总需要一些经费开销，再加上还得买衬衣什么的，钱就不够用了。在海外，有一些运动品牌会把卖剩下的衣服鞋袜提供给贫困者或者受刑者。我希望日本也能有这样的服务。

从偏差值75的著名国立中学毕业，研究生毕业的她，自觉现在这种接受救济的生活并不是长久之计。从她身上，我能感受到一种强烈的愿望：她很想从精神疾病中解放出来，恢复为一个普通的女性。

派遣契约被解除后，她调整了一段时间，开始参加志愿者活动，想争取在重新就业之前，给自己制造更多外出的机会。

前些天，她收到一封母亲的来信。是父亲把她的住处告诉了母亲。看到寄信人的一瞬间，她吓得倒吸一口凉气，身体不住地颤抖，没开封就把信扔进了垃圾桶。

我这一辈子都不想再见到母亲了……

为了能控制精神疾病，重新站起来，活下去，她希望最起码这一个愿望可以变为现实。

第3章　明天，一起死吧，一了百了……

在贫困家庭的父母们中，只有一部分人会重视子女的教育。另外很大一部分人对子女的教育毫无兴趣，只会催促他们自立。

他们与一般家庭的想法不同，满脑子只有下个月、再下个月怎么活下去，所以，像子女教育这样的长远计划，他们根本无暇顾及。

在我认识的人里，也有贫困家庭的人，还有接受最低生活保障的人。

他们为每日的温饱而挖空心思，对子女的教育几乎毫不关心。

而且，他们连供孩子读公立高中都毫不掩饰自己的不乐意，更不用说供孩子读大学或是专门学校了。

据我所知，在这种贫困家庭长大的孩子，从初中时代起就开始一步步踏入深渊。

我就见过好几个这样的孩子精神崩坏之后就再也爬不起来了，然而我只能在心里同情他们，默默旁观他们长大。

父母比任何人都关心孩子的未来，这种想当然的想法其实并不现实。

前文已经有在读女大学生、原女大学生、原研究生等6名女性登场了，其中5人有性风俗业或卖身的经历，3人苦于精神疾病，这样的内容，难免令人唏嘘。

我采访的对象基本都随机选自《东洋经济新闻》专栏的线上报名的女性，并没有刻意选择风俗小姐或患有精神疾病的女性。虽然我一定程度上预料到这样的结果，但关注女性贫困问题时，卖身和精神疾病总是会自然而然地出现。

从贫困女大学生的讲述中可以看出，她们坠入深渊的原因有父母收入低、父母离婚、父母的虐待等，而国家的制度、社会上中高年龄层的不理解和责任自负论等，更加重了她们的不幸。

从2020年起，针对被免住民税的低收入家庭，日本政府开始实施高中教育无偿化的政策。好消息只有这一条，而父母的收入、离婚率、虐待等与贫困直接挂钩的问题，却依旧在发生。除此之外，还有让贫困阶层的实质收入进一步减少的政策——消费税增税。

在这几年里，贫困问题开始受到广泛关注，也正在逐步被改善。厚生劳动省“国民生活基础调查”的结果给社会带来很大冲击。以17岁以下的少年儿童为对象的“少年儿童贫困率”，2012年是16.3%，2015年是13.9%。大约每7个儿童里就有1个处于贫困状态，在单亲家庭中，儿童贫困的比率更高达50.8%，这个贫困率在加盟世界经合组织的国家中排名第10位，单算单亲家庭的话，日本位居第一。

这一悲惨的结果引起了社会的关注，2013 年，国家制定了《儿童贫困对策法》。现在各自治体和非营利组织等机构都在开展儿童在家用餐[①]等活动。

少年儿童的贫困，不止“穷苦学生”这一个群体。

25 岁，在带宿舍的工厂工作

顶着一张苍白的脸出现在约见地点的原田萌女士（化名，25 岁），便是典型的经历了少年时期贫困的女性。她从小便陷入了无法逃脱的困境。各方面的因素纠结在一起最终形成的贫困，造就了每一个深陷其中的人的苦难，这些都是冰冷的数据无法衡量的。我们需要看到更多的案例。

> 我是两年前离开老家的，现在在埼玉县的一家带宿舍的工厂工作。我已经放弃一切了，所以也不会觉得想死。不过，因为无法维持正常的生活，说实话，我过得很艰难。

原田女士平静地讲述着，脸上的表情一直没什么变化。我问她是否有什么精神疾病，她面带歉意地点了点头。她说自己“已经放弃一切了”，而她的脸上也确实看不出与年龄相应的喜怒哀乐，仿佛就只是单纯活着而已。

现在她在一家工厂工作。与东京接壤的埼玉县境内有很多工

---

① 儿童在家用餐：在日本，送餐到儿童家的活动。通过送餐上门，可以对原本贫困但顾虑面子的家庭提供儿童的餐食，同时也会根据需要提供相关咨询。

厂和仓库，聚集了来自全国和海外的众多劳动者。她所在的工厂具体制造什么在这里暂不公开，不过她本人在生产线上负责的是组装工业制品的简单工作。

还在东北老家的时候，她就患了抑郁症。两年前她来到陌生的地方讨生活，症状又进一步恶化了。因为精神疾病的缘故，她被迫换了两份工作，每换一个工厂，工资都会下降一些。她现在的时薪是 1050 日元，处于派遣类员工的最低水平。

自从时薪下降之后，她光靠工厂的工资已经无法维持生活了。这一年里，因为生活艰难，她还在池袋的一家派遣风俗店打工。

她虽然还年轻，但并不是受欢迎的类型。听店名，她所属的这家店铺应该是招聘标准较低的廉价派遣风俗店。因为她说自己刚完成了一单工作，我便让她给我看了一下她的钱包。风俗业是完全按劳付酬的，当日的报酬当日便会结清。她的钱包里只有 5 张 1000 日元的纸币。她说，这里面有 4000 日元是今天得到的报酬。

我其实不喜欢做风俗，和一个不认识的男人独处，很让人受不了。特别是情绪低落的时候，更是难受。

一天的报酬只有 4000 日元，这样的廉价是令人绝望的。如果算上所有时间成本再换算成时薪，是低于最低工资标准的。4000 日元只够交通费和吃顿饭的钱。

和在繁华街区里靠招牌招揽客户进店消费的店铺型风俗店不同，没有招牌的派遣风俗很难揽客。如果降价还是招揽不到客人，那对派遣风俗来说几乎是致命的。

这种经营惨淡、价格在1万日元以下的廉价派遣风俗店，数量是很庞大的。现在，廉价风俗店占了总店数的一半以上，说不定都是这种降价也没有客人的状态。从很早以前开始，性风俗业的价格就开始下跌，所以能赚到钱的，只有极少数业务能力好的女性。这个行当并不是让所有从业的人都能获得高收入的。

工厂里的月工资到手是11万日元左右，派遣风俗店的收入是每个月2万～3万日元。宿舍的租金是4.5万日元，手里剩下的就只有9万日元左右。因为精神状态不好，她还经常请假，此外她还背着几年前刚签约的新车的贷款，以及只能还得起利息的将近100万日元的消费者金融贷款。即使卖掉了车，还用上了卖身这个最后手段，她依然无法摆脱贫困。

在老家找不到工作

她的老家在东北偏远地区的一个县，平均工资和最低工资在所有都道府县里都排在倒数几位，根本就没有什么工作机会。稳定的工作只有公务员，人们到其他县去赚钱谋生，早从父母甚至祖父母那一辈人起就不是什么新鲜事了。

> 我的学历是高中退学，十几岁的时候就靠打零工过活。后来突然开始对未来感到不安，于是21岁的时候开始在一所看护机构就职。那时候我还是正式员工，但实在受不了工作的内容，得了抑郁症。干了两年就到极限了。有半年的时间，我什么也没做，只靠失业保险生活，等保险到期的时候，我就注册了派遣公司。派遣公司的人跟我说，“你要是不离开老

家就没工作可做”，我才离开家到关东北部的工厂打工。这是两年前的事了。

她的家庭环境很复杂。她从小在一个没有母亲的家庭里长大，两年半以前祖母去世，她就离开了老家。过了一段时间，身有残疾的父亲无法自理了，自己签约住进了一所看护机构。老家的房子没人住了，在她外出打工的时候被别人买走了，于是，她便无家可归了。在为精神疾病和低工资维持不了生活而发愁的节骨眼上，又没了家，她便只剩下在外谋生这一条路了。

最开始那家工厂的时薪是1400日元，一天工作8小时，每个月到手将近20万日元。所以刚开始，她过得普普通通，也没生病。只不过工厂是24小时3班倒，后来夜班排得多了，时间变得不规律，再加上在陌生地方的不适应，精神渐渐出现了异常。

做看护工的时候就得过抑郁症，后来复发了。刚开始只是休息日一直都躺在宿舍里，后来没法去上班，整个人都不行了。现在我还在服用精神药物。

据说，抑郁症的原因，绝大多数都来自心理上的压力。

原田女士到一个人生地不熟的地方谋生，在一个没有朋友、也没有熟人的陌生环境里工作，同时又因为从事多干多得的时薪制工作，收入状态不稳定。别说是下个月，就是下星期的生活也有可能没有着落，于是她的不安渐渐强烈起来，精神状态更是不断恶化。

去年，她的精神状态越来越差，接二连三地缺勤，收入降到月入不足5万日元的时候，派遣公司立刻中断了合同。她换了两次工作，时薪跌到了1050日元，即使工作，所得的收入也不够支撑她一个人生活了。

> 还款还不上怎么办，吃不起饭怎么办，要怎么活下去……烦恼一天比一天多，简直是负能量的叠加。真穷的时候，我连着10天都只能煮粥放点盐果腹。我感觉再这么下去迟早会死掉。所以1年前，我趁着搬到埼玉来的机会，下定决心开始从事风俗业。但就算做风俗，1个月也只有2万日元的收入，最多也不过3万日元左右。要说有什么改善，大概就是能在超市里买得起便当了吧。消费者金融机构不停地打电话催我还款，我觉得自己要想活下去，大概只能申请个人破产或者接受最低生活保障了，所以现在正在法律咨询处咨询。

抑郁症复发的这一年半里，她吃着精神科给开的药，勉强没断工。除了工作的时间，就一直在家躺着。从她身上感觉不到与年龄相符的活力，自从离开老家到工厂工作，她没经历过一件愉快的事，也没笑过，不知不觉之间，便失去了喜怒哀乐。

不喜欢的风俗工作，又对她加上一重打击。

她说自己已经放弃了一切，其实所谓放弃，就是对自己的将来没有了任何期待。只要不抱期待，不安就会淡化，这是被贫困驯服的人的一种悲哀的自我防备。

只要时间允许，原田女士就会什么都不想，只在家里睡觉。

恋爱，爱好，这些事都得花钱。只有睡觉不需要花钱，而且还可以什么都不想，也不会增加精神上的负担。最近她生活中最大的一件事，就是从派遣风俗店的店长那儿听说了个人破产和最低生活保障制度，知道了还有依赖福利政策这条路，这才稍微打起了点精神。

> 我现在回想起来，其实我小的时候很想当个护士。可现在，我却把自己活成了一个废人。

沉默了好一阵，她才喃喃地说出这么一句话。正如她最初的那句“放弃了一切”所表现出来的，她的自我肯定意识低到了极限，若不是很多负面因素错综复杂地纠缠到了一起，一个 20 多岁的年轻女子不可能陷入这样的状态。25 岁的女性只有依靠福利才看得到活下去的希望，这种状态非常危险。

成长在一个疏于照顾的单亲家庭

原田女士是一个典型的“儿童贫困”的当事人。

说到底，还是因为地处东北，生养她 23 年的原生家庭环境存在很大问题，这才导致她如今不得不面对绝望的现状。而这令她“放弃了一切”的现状，也许就是这个普通家庭 7 个孩子中就有 1 个贫困儿童、单亲家庭中贫困儿童超过半数的国家，将要面对的未来。

让我们来详细地听一听，她究竟来自一个怎样的家庭。

她生长于一个单亲家庭，并且一直在疏于照顾的状态下长大。

实质上，抚养她的是她的祖母。她的父亲在她小的时候因脑梗塞而病倒，被认定为残障人士。她和父亲在老家与祖母同住，残疾人保障年金和低薪劳动所得的收入就是家庭全部的经济来源。因为祖母和他们父女俩在户籍上算是不同的家庭，所以他们俩的家庭年收入，恐怕不足150万日元。

她的母亲在她父亲病倒之后便有了外遇。后来，大病初愈的父亲和幼小的她便被母亲抛弃了。原田女士对自己的母亲几乎毫无印象，样子和名字都不记得了。而她的父亲对孩子也毫无兴趣，与他们同住的祖母则代替了她母亲的身份。她说，她的祖母从她还未上学时起，就不断向她灌输“你的母亲是个淫乱的女人”这样的观念，她便是在这种恶劣的环境下成长起来的。

> 小学的时候，我的学习成绩还可以，但上中学之后，英语就完全跟不上了。因为家里没钱，所以上私塾这种事根本想都不用想，可奶奶又特别严格。她总是用木棍打我，逼我学习。还老是说：“你这么傻，这么无能，难道想变得和那个女人一样吗?”她拿木棍打我的时候，会一直骂我母亲。我对母亲的事根本一无所知，这一切，超出了我精神上的忍受极限。

她感觉自己是在步入社会之后才患上精神疾病的。但事实上，她的病可能从中学时代就已经开始了。初中二年级的第一学期，因为失眠导致早上起不来床，上课讲的内容也听不懂，她失去了上学的动力。再加上学校也没朋友，她找不到去上学的理由，便干脆锁上房门，成天窝在家里。

在几乎没怎么再去过学校的状态下，她从初中毕业了。结果当然是内审成绩和偏差值过低，进不了普通的高中。于是，她进了一所什么学生都能去读的县立定时制高中。自那以后，她总算结束了家里蹲的生活，开始去学校上学。但因为初中没怎么学过，即便课上的内容再简单，她也跟不上了。

回想起来，我之所以沦落到现在这样，最主要的原因还是高中退学了。我刚读完高一那会儿，我爸不愿给我交学费了。因为是个公立学校，学费非常便宜，我记得才 1.5 万日元吧。但他却对我吼："家里可没钱供你，你自己赚钱读去！"那时候我虽然在打工，但要我自己交学费，我也不乐意。于是就这么退学了。

父亲连如此低廉的高中学费都拒绝缴纳，她自己也觉得成天去听听不懂的课没什么意义，不想交学费，于是申请了退学。一天，她和父亲说她退学了，她父亲只是兴趣索然地回了她一句"哦，是吗?"，然后点了点头。

那时候我对社会现实一无所知，就想着即使高中没毕业也没啥了不起的，只要打打工就能活下去。后来我开始靠打工为生，就不想在家待了，毕竟家里又有奶奶，又有我爸。18 岁的时候，我离家出走 1 年，去了东京。那时候我在餐饮店厨房里打工，住在工友家或者漫画咖啡店之类的地方，倒也凑合下来了。

贫困家庭是没什么闲钱为孩子缴纳学费和做教育投资的。也有一些贫困家庭，特别是母亲，为了孩子将来不吃亏，会多方收集情报，想方设法凑钱供孩子读书，但像这样会重视孩子教育的贫困家庭并不多见。有很大一部分贫困家庭的家长会像原田女士的父亲那样，对子女的教育毫无兴趣，只会催促他们自立。

贫穷的人生活没多少余地。他们满脑子只有下个月、再下个月要怎么活下去，所以，像子女教育这样的家庭长远计划，他们根本无暇顾及。

在周围我认识的人里，也有贫困家庭的户主，以及接受最低生活保障的家庭。他们为每日的温饱而挖空心思，几乎全都对子女的教育毫不关心。由于没什么正经工作，他们的信息闭塞，也不了解社会的动向。他们中的大多数都只有初中或高中文凭，会仅凭自己这一代人的社会经验告诉孩子："读高中干什么？没用。"

此外，他们对接受最低生活保障这件事毫无羞愧感，即使处于无业状态，也会对自己评价很高。他们认为自己才是对的，所以，不要说供孩子读大学或者专门学校了，就是供孩子读公立高中，他们也能毫不掩饰自己的不情愿。

自我评价很高的贫困者，大多会大声宣称："我也没上过大学。这玩意儿根本没用。你看我没读大学不也照样活得好好的？"

贫困家庭的实际情况就是如此，要想从根本上解决少年儿童贫困，增加类似非偿还型助学金这样的支援制度是十分重要的。然而，光有制度还不够，还必须为孩子们能够利用这些制度创造条件。必须要有一些机关或人才，可以越过这些对孩子的教育没兴趣的家长们给孩子出主意，还必须保障这里面不体现家长的意志，完全尊重孩子自己的决定。

这些贫困家庭的家长，比起孩子的教育，更愿意把钱用于解决自己明天、后天的温饱。父母比任何人都关心孩子的未来这种想当然的想法并不现实。就算少年儿童的贫困受到关注，催生了一些相关的救济制度，也不要指望所有贫困家庭的家长都能因此做出正确的抉择。

过了 20 岁才发现高中退学有多糟糕

正如原田女士在不久之前对最低生活保障制度和个人破产的相关法律一无所知一样，如果没有一个众所周知的第三者能够提供相关的咨询，就算建立起非偿还型助学金等救济制度，那些在信息收集上处于弱势的贫困家庭子女也无法凭自己的力量得到这些信息。

在一个对孩子毫不关心的家庭中长大，把自己关在家里，割断了和家人还有学校的联系，原田女士对高中退学带给她的不利影响浑然不觉，是可以理解的。

> 我开始慢慢察觉到高中退学有多糟糕，都是在满了 20 岁之后了。在打工的地方结交了朋友之后，我才明白过来。那时候我的家还在，所以我就回去找了本地的 Hello-Work。他们告诉我，以我的学历，只能去做看护的工作，负责接待我的工作人员问我愿不愿意接受职业培训，拿一个家政服务 2 级资格。我想看护工作自己应该干得了。于是我取得了资格，在集体看护中心坚持干了两年，结果精神完全崩溃了。

看护行业的人才不足现象是非常严重的。据说，到团块世代[①]成为高龄者的2025年，这一人才缺口会扩大到38万～100万人。厚生劳动省为了应对看护人才不足和失业者的增加，从2009年起开始启动“重点工种雇用创造事业”，简而言之，就是将所有没积累工作资历和没有一技之长的失业者全部诱导至看护行业。

不考虑合不合适，就无偿地让失业者接受初级看护员（旧家政服务2级）资格的职业培训，有的都道府县甚至还会在培训期间用行政经费支付他们每月的生活费用。他们取得资格后，会被介绍到各个看护机构。而聘用他们的看护机构还会得到补助金。这一举措已在全国范围内展开。

然而，看护行业的工资水平，在63种职业中处于最低位。

看护行业从业者有七成以上是女性，同时政府还在不断引导失业女性至看护业。所以近年来的女性贫困问题多少也与政府相关政策有关。因为很多人都是不问合不合适就被送到看护工作的场所了，所以这一行的离职率很高，看护行业的人际关系也非常混乱。虐待、权力欺压、性骚扰、精神疾病等问题四处蔓延，这一系列问题也丝毫没有改善的迹象。其现状甚为悲惨。

21岁高中退学、没有工作经验的原田女士在Hello-Work的介绍下，在一所集体看护中心上班了。正式聘用，每月工资13万日元，加上加班费等额外补贴，到手是15万日元左右，条件不算太差。一些劳动力严重不足的看护机构常常会违反劳动法，压榨正式员工，所以我以为她是因为过度劳动而精神崩溃的，没想到，

① 团块世代：指日本在1947年到1954年之间出生的一代人，他们的出生带来了日本二战后的第一次婴儿潮。这一代人的集体老去，正在迅速加剧日本人口的老龄化。

原因并非如此。

> 真正当上看护人员之后，如何应对高龄者、和他们沟通，是很令我苦恼的。像是换尿不湿之类多少带点超出工作范畴性质的工作其实我并不大在意，最让我受不了的是被有认知障碍的高龄者当成孙辈。他们总让我想起本已被我遗忘的祖母，这令我非常排斥，甚至排斥到止不住地心悸，我这才发觉我其实打心底里对高龄者非常厌恶。

她对有认知障碍的高龄者的厌恶，无论过去多少个月都难以平息。每当看到高龄者，她便会想起令她怨恨的祖母。有一天，她曾询问机构管理者："怎样才能不被老人们当成孙辈呢？"机构管理者却回答："你就把他们当作自己的祖父祖母吧，和他们建立起深厚的感情，是一件很美好的事。"

于是，精神上的负担超过了忍受的极限。总将高龄者和自己的祖母重合这件事虽说是她个人的问题，但国家现在过于机械地将失业者们引向看护行业，也间接地造成了很多不幸。越是那些既没有工作资历又没有学历的社会上的弱者，越需要慎重的就业支持。而那些始终将国家的需要摆在第一位的职业介绍所，并不能发挥这一功能。

与年长 16 岁的派遣劳动者坠入爱河

有家可归，也没有兼职，她做看护工的那段时间，尚有一些空闲时间和多余的钱。休息日，她会去参加自行车赛来释放压力。因为她是正式员工，所以也能借到长期贷款。在商家的劝诱下，她买了一辆全新的小轿车，开车去参加自行车赛。

一天，她在自行车赛场上被一个年长16岁的中年男人搭讪，之后和他谈起了恋爱。这个中年男人是一个未婚的派遣劳动者。

尽管难受，为了正式员工的待遇，我还是决定坚持看护的工作。可是，渐渐地，我开始依赖我的男朋友，每天我不和他通话几个小时就受不了。这期间，我对高龄者的厌恶感与日俱增，别说是看护了，光是看见他们就受不了。于是我找他商量了我工作的事。他和我说反正能拿失业保险，让我干脆辞职，于是我就听他的话辞职了。

那时她23岁，从正式聘用她的集体看护中心辞职了。她照那个中年男人说的，只是每个月去一趟Hello-Work，果真就能月月拿到13万日元。有了时间，她对恋人的依赖又加重了。

就在原田女士辞去看护工作前不久，那个中年男人说自己想开一家专门清除放射污染的公司，想跟她借钱。于是原田女士找消费者金融机构借了100万日元，全都给了那个中年男人。然后，就在她给出这100万日元3个月之后，这个男人从原田女士生活里消失了。

自从他消失之后，我整个人就垮掉了，成天只会闷在家里。就在那段时间，我父亲也走不了路了，需要看护。他要我帮助他做步行复健，当时我心里很不舒服。以前不可一世地成天催我自己养活自己，凭什么他走不动路了就可以来折腾我？再加上我精神状态不对，所以我开始虐待他。结果，父亲自己找了一家看护机构，住进去了。我一想起失踪的男朋友和借款就难受，成天在家发疯，甚至把墙壁都敲坏，把床掀翻了。最后，房间被弄得一团糟，我整天就生活在垃圾堆里。那时候的事我都记不清了，最终朋友发现了在家里被埋在垃圾堆中的我。

失眠，狂躁，很多天一动不动，房间里堆满了垃圾。她发现自己不对劲，去了精神科。医生诊断她为抑郁症，给她开了一些精神药物。到失业保险快失效的时候，她的精神状态才稳定下来。那时候，她父亲已经不在了，所以她彻底无依无靠了。但无论如何看护工作她都不想干了，于是就在派遣公司进行注册，离开老家去了关东北部的工厂。

这就是出身贫困家庭的原田女士长大后的经历。

祖母患癌症死掉的时候，我笑了。只能在别人的照顾下生活的父亲，在我眼里简直不像个人，非常恶心。母亲的样子和名字我不记得了，她现在在哪儿、在干什么，我也没兴趣知道，反正也毫无关系了。中学我没怎么上所以也没交什么朋友，活得太寂寞所以执着于男人，但好像我把他们束缚得太厉害了，所以和谁都持续不长，即使交到男朋友也很快会让他们跑掉。

——你原来梦想着当护士，还想组建家庭，现在不会想这些吗？

其实我根本不知道普通的家庭是什么样。就算有了孩子，我大概也会因为讨厌他而抛弃他吧。我母亲就是这么对我的，所以我也会这么做。因此我不会考虑结婚，现在我连家都没有，就只能在有宿舍的工厂工作。

贫困的连锁、家庭崩坏、精神疾患、对异性的过度依赖，贫乏的人际关系，高中退学，信息上的弱势者——根本看不到未来。于是原田女士放弃了一切，空闲的时间只能在家蒙头大睡，逃避现实。

像她这样的儿童贫困的当事者，现在也背负着绝望在世间挣扎着。我不知道，他们究竟该何去何从。

住在低价宿舍中的单身母亲

我在前文中已经说过，贫困的当事者，特别是单亲家庭，有很多“对子女的教育毫无兴趣”的父母。在生活环境和父母意志的影响下，这些孩子必然会离教育越来越远，于是，贫困便这样遗传下去了。

一个45岁的女性发来一封邮件，说自己“患有双相情感障碍和注意力障碍，还有失眠症，十分痛苦”。采访她之后我才知道，她是一个离过婚、有一个孩子的母亲，她的家庭曾经发生了几乎毁灭性的崩坏。

我来到了埼玉县最大的繁华街。结伴出行的家人和情侣，欢度寒假的学生，让车站的周边热闹非凡。母亲们怀里抱着正月用的食材和装饰物，孩子们在年末的热闹喧嚣里兴奋不已。

目前生活在市内由公益组织运营的“低价宿舍”里的西野菜绪子女士（化名，45 岁）正抱着一大堆东西等着我。她有一个和她天各一方的女儿，这是我在听了她的一段讲述之后得知的。

她穿着羽绒服，有一个智能手机，包里装着化妆品和人气作家的文库本[①]。那是一本描写希望的畅销书。她给我的第一印象是一个普通女性，和那些有家庭的母亲没什么分别。

> 现在，我住的是专供无家可归的人住的宿舍。住那里的全都是接受最低生活保障的人。因为都是靠最低生活保障活命的，所以也没什么立场嫌这嫌那的，但是宿舍里男女同居一室，被子上到处是虱子，很不卫生，生活环境非常恶劣。感觉简直糟透了。而且住在里面的都是些有这样那样问题的人，动不动就会突然发出怪叫声，或者有人发疯闹事。

所谓低价宿舍，是提供给生活困难者免费或低费用居住的社会福利设施。西野女士刚好在一年前开始接受最低生活保障，是市里的社会工作者建议她住到现在这个住处的。

低价宿舍的入住者有的患有精神疾病，有的是无依无靠的高龄认知障碍者，聚集到这里的人，身上有着各种各样的问题。他们之间根本谈不上彼此依靠和互相帮助，全都很穷，生活窘迫，每个人都焦虑而烦躁，居住者之间的冲突从没停过。

---

① 文库：日本的一种常见的出版形式，通常是将一些曾经以精装本等大开本形式出版过的书籍重新以A6大小的小开本形式出版，内容不变，但价格比大开本的书更便宜，并可随身携带，方便阅读。

虽然制度的名称里有“免费”和“低价”的字眼，但实际上每个月有义务支付的使用费并不便宜。住户一拿到最低生活保障金，就得拿出4.2万日元的设施使用费、2.8万日元的伙食费、1万日元的水电气费和5000日元的管理费，合计8.5万日元，交给运营法人，接受低保者每个月能自由支配的钱就只有4万多日元。

今年刚入正月，也就是1月10号左右吧，我曾经在那儿自杀过。

西野女士指了指站前的购物大楼，突然语出惊人。

说起来挺给人添麻烦的，我当时是真想死，于是在女厕所里服毒了。最后没死成，所以现在才站在这儿。

于是，一段完全出人意料的、凄惨的讲述开始了。

听她的语气还有讲述的内容，感觉她想自杀应该是认真的。她在大厦的女厕所里服了毒，以恍惚的状态在车站周边游荡，察觉到不对劲的路人叫来了急救车，把她送到了医院。据说她在医院的病床上一直昏睡，直到3天后才恢复意识。究竟发生了什么呢？我们进了一家咖啡店，听她讲起了自己的经历，那是刚好发生在1年之前的事。

17岁结婚，19岁离婚

她17岁就结了婚，生了一个女儿，19岁离婚。之后，她辗转做过一些陪酒和非正式聘用的工作。几年前，她陆续开始出现双相情感障碍、失眠症和注意力障碍等疾病的症状，1年前自杀未遂的时候，完全不是能够工作的状态。

3年前，她在被派遣的工厂认识了一个比她小一轮的男人，并和他同居，住在男人工作的那家一日元弹珠店的职工宿舍里。他们的生活很拮据，经常连明天的温饱都成问题。

那个男人我其实说不上喜欢也说不上讨厌，就是从3年前开始，顺其自然地就在一起了。自从30岁过后，我就没什么希望了，就过一天是一天。当时就是觉得，和他交往然后同居的话，就不用交房租了。大概1年半之前，我的精神开始变得不稳定，根本没法儿工作，生活就全靠他一个人。

那个男人也和她一样离过婚，零零散散地做着一些非正式的零工和派遣工作，也没什么希望，过一天是一天。他们在一个组装检查医疗器具的工厂里认识，之后那个男人很快就辞了职转到另一家工厂去了，后来又做过一些因人手不足而临时聘用的、类似送报纸这样的低门槛的工作。那个男人无论做什么工作都做不长，离婚的原因也是因为他不出去工作，西野女士彻底失望了。在她自杀未遂的1年前，那个男人进了一家有宿舍的一日元弹珠店工作。

结果，他没在弹珠店里干多久，就无故缺勤。店里的人找到宿舍来，问他为什么不来上班。虽然当时店里的人说，只要他以后老老实实去上班就不开除他，但到了第二天，他说“我们离开这儿吧”。我和他吵了一架，责问他到底怎么想的，他说就是不想干活。最后，我们两个像连夜逃跑一样离开了那里。因为身上没钱，两个人只有露宿街头。我们当时商量，总之先到繁华街去吧，于是步行到了车站附近。这些都是去年年末的事了。

突然的夜逃，两个人身上的现金加起来还不到500日元。不要说叫出租车了，连坐巴士都不够，只能步行到车站。一日元弹珠店的宿舍虽然租金便宜，但所在的地段很不方便。他们那天晚上持续走了6个小时才走到繁华地段。

虽然到了繁华地段，但身上的钱连1天也撑不过去，两个人走投无路了。他们卖掉西野女士的智能手机，得了1.3万日元，住进网咖，什么都没吃就这么过了1天。

我们在网咖里也找了工作，但因为是年末，全国都在放假。为了交网咖的费用，手上的钱越来越少，除夕那天晚上，两个人就待在麦当劳里。后来我们又把他的手机也卖了，到最后，钱还是用光了。我们没办法了，1月4号还是5号吧，新年的假期一结束我们就到市政厅去寻求帮助。我觉得我们已经把自己的困境解释得非常清楚了，他们却没说会给我们提供帮助，只给了我们干面包之类的食物充饥。而我自从到了繁华街之后，就开始想着死了，实际上，我那一整天都在想怎么寻死。

没有手机，也没有住处，工作也没法找。去了公共机关求助，结果只得到几个干面包，光够撑过眼下的几个小时。那个男人想找消费者金融机构借点钱，于是两个人不抱希望地去了一个有名的消费者金融机构。出示了驾驶证，写申请的时候填了之前派遣去过的单位，没想到居然当场就借到了 20 万日元。

借到钱之后，说实话我松了一口气。当我和他说，得趁手上有钱赶紧找到工作的时候，他却说想去玩一日元弹珠。我想制止他，问他到底怎么想的，结果他强行把那 20 万日元抢过去，真的去了一日元弹珠店。那个男人之前就是这样，有钱的时候什么都不管，等没钱了过不下去了又说自己会改过自新，永远都是故技重施。我当时想，那笔钱已经是最后的收入了，于是就拿了一些去买了能致死的药，打算自杀。我看电视上讲过，有一种药，只要服下超过 100 毫升就会死，就去药店买了这种药。

据说，西野女士买的药品是一种危险品，但是在药店和网上都能正常购买。价格在每 500 毫升 2500 日元左右，只要摄入致死量，就会在体内产生毒素，破坏内脏机能，最后导致死亡。

那个男人想靠最后的收入翻盘，于是选了 4 日元一注，赢率 319/1 的弹珠机，打得两眼放光。可这个从没交过好运的男人最后赌输了，这是谁都猜得到的结局。

看着这个面朝弹珠机的男人的背影，西野女士觉得他无药可救了。于是，她下定了自杀的决心。果然，几个小时后，男人铁青着一张脸回来了。

明天，咱们一起死吧，一了百了……

西野女士说，她用强硬的语气和男人这么说道。几天前刚到手的20万日元，在弹珠店里无数局输下来，只剩4万了。想着人生最后一天总要吃点儿好的吧，于是他们当晚在网咖过了一夜，第二天中午来到了一家有名的烤肉店。

当时是1月中旬。我自杀未遂那天，我们俩中午吃了一顿所谓“最后的晚餐”。其实就是吃了一顿烤肉。我想这个人反正也没心思改过自新了，最后的收入只剩4万，手机也没了，想从头来过也没办法了，再加上我一心想死，所以决定干脆最后在烤肉店里把剩的钱全花光。他倒是不想死，一直嚷嚷“我们重新来过吧，我一定会找到工作的”，我就一直和他说“还是死吧，今天就死”，说了好几遍。这些对话我现在都记得很清楚。

反正是最后的晚餐，他们想吃什么就点什么，最后结账花掉了2.5万日元。在烤肉店门前，西野女士把药品分装进一个塑料瓶递给了那个男人，并告诉他，只要喝100毫升以上就能致死。她建议那个男人，要是怕难喝吐出来，可以去网咖的自助水吧接点儿饮料，然后把药混在里面喝下去。这就是她和那个男人最后的对话。

在烤肉店门前，她和那个男人挥手告别。想着这是最后一面了，她还尽全力给了他一个微笑。后来她直接在马路上的自动贩卖机里买了一瓶很甜很好喝的饮料，然后走进购物大厦，径直去了女厕所。在厕所隔间里，她和着饮料，把塑料瓶里的250毫升药全喝了下去，没有丝毫的犹豫。这个量是致死量的两倍以上。

> 喝的时候我觉得很难过，但喝下去之后，感觉就像是喝醉了似的，没有痛苦，反而很舒服。渐渐地脑子就开始迷糊起来，视线也开始一直晃，我就这么在车站附近徘徊，一边想着自己什么时候才会死，一边准备走回网咖。那之后我就没有印象了。等醒过来，就是3天后，躺在综合医院的病床上了。

据说，是一个男人路过的时候发现了她的异常，叫了救护车。西野女士得救了。在医院的病床上醒来的时候，她因为没死成而感到沮丧的同时，也因为自己还活着而松了一口气。

她接受了自杀未遂的相关调查。医院里的社会工作者听她讲述了自杀前的遭遇后，建议她去精神科接受检查，后来就确诊了双相情感障碍、注意力障碍和失眠症。在办理了接受最低生活保障的相关手续之后，又有人给她介绍了现在住的这个低价宿舍，于是她提着一包简单的行李住了进去。

结果，那个男人也没有自杀，接受了最低生活保障，两个人的关系也结束了。

西野女士平淡地讲完了自己一年前的悲惨遭遇，表情几乎没有变化。

从咖啡店的窗户望出去，能看到那栋曾是自杀现场的购物大厦。她的讲述是如此真实，自杀前的活动轨迹，和那男人之间的气氛，自杀时的表情和动作……当日的一切仿佛就发生在我的眼前。

在贫困和低收入阶层中采访，总是能频繁地听到自残、自杀未遂之类的话题。经过基本是先苦于贫困和窘迫的生活，然后因为精神压力而罹患精神疾病，重复自伤的行为，一部分人还被迫堕入风俗和卖身的行当，情况进一步恶化。最后，她们开始想死，结局就是自杀以及自杀未遂。如果死了，就不可能接受采访了，所以来到我面前的，都是自杀未遂者。

听她讲完了自杀未遂之前两周的活动和经历，我对行政机关听她讲了自己的惨状，却只给了她干面包就让她离开的处理方式产生了疑问。一个无家可归又身无分文的人，即使靠干面包撑过了眼下的几个小时，第二天之后也不会有办法继续活下去。面对一个明显需要接受最低生活保障的对象，公共机关的负责人难道就这样随意处置吗？

不只是贫困和生活困窘，一般市民在遇到自己一个人难以解决的难题时，大多数时候都不知道应该找谁寻求帮助。西野女士向行政机关诉说自己的困境，是在她实施自杀的数日之前。这是她最后的求救信号。无论如何，我认为行政机关都应该对她采取一些必要的措施。

新年伊始就一直抱着想死的念头，而行政机关这个最后的依靠又敷衍了她，于是几天后，她实施了自杀。西野女士所讲述的悲惨遭遇令我不禁倒吸了一口凉气，而当事人自己，却没显出一丝痛苦的表情。

她一直平静地讲述着自己的经历，直到说起自己 17 岁时生的女儿，她的表情里才出现了一丝阴霾。

我从很早以前，就失去了生活的意义。

她开始讲起了自己的过去，究竟是什么原因使她迎来了如此绝望的现状呢？

女儿是14岁的时候离开家的。女儿在的时候，我一直保持着必须努力下去的积极情绪。她一走，我立刻就陷入了不知道为什么而工作、为什么而活下去的消极状态。那种异常的虚无感始终包围着我。精神上的不稳定，也是从女儿离开之后开始的。

西野女士原本生长在一个富裕的家庭。父亲是一个设计公司的经营者，母亲是一个很为孩子着想的温柔女性。她还有一个小她两岁的妹妹。在父母的建议下，她接受了入学考试，考入了一所初高中连读的贵族女校。

一家人的关系开始出现裂痕，是在她初中一年级的时候。母亲得了癌症，发现时已是晚期，已经到无力回天的地步了。就在母亲被宣告时日无多的时候，父亲有了外遇。母亲的癌症转移到了全身，很快就变得骨瘦如柴，于一年后撒手人寰。

从那以后，我就不再信任父亲，也不去学校了。我想反抗父亲。初中二年级的时候，母亲去世了，我拒绝上学，开始在便利店打工，为了反抗父亲，也没继续上高中。那之后，我一直很恨自己的家人，觉得他们干什么都无所谓，与我无关。自从结婚离开家，我就没有再和父亲还有妹妹联系过，和他们完全断绝来往了。母亲去世之后，我们家就破裂了，家里的每个人都对彼此毫不关心。我16岁离开家，后来就没有再和他们接触过。所以父亲和妹妹现在人在哪里，怎么生活，我一概不知。

早早便和她结婚的前夫是她在打工的便利店里认识的，他是店里的常客。两个人很是投缘，自然而然便发展成了恋爱关系。16岁那年，她怀孕了。于是两个人奉子成婚，17岁时，她生下了女儿。

也许是因为太年轻，她的前夫完全担不起为人父母的责任，性情十分懒惰，上班天天迟到被扣工资，结婚后，懒惰的性情更是变本加厉，基本工资要被扣掉10多万日元，到手的钱有时还不足13万日元。

到手的工资不到13万，房租却要扣掉7万，再去掉水电气费，更是所剩无几。两个人要养一个孩子，却连伙食费都保证不了。西野女士希望丈夫能争气一点儿，可无论她怎么劝，丈夫迟到的毛病总也改不掉，工作也总是干不长，换了好几个单位，情况都没有丝毫改善。于是，19岁那年，她和丈夫离婚了。

此后，她便成了一个带着两岁女儿生活的单身母亲。孩子正是最需要人照顾的年龄，为了能一边带孩子一边赚钱养家，她只能当陪酒女。由于没钱租住公寓，她找了一家提供宿舍的夜总会。当时是1990年代前半，繁华街区的经济尚且比较景气，她晚上把女儿寄放在夜间托儿所，每个月都能固定收入40万～50万日元。她在陪酒这一行一干就是4年。

夜晚的工作就是陪男人喝酒，回到家都是深夜或清晨了。这样的工作毕竟算不上正经工作，她常常为此感到羞耻。为了不给即将上小学的女儿造成不良影响，她还是很想找个白天的工作。但那时没有单位招初中毕业生，无论什么工作，学历要求都是高中毕业。

她谎称自己高中退学或高中毕业，给好几家公司投了简历并去参加了面试，结果没有一家肯聘她。后来，她做了卡车司机，虽然每个月可以拿到超过30万日元的工资，但等待她的又是无视《劳动法》规定的长时间劳动。

> 还是和她在夜总会工作的时候一样，女儿寄放到夜间托儿所，到她上了小学之后，就经常是一个人在家。现在想起来，我对她完全是疏于照顾的状态。我26岁开始做卡车司机，后来和我工作的那家运输公司的科长交往。对方也离过婚，于是就到我家里来和我同居。我当时很介意自己对孩子疏于照顾的问题，又辞掉了卡车司机的工作。之后，我谎报学历，好不容易找到一个白天的派遣性质的工作，于是白天把孩子交给那个科长照顾，开始安心上班。然而，我后来才知道，科长一直都在对我女儿进行性侵……

她的女儿上小学四年级的时候，女儿朋友的母亲向儿童咨询救护中心举报了性侵的事。是女儿找自己的朋友商量，最后传到朋友的母亲那里的。当时她非常信任和她同居的科长，完全没有注意到女儿的异常。

临近深夜，她下班回来，在玄关处发现了儿童咨询救助中心留下的贴条和信。上面用红色字写着“即刻保护”4个字。女儿已经不在家里了。于是她赶忙联系了儿童咨询救助中心，才听说了女儿被性虐待的事实，而且是非常严重的性虐待。

原来自打3年前她和科长同居的时候开始，她的女儿就开始被性侵了。那时候女儿还是小学一年级。同居的恋人趁西野女士出门工作，和她女儿独处的时候，会舔她身上的部位，还让她为自己口淫。女儿上了小学四年级后，开始意识到自己受到了性虐待，十分苦恼，便找自己的朋友倾诉。

西野女士决定和科长同居最大的原因，便是知道他也有一个和自己女儿同岁的女儿。科长看上去很喜欢孩子，女儿和他也很亲。这件事带给她极大冲击，她一时难以相信。她将信将疑地与科长对质，结果儿童咨询救助中心所说的性虐待竟然全都是事实。被带走保护的女儿开始从儿童咨询救助中心去上学，而拥有合法监护权的西野女士连和女儿见面都不被允许。

难以被外界察觉的儿童性虐待

也许是因为我采访成人影片女优和风俗小姐这一类卖身的女性较多，不只是母亲的恋人和继父，亲生父亲、亲生兄长、教师或私塾的老师、邻居的男性、跟踪狂等等对女童实施性虐待的事情，我都时有耳闻。

针对儿童的性虐待是一种在国际上被公认的重罪行为。但因其主要发生在家庭内部，所以很难被外界察觉。而且，受到性虐待的孩子，往往要到长大之后才会意识到自己受到了侵害。日本儿童咨询救助中心接收到的有关性虐待的求助或举报数量只有1540件（厚生劳动省调查数据），远远低于实际发生的数量。

大部分遭受过侵害的女童之后的人生都很惨淡。对人严重缺乏信任、孤独、精神疾病、过度依赖异性、性行为依赖症以及求死冲动折磨着她们，长大成人后，童年的经历依然会持续为她们带来痛苦。在幼年经历过性虐待的人当中，我几乎没有见过一个能和普通女性一样身心健康的人。

2016 年，强迫女性出演成人影片成了一个社会问题，为了生产满足男性需求的性商品，用欺骗、胁迫等手段强制女性出演成人影片的现象开始为人所知。包含我在内，赤裸业界的相关从业者其实都对成人影片业界存在强迫出演的情况心知肚明。然而，业界内的情报是不会外泄的，因为形成了比较隐蔽的运转系统，所以这些事很多年都没有被外界察觉。简单来说，社会上严重的男尊女卑风气导致为了生产满足男性性需求的性商品，商家可以不择手段。

很早以前，在日本就有很多男性有恋童癖。直到 1990 年代前半，书店里都会公开出售女童登场的实拍色情图志，2004 年，不断让小学生和初中生出演地下色情录像的“关西援助交际系列”音像制品成了社会问题。尽管属于禁止贩卖的违法音像制品，但相关盗版光碟却在市面上出现了爆发式的流通。

据说，有几个因听信了哄骗或被低廉的报酬引诱而出演了该系列的女童自杀身亡。于是，致使多名儿童自杀的该系列音像制品发展成了一个大问题，6 个府县开展共同搜查，逮捕了该系列的几个制作者。

犯人是 3 个中年男性，均是普通的非正式聘用劳动者和公司职员。而持有儿童色情杂志被明令禁止，则是始于不久前的 2014 年。

西野女士作为一个单亲家庭的户主，整天忙于生计，做梦都没有想到自己的恋人竟瞒过了自己的眼睛，性侵了自己的女儿。可是，时间不会倒流，发生的事已经无法挽回了。她和那个男人断绝了来往后又重新找了工作，千方百计地想要回到从前和女儿在一起的生活。

> 女儿被送去的那个儿童养护机构，条件非常好，看上去就跟住宅样板间一样。在那里，每个月能拿到5000日元的零花钱，生活条件很优渥。我和科长分手后搬了家，直到3年后才总算把女儿接了回来，那时候，女儿已经上初中一年级了。

为了和女儿重新来过，她想尽办法维持住生计。两个人要正常生活，每个月需要25万日元。西野女士在工厂里工作，主动加班提高收入，搬了新家，总算是创造了可以两个人生活的环境。她把现状报告给儿童咨询救助中心，在女儿被接走的3年后，终于再一次和女儿生活在了一起。

> 当时，我一心想着为了女儿努力工作赚钱，夜里会加班到10点、11点。等回到家，都很晚了。我想女儿对此是非常不满的。后来她上了初中二年级，突然说想回养护机构住。我们大吵了一架，女儿赌气跑出了家门，夜里很晚都没回来。我给她打电话，一气之下吼了一句："那你以后都别回来了！"结果，后来她就真的没再回来……我和女儿的关系从此就断了。

我反复和她确认了好几次，她都是说，那通电话和怒吼，就是她和女儿今生的离别。

在此之前，西野女士都是面无表情地淡然地讲着自己的事，只有讲到这里的一瞬间，才仿佛触发了什么心理阴影一般，眼里泛起了泪光。她的女儿被她吼了之后，直接就冲进了儿童咨询救助中心，就这么被他们接收了，后来回到了养护机构里。重新开始的二人生活，就持续了不到一年。

> 那时候，我想，我是被女儿抛弃了……所以，我没再去养护机构接她，也没再打电话和她联络。她现在应该28岁了。我和她真的再没有联系过，所以也不知道她现在怎么样了。后来我的住处也换过好几回，女儿应该也找不到我了。这一辈子，我都不会再见她，也见不到了。而且，我也不想见她，现在，已经无所谓了……

母亲死后，和父亲与妹妹决裂，恋人性侵自己的女儿，拼命赚钱养家，家却破裂了，最后被自己的女儿抛弃……

一旦选择做单亲妈妈，这位母亲就只能选择困窘的生活或者疏于对孩子的照顾，没有希望，也看不到出口。西野女士拼尽了全力，最终，却被自己唯一的女儿抛弃了。

与女儿分别已经14年了

不管对谁来说，血缘关系，都是最后的安全网。失去了女儿的西野女士，在孤独中，精神渐渐变得不稳定起来。

自她和女儿一别，已经14年过去了。这些年，她时而能工作，时而不能工作，周而复始，断断续续换了不少非正式工或派遣的工作。最后，她求死不成，转而求助于福利制度，便有了现在的生活。据她说，她已经好多年没有想起过女儿的事了。这些年，女儿的事甚至一次都没在她脑海里出现过。

> 可能正是因为我对父亲还有妹妹这些家人都没什么感情，所以我女儿也一样吧。就好像这种一个人的孤独遗传下去了。

因为说起女儿而眼泛泪光的西野女士，很快又复了面无表情的样子。

被女儿抛弃以后，她真的变成孤身一人了。没有再喜欢过什么人，也没觉得寂寞。类似希望的东西，也没在心里出现过。如今的她，仅仅是活着而已。

> 自从我自杀未遂之后，就再没想过将来了。靠着福利机构生活，就这么一天天混日子。现在，别说是工作，我连死也懒得想了。心里真的是什么都没有。

最后，她的表情稍微缓和了些，微笑着说道。那是一个越过了孤独和绝望，只剩下虚无的笑容。

如果患有抑郁症、双相情感障碍、统合失调症等精神疾病，进行早起工作赚取生活费这种生产性的活动会变得十分困难。这些问题不在近邻或者地域性的互帮互助可以解决的范围之内，所以这些人只能依靠自己的家人、亲戚或者同伴。如果患有精神疾病，却没有家人或同伴可以依靠，又得不到制度的保护，剩下的，就只有自杀这一条路了。

那个遭受了性虐待后住进了儿童养护机构的女儿，现在可能也带着心里的伤，痛苦地活着吧。家庭破裂，与亲人断绝关系，贫困，自杀未遂，毫无希望地如行尸走肉般活着——这便是看不到一丝光亮的、彻底的绝望。

第4章　只剩1年半可以工作了

贫困不止是别人的事。对此，无论是自由职业的我，还是和我同行采访的女性编辑，都有切身的体会。

在20年前杂志出版业还很风光的时代，这位女性编辑因为做了当时大学里十分流行的学生写手，而错过了应届生招聘。

那之后，她一次都没被正式聘用过，一直看不到未来，总是说起对将来的不安。

企业为了压缩用人费用，将越来越多的雇用关系从正式雇用转为了非正式雇用，这种转变尤其体现在对女性雇员的态度上。现在，日本企业的非正式雇用已经超过全体雇用的一半，同时非正式工的报酬则被压得很低。

而且一旦合同终止，这些人就看不到未来了。

对企业来说，这些人才十分好用，还可以用完就弃。

因为有最低工资标准，所以全职工作的话倒不至于贫困，但也拿不到奖金，不能指望升职或涨薪，当然会看不到未来。

这些女性不得不过着拮据而不安定的生活，因此很难下定决心结婚或生孩子，这又成了日本少子化的原因。

而贫困的固化，使得必须用“阶级”一词来代替“差别”了。现实就是这么残酷。

就职于某大型家电量贩商场负责手机柜台的售货员佐伯百合女士（化名，30岁）是一名外表干净、看起来非常可爱的女性，看上去要比她的实际年龄年轻不少。两年半之前她离婚了，目前独自生活在上班的店铺附近的一间单间公寓里。

> 因为我有工作，所以可能算不上世人眼中的贫困人士。但说到女性的贫困，我是无法置身事外的。我觉得现在的日本社会，根本不允许一个女性独立生存，各方面条件都很苛刻。

我们刚见面，佐伯女士就开始诉说自己的窘境。

佐伯女士毕业于一所地方上的私立大学，作为一名派遣社员[①]来到东京工作。现在本就是就业冰河期，加上她自己对形势的严峻性估计不足，就职活动开始得太晚，最后没能争取到正式聘用。

后来，她26岁结了婚，但尚在新婚期就开始受到丈夫的家暴及精神暴力，不到两年，他们就离婚了，然后便有了她现在的生活。

她给我看了上个月派遣公司发给她的工资明细。基本工资19万日元，固定加班费6万日元，扣去社会保险之后到手的金额是21万日元左右，年收入是300万日元，超过了当时日本女性的平均工资。既然拿到了平均工资以上的收入，那么就算奢侈不起，普通的生活应该还是可以保障的。但是，地处23区内的公寓租金

---

① 派遣社员：与派遣公司签订劳动合同，并由派遣公司根据合作公司来分派工作的员工。

高达 7.2 万日元，从到手的工资里扣除租金和水电气费，剩下的收入竟只比贫困水准多出 5 万日元。

到了临近发工资的日子，手上的钱就差不多用光了，完全存不上钱。因为是非正式的派遣工，在职场上除了工作以外人际交往并不多，也没有归属感，万一遇上了健康状况恶化之类的特殊情况，从那一瞬间开始，生活可能就继续不下去了。

现在，女性的非正式雇用率是 55.5%，超过了全体被雇用女性的半数（厚生劳动省调查数据）。所以，像她这样年收入 300 万日元，过着单身生活的女性其实是非常普遍的例子。

非正式雇用是自 1999 年《劳动者派遣法》实施并在 2004 年该法修订之后开始激增进而普及的一种雇用形态。一旦将限制放松，贫富差距就会拉大。

非正式雇用形态的扩大让日本社会从“贫富差距变成了阶级社会”这一观点，已经在很多不同的场合被人们提及。在畅销书《新 · 日本的阶级社会》（讲谈社现代新书出版）中，除打零工的家庭主妇，非正式雇用的劳动者均被归类到社会阶层的最下层——“社会底层人群”之中。而社会底层人群的平均年收入是 186 万日元，贫困率也高达 38.7%。

企业一般很少会特意将非正式聘用的劳动者转成正式聘用，所以社会底层的人几乎没法爬上来。如此一来，贫困的固化使得“贫富差距”发展为“不同阶级”。现实就是这么残酷。

自 23 岁步入社会后，就一直是“派遣工”

我和佐伯女士来到了咖啡店里，她先是环顾了一下四周，然后掏出了智能手机。

“我为了多赚点钱，最近开始做风俗业了。”说着，她面带微笑，十分愉快地将手机的屏幕展示给我看。在一个店名充斥着猥琐词语的店铺主页上，显示着一张脸部做过马赛克处理，身穿睡裙的女性的照片。她的睡裙被掀起，露出了阴毛。虽然脸都被马赛克遮住，认不出来，但我面前的佐伯女士表示，照片上这个没穿内裤，颇有些色情意味的女人，就是她自己。

听她的口气，我感觉她对在风俗店打工提高收入这件事，态度是积极的，相反，她对于自己的主业，大型家电量贩商场的工作和收入以及雇用形态，似乎都很不满。

只能挣到最低限度的生活费，既没有保障也看不到未来，这样的非正式雇用劳动自然会令人不满。招收了大量非正式聘用劳动者的职场通常是由正式职工控制的，只有合理的分工劳动，建立不起什么人际关系。佐伯女士是孤独的。她在性风俗店打工这件事，当然也无处可说，无人可听。

在贫困蔓延的当下，我对女性卖身一事并不感到惊讶，也不会有什么特别的想法。不肯定也不否定。女性能感觉得出什么人是可以倾诉的。不止是她，我经常会在一些意想不到的地方听到风俗业或卖身从业者的自白。这些自白大多都像是抱怨，因为一个人闷在心里太难过了，需要找人倾诉。

这位佐伯女士，目前是在位于繁华街区的家电量贩店一楼手机卖场里，负责一个大品牌专柜的售卖。

我们有时候连厕所都去不了。工作的时候得一直站着，一直接待客人，不能休息。新的苹果手机上市的时候，真的就从早上5点到晚上11点连轴转。我工作的地方人手不足，真的很累。在前台接待客人的基本都是派遣社员，这家店的正式社员就在收银台附近监视。简单来说，我们这些派遣工的待遇，就像是奴隶或者零部件。

这家家电量贩店是按贩卖商品的类别来分配人手的。卖场上的等级制度很严，这家店的正式社员位于金字塔的顶端，而派遣售货人员的人事权就握在负责的社员手里。难怪实际在卖场中工作的佐伯女士会觉得自己像“奴隶或者零部件”，这家卖场里集合了各家派遣公司派来的售货员，不管安排到哪里，都没什么人情味，工作氛围十分冷漠。而且，据说这样的卖场也成了滋生正式员工权力欺压的温床。

比如说，如果正式员工问你的问题你没能答上来，就可能会被甩一句“那你明天不用来上班了”，然后立刻被解雇。我们管这个叫“出禁”①。毕竟不是直接雇用的关系，所以被如此冷酷地对待也很正常。我们唯一的选择就只有遵守社员的命令，没有借口和怨言，绝对服从。

量贩店通过正式员工给派遣社员提出的要求，原则并不是以顾客为本的接待服务，而是销售额。据说，店里设定的销售任务非常严格，如果完成不了，负责的正式员工就会受到惩罚。在手机的卖场里，除了手机的机身这一本来的销售目标之外，还会有

① 出禁：该词在日语中的原意是“出入禁止”的略写，指一家店铺禁止一些因惹了麻烦而不受欢迎的人进店的行为。这里是一种引申使用。

很多额外的附加消费项目，派遣售货员还让顾客购买了哪些别的东西才是审核的关键。

> 比如，不久之前出了一款受到了行政干预的问题商品，他们就要求我们“把这个卖出去”；此外还有“尽量卖贵的SD卡”，“让顾客办量贩店的信用卡”，等等。如果顾客确实心动了想买倒还好，但因为有硬性的销售任务，就开始有人私下和顾客商量“如果您买了这个，我就帮你设置手机功能”什么的，整个卖场的风气越来越奇怪。对手机还有电脑这些非常熟悉的人不容易被骗，我们一般不会推销多余的产品，很快和他们签完约，而一旦遇到老年人或者无知的人，我们就会强行给他们推销各种各样的东西。包含我在内，大家都推销得很不情愿。说真的，这样顾客只会损失，而我们卖东西的，心理负担也很重。

据她说，对无知的顾客和老年人最好卖的就是128GB的SD卡。如果在网上买最多只要7000日元，但在实体店里买有时候价格就要翻倍。而且，他们明知道对于根本不知道使用方法的老年人来说，128GB的容量完全没必要，但还是会随便编造一些说辞游说他们购买。

> 不合常理的强制贩卖太常见了。而成天忙于应对投诉的正式员工，只会觉得卖不出好数字的店员就是拿不出成果的店员，所以大家被迫贩卖根本没有必要的商品成了一种常态。日后又会有很多人投诉我们说明不足，而应付这些投诉又造

成了长时间劳动，这就是一个恶性循环。

在苹果手机的最新机种上市的时期，遇上繁忙时段，售货员甚至连去厕所的时间都没有。派遣售货员因为一天都不能上厕所，只能不喝水。

> 有时候我甚至会出现头痛、视线不稳这些类似脱水的症状。不久之前，还发生过正式员工把一个拿不出业绩的营业员喊出来，在他的鞋底涂上强力胶水，罚他长时间站立的事情。那些正式员工的权力欺压太严重了，简直违反道德，还很暴力。我虽然已经忍耐了很长一段时间，但这真的不是一份能以平常心应对的工作。

在讲述这家家电量贩店职场现状的过程中，佐伯女士好几次深深叹息，表情始终充满了厌恶。

大学毕业后，23 岁的她步入社会，之后就一直在做派遣售货员。

对充斥着权力欺压的工作日常，她已经烦透了，但一个派遣社员，无论被派到什么地方都差不多，根本看不到希望。于是她只能每天心怀不安，压抑着自己内心，过着只求维持眼前日常的生活。

26 岁的时候，她觉得如果结了婚，也许就能逃脱眼下的苦日子，看到一些不一样的风景。于是，她冲动性地和一个偶然在喝酒时认识的、大她 5 岁的上班族交往并结了婚。售货员的工作还是继续做着，俩人组建了一个双方都有工作的家庭。因为双方都有工作，家庭收入就是原来的2倍以上，这样个人可支配的收入就会上升。通过结婚从单身转变为双方工作的家庭，只要不是所托非人，就是一种社会上最普遍的、可以立竿见影地摆脱贫困的手段。

> 我的前夫对我的家庭暴力持续了很长一段时间。结婚生活几乎没给我留下什么印象，就记得那些糟糕的事了，甚至我都不大记得自己到底为什么要和那个人结婚了。从同居的第一天起，我就开始觉得不对劲了。他是一个很执拗的人，对我做的饭菜总是有这样那样的意见，如果不全是亲手做的就会不满。我也要工作，根本没那么多时间，结果家务和洗衣服还要被他挑三拣四，真是太没道理了。

佐伯女士的前夫和她的收入水平相当。但是，所有的家务都推给了她。此外，家里管钱的是她前夫，自己的工资还要全部打到她前夫的存折上。她前夫要求她做的菜必须和母亲的味道一样，还要拿走她所有的工资，从结婚第一天起，她心里就只有不满。而后，不满越积越多，便造成了精神上的负担。

这是非常常见的夫妻矛盾。

还没过1个月，佐伯女士就从心底里对结婚这个轻率的决定感到后悔了。前夫对结婚生活倒是十分满意，但夫妻之间的感受差距太大，裂痕便产生了。因为结婚生活造成压力，她的身体开始频繁地出现健康问题。可她的前夫见妻子身体抱恙就只会叹气，既不准她回娘家，也不准她去医院。

总之，他成天都在发脾气。而且一发起脾气来就收不住。我都不知道他到底为什么发脾气，反正都是一些鸡毛蒜皮的小事。有时候和他说句话，他就会曲解我说话的意图，一直骂我骂到天亮，还要我跪下给他认错。具体都说了些什么事情我实在想不起来了，但说白了，就是我没照他的意思做，他就发火了，一直让我跟他下跪认错。

佐伯女士就这样跪在坚硬冰凉的地板上，一边伏着身子，一边忍受着前夫的辱骂，直到天亮。她明白这是一种病态的精神暴力，所以不管对方发多大的脾气，她都没有责怪自己，但是这一切让她太疲惫了。睡眠时间不断减少，日常生活开始出现问题，不管怎么想，都只能离婚了。

最后一次被他要求下跪的那天，我跟他说“我肚子疼让我去上个厕所吧”，然后偷偷把手机藏在身上躲进厕所拨打了110，请求警察来救我。警察很快就来了，我们被带进了不同的房间，已经是早上了，所以我主动要求他们把我保护起来。那就是我和前夫关系的终结了。我说明了情况请了几天假，回了一趟娘家。然后就和他离婚了。这已经是两年半以前的事了。

从她娘家到工作的地方要花两个小时以上，太远了，没办法正常上下班。之前的婚姻生活里她把所有的工资都转给了前夫，所以根本没钱。她向贷款公司借了50万日元，才搬进了现在住的这间租金7.2万日元的公寓。

> 结婚我已经受够了。可既然决定今后要一个人过下去，我就得为将来打算。根本不被当人看待的派遣售货员肯定不能干一辈子，我也不想要这样的人生。所以，我想着总该做点什么，就在离婚后报了一个以设计为主的电脑培训课程。

她每个月到手的工资是21万日元。房租7.2万日元，电脑培训课程费2.3万日元，要还2万日元的借款，水电气费1.5万日元，手机通讯费1万日元，医疗费（因为家庭暴力的影响她正在接受精神科的治疗）5000日元，去掉这些之后，就只剩下6.5万日元了。工作使她身心俱疲，所以她的饮食基本都是在外面解决。这样就算不花任何多余的钱，收入也不够用。

> 我也试过周末做电话推销员的兼职，很累，又赚不到什么钱，后来就放弃了。几个月前，我在网上找工作的时候发现了人妻风俗店，犹豫了一段时间之后，还是决定去应聘试试。

每到休息日就去风俗店上班

我再重复一次，佐伯女士是一个年收入300万日元，处于平均水平线上的劳动者。采访当时，女性的平均年收入是287万日元（国税厅调查数据），她的收入还稍高于此。包含前夫在内，她的性经验人数只有5人，她的最高学历是大学毕业，至今为止都没有风俗业和陪酒的相关经历。她真的就是一个随处可见的普通女性。

能够拿到平均工资的普通女性，为了每个月多赚几万日元让生活能稍微宽裕一些，会去做风俗业的兼职，这就是日本的现状。这一倾向在需要支付房租的单身女性中更为显著，很多贫困问题的研究者都在强调对普通人群实施“住房扶持”的必要性。一旦减轻房租的负担，提高实际收入，女性从事风俗业和卖身的数量就会减少。

现在，在劳动时间上可自主调整的性风俗业，正不断地吸纳着像她这样的普通女性。风俗小姐有八九成都是有主业的兼职女性，而其中的大多数都是像佐伯女士这样的处于平均收入水平线上下的独居非正式雇用劳动者。

> 这家店是做人妻派遣的风俗服务的。通常是到指定的情侣旅馆去，带上泳装、护士服、水手服之类的指定服装，在男性沐浴的时候换上服装等着，大概就这样。基本上，对方想怎么样就怎么样。店长和我说：“如果你没经验，那就听对方的，不能做的事情就说不行就是了。”所以我都是照他说的做。

现在，她每逢休息日都会去风俗店上班，和不认识的男性们重复着边缘性行为。做风俗业所得的报酬她都有记录，我让她拿给我看了：4月2日23500日元，4月5日22500日元，4月11日20500日元，4月14日14500日元，4月18日22500日元，4月26日23500日元。光是4月份，她就靠副业挣到了127000日元。而且，提到风俗的话题，她的表情还很明快。

和主业不一样，风俗业只要我努力，收入就会有明显增长，这让我觉得很有动力。做派遣售货员，就算你在自己的柜台拿到了最好的业绩，都不会有哪怕 1 日元的回报。因为是派遣工，既没办法升职，也没办法拓宽人脉。每天就只能为了不被专横的正式社员骂而拼命工作。在这个意义上，做风俗反而能让我得到应有的评价，令人感到很愉快。我在的那家店里有很多有正常工作的女性，人经常会多到等候间里待不下。

自从兼职做了风俗小姐，到手工资 21 万日元加上做风俗业赚的 12 万日元，佐伯女士的收入变成了每月 33 万日元。既使休息日做风俗业的兼职，不停重复着边缘性行为，她拿到的钱，也不到男性平均工资 531.5 万日元（国税厅调查数据）的八成。

风俗业你准备做到什么时候呢？

结婚那段时间里，我真切地感受到了男女的不平等。今后要想一个人生活下去，光是女性能拿到的那点工资根本不够用。派遣工没有任何保障，我都不知道绝望了多少次了。能一边工作一边做的兼职就只有风俗业，我想风俗业的兼职我会一直做下去。

在职场上，她一直维持着认真勤恳的老实的售货员形象，其他人应该做梦也想不到她在从事风俗业。

国家也好各行各业也好，凡是出现经济困难，都会立刻在风俗业从业者的倾向上反映出来。女性们卖身的原因大都是因为经济问题，早在10年前，赤身裸体的世界里就挤满了像佐伯女士这样的普通女性。现在生活在夜晚世界的女性之中，像过去那样由于重复过度消费而破产，或者因染指非法高利贷而被迫从事风俗业的案例已经很少见了。大多数女性都是因为每个月的收入缺了3万～5万日元，而作出了这一选择。

如果想为今后的工作积累资历，或者在不远的将来恋爱结婚、生儿育女，普通的女性自然是不要染指赤身裸体的工作为妙。这是一个灰色产业，做这一行，无疑是为了眼前的利益在背负巨大的风险。

提倡同薪同酬也好，实施住房扶持政策也罢，或者是实现男女平等也行，无论哪种形式，只要能将普通女性的可支配收入增加3万～5万日元，或者让她们的实际收入能和男性有相同程度的增长，从事风俗业的女性都会大幅减少。女性不断流入卖身世界的现状，现今不再是个人问题，而是已演变成一个国家的问题。

收入能超过女性平均年收入水平的佐伯女士依然会因为生活的困窘和对现状的不安而选择风俗业——在这个家电量贩店的手机卖场里发生的现实，正反映出日本社会严峻的现状。

图书馆的管理员有八成以上都是非正式工

派遣社员佐伯女士做了风俗小姐后收入增加，人变得开朗起来。

将女性的身体当作商品贩卖的性风俗业，作为女性人权迫害的象征，对顺应时代而不断壮大的女权主义团体来说，是最典型的攻击目标。为满足男性的欲望而让女性提供性服务的产业，其存在的根本的确是男性的优势地位，但实际从事这一职业的女性，却是在理解了相关利弊的基础上，自发主动作出的选择。

如今的社会是男性占优势地位，生活困苦的女性即使拒绝了通过风俗业从男性获得再分配的行为，也得不到任何好处，充其量就是转而选择长时间劳动，最后牺牲自己的健康。

佐伯女士外貌看来比实际年龄年轻，又因婚姻失败而得到了精神上的自由，因而作出了赤身裸体这样的大胆选择。而且，她满意自己的选择。

日本风俗小姐的人数常年维持在 30 万人左右，当然，踏入这一领域的只是一部分非正式雇用的女性。女性中的非正式雇用工占了全体的半数以上，年平均工资只有 150.8 万日元（国税厅调查数据），非常低廉，这样的金额，根本不够在大都市内独自承担房租过单身生活。即使是卖身这样的手段，只要可以增加收入满足生活需要，倒也不算是坏事。

然而，绝大多数非正式雇用的女性不会选择卖身这条路。她们只能一天天在不明原因的贫困中痛苦挣扎。

从平成时代开始的现代贫困，其主要原因，是国家为提高企业的生产能力而决定施行的雇用的非正式化。不像昭和时代遭遇不幸的女性，现在就连认认真真生活的普通女性也被卷入其中，这样的事实令人疑惑，也令人感到一种不可名状的不安。

为了见一位在都内独居的非正式雇用的图书管理员，我来到了幽静的住宅区。

仲夏的日头十分毒，晒得柏油路上蒸腾起阵阵热气。在一栋栋高级住宅豪华的大门之间，有一个公营图书馆。它和公园相邻，里面传来放学后小孩子玩耍的声音。

谷村绫子女士（化名，37岁）就是在这个图书馆里工作的图书管理员。一进入馆内，我便感觉到一股带着紧张感的肃静氛围。图书管理员们或是在柜台处办理借出及返还的业务，或是推着车整理书籍，或是在柜台内的行政区默默做着行政的工作。馆内空间很大，从周刊杂志到文库本，从专业书籍到地方资料，这里罗列着各种各样的书籍，种类繁多。

图书馆的闭馆时间是17时15分，但工作也不是那么准时便能结束的。我来到旁边的公园里等她，到了17时20分，她终于过来了。谷村女士一头黑发，给人一种素雅而正直的印象，看起来是一名温和而老实的女性。

> 我属于市里的委托职员①。在图书馆工作的图书管理员有八成都是非正式聘用的，工资很低。我现在未婚，一个人住，说真的，每天都很不安，非常焦虑。

自治体要做的工作包括义务教育机构和福利机构的运营、公园管理、文化旅游、清扫、治安防灾，等等，范围非常广。这些业务工作量巨大，光靠公务员考试选拔聘用的正式职员肯定做不过来。因此，各个公共机关都会雇用很多非正式职员，这才能完成一系列庞杂的工作，维持地域服务的运营。

我们决定到车站附近的咖啡店里坐下聊。朝车站走的路上，我

---

① 委托职员：属于非正式雇用形态的一种，待遇低于正式员工和政府公务员。市里的委托职员，类似于市政机构雇用的临时工。

让谷村女士给我看了她的工资明细。支付的总额是17万日元。扣掉所得税、住民税、社会保险费之后，到手的金额是133442日元。没有奖金，年收入是204万日元，到手160万日元左右。谷村女士算是平均水平线下的劳动者，与全体女性281万日元的平均年收入（国税厅调查数据）相比，这样的工资是很低的。

这样的收入，要想在东京一个人生活，是十分艰难的。正如上面的计算结果，这样的金额几乎与最低生活保障金同等水平，根本不足以维持平均水平的生活。她租住的房子租金是每月5万日元。从到手的工资里扣除房租，每个月就只剩下8.3万日元，真的就刚好等于最低生活保障制度的最低生活费。

这位谷村女士便是受到诸多诟病的“官制穷忙族[①]”的一员。

所谓“官制穷忙族”是指地方自治体的政府机构或公共设施等以临时职员、非常勤职员的形式雇用的劳动者。另外，由于工资水平太低而成了社会问题的看护工作者和保育员等，因其总体的薪金制度设计是由国家规定的，也算在官制穷忙族的范畴之内。

看护行业和贫困问题采访得多了，就会渐渐看清国家的意图或意向。说实话，国家对除国家的行政公务员以外的职员，根本就不愿意支付酬金。他们知道自己正在让协助运营公共事业的国民和市民生活在贫困阶层，并且有意让这些劳动者的生活尽可能地接近贫困线。

从图书馆的图书管理员等临时职员、非常勤职员的情况和看

---

① 官制穷忙族：穷忙族指每天拼命劳动却仍在贫困线上挣扎，一旦出现任何意外，生活将立刻失去保障的底层劳动者。所谓“官制穷忙族”则是指专为政府官方机构工作的“穷忙族”。

护保险的制度设计就能非常明显地看出，国家和行政所追求的（针对不是公务员的劳动者）一定是“付最少的钱，达到最大的效果”。

我在采访福利行业和看护行业时，看到了深深依赖于雇用非正式化的公共事业中，太多令人绝望的现实。

特别是在看护行业里，劳动力不足成了大问题，国家和行政机关专门拨出预算拼命把年轻人往看护行业里拽。因为有专门的预算，一些相关人士和意识超前的学生团体还从旁推波助澜，将更多人往没有未来的贫困地狱里诱导。

只要一有机会，我就会一遍遍重申“不要让未来有无限可能的年轻人从事社会福利相关职业。要让他们参与生产，赚钱纳税”。但社会福利这个看上去无比光鲜的产业的宣传语太过美妙动听，像我这种现实的言论，心怀梦想的年轻人根本听不进去。

最近，大学里与福利相关的学科越来越多，大家都轻而易举地被那些美妙动听的宣传语诱导了。可当他们了解了现实，便会失望，并满怀抱怨：怎么会是这样？

一系列参与其中的相关人士和学生团体向怀抱不满的年轻人们投去一系列资格研修或自我启发研讨小组之类的商品，其结果便形成了长期剥削的贫困商业模式。

说实话，这是一种以牺牲年轻人的人生为前提的、令人生厌的糟糕商业模式。让一个个今后还有很长的路要走的年轻人为了自己的自我实现而陷入贫困的深渊，这是绝不能原谅的愚蠢行为。

每天的生活倒还应付得过去。我也知道有些人的经济条件比我还差。但是我的生活永远是拮据的，明明一点都不奢修，却连存点儿钱都做不到。委托合同规定是一年一签，最多更新5年，现在是第4年。到了明年，就算我非常努力，在工作上做出再大的成绩，也只能被解雇。因为工资低，我几乎没有积蓄，只有年龄一天天见长，我都不知道今后应该怎么办。

在1999年和2004年，《劳动者派遣法》分别进行过修订，整个社会的雇用非正式化不断推进。其中，雇用的非正式化推进最快的就是地方自治体。由于小泉纯一郎政权时代的结构改革，给地方自治体的补助金被削减了，于是政府机构转而开始压缩雇用费用。他们将此前由公务员负责处理的业务交给了非正式职员，于是，官制穷忙族便诞生了。

女性首先成为了他们的目标，图书管理员、护工、保育士、窗口接待等工作一项一项改为非正式聘用制。不仅业务部门的职员的雇用被非正式化，从2000年代开始，幼儿园、看护机构，最近连图书馆都开始整个被外包给民间运营，而自治体支付的委托费用又十分低廉，这些行业都变成了严重低薪现象的温床。

谷村女士就职的这家图书馆是由自治体运营的。八成以上的图书管理员都是非正式聘用职员，只有两成左右是公务员。而非正式雇用的图书管理员，无一例外都拿着仿佛计算好的等于最低生活水平的收入，签订了有期限的雇用合同。

他们利用公务员长久以来的稳定印象来招揽人才，诱导他们进入只能勉强维持最低生活水平的低薪系统，最后把人才用完就弃。让单身女性签署有期限的雇用合同，她们付出了劳动，到手的工资却只能勉强维持最低生活水平，这是何其恶劣的行径。

认真朴实的人受到公务员稳定印象的诱导，签署了有期限雇用合同，怀着看不到未来的不安工作着。因为人有选择职业的自由，你要说他们只能责任自负，这无可厚非。但是一向给人以稳定印象的政府机构能毫不犹豫地将人才用完就弃，普通人一般是想象不到的。心里想着“怎么会是这样”的人，并不止谷村女士一个。

谷村女士的房租为每月 5 万日元，家离最近的车站很远，要走 15 分钟，房子也很旧。这样的房子已经可以算作福利房了。根据排班的情况，她的下班时间是 17 时 15 分或者 20 时 15 分，下班之后一般会到车站附近的超市里买一些打折的食材和熟食，然后回家。房间里既没有电视也没有电脑。因为工资低，她连几万日元也存不起来，所以买不起。要上网查什么东西只能靠分期购买的智能手机。平时她吃过晚饭就做做家务，休息日或者有空闲的时候，就在家里学习。

一直生活在不安之中的谷村女士烦恼再三后做了一个决定——为了取得学艺员①资格，她从 4 月起成了通信制大学的一名学生。一个因为公共机关的非正式雇用而烦恼的人，为了摆脱贫困却选择了去取得学艺员资格，这让我感到吃惊。然而这恰恰是大多数老实认真的贫困者的行为模式。想要取得医疗行政或看护类资格的人也属同类。

为了消除心中的不安，贫穷的人们不会去思考其中的原因，反而会着魔似的浏览那些印着各种职业资格的免费传单。然后，他们会为了取得那些难度较低的资格而开始学习。学习自然会花

---

① 学艺员：指博物馆、美术馆的研究员或策展人，也指从事相关行业的职业资格。

费一定的费用和时间，所以他们的生活会更加窘迫。可就算谷村女士学有所成，真的取得了学艺员的资格，能从事的也只有不存在生产行为的文化事业，她想要实现过上普通人生活的愿望，可能性依然很低。

她这样做不仅赚不回那些为了摆脱贫困而投入的时间和金钱，很可能招致相反的效果。最后增添更多烦恼，陷入恶性循环。

被地方自治体非正式聘用，还在为了取得资格而学习的谷村女士，照这样下去，恐怕没有未来可言。

有智能手机就不算贫困吗?

谷村女士签署的雇用合同只能让她获得刚好相当于最低生活费的酬劳，生活困苦是肯定的，可以说她就是一名贫困者。

2016 年 8 月 18 日，NHK 的节目《NEWS 7》谈到了少年儿童的贫困问题，一位公开了相貌和姓名的女高中生在节目中登场了。但摄像机拍摄到她的房间里有动漫周边玩具，舆论一片哗然。“这能叫贫困吗?”诸如此类对那个女高中生的中伤在网络上泛滥。既然有钱吃动漫联动午餐拿到动漫周边玩具，就算不上是贫困，她这是在撒谎——这一论调占了舆论的大多数。

日本因为《劳动者派遣法》的修订而演变成阶级社会。人们通常都只会在同一个阶层内构筑人际关系，所以贫困阶层的贫困现状是很难被看到的。人们对“贫困”的定义并不一致，因此会以“用得起智能手机的人就不能算是贫困”这一类价值观，简单粗暴地对当事人作出判断，对他们造成伤害。

即使用责任自负论和恶意中伤来障目，对贫困视而不见，可最终支援贫困者的还是每个人的税金所支撑的国家和自治体，说到底，损失还是会反弹到我们自己身上。为图一时痛快就对别人恶语相向，毫无意义。

日本的贫困率非常高，在OECD的加盟国中位列第七，在国际上被评价为一个贫困化正在进一步严重的国家。

用于衡量贫困的指标有两个，分别是“绝对贫困”和“相对贫困”。所谓“绝对贫困”是指基本的衣食住都无法保证，甚至可能饿死的绝对贫困状态。而发达国家，一般会把“相对贫困”作为衡量贫困的指标。

相对贫困的定义是：将家庭可支配收入按家庭人数均分后，得出的金额不足全人口中位数的一半。厚生劳动省通过“国民生活基础调查”所得出的年可支配收入中位数是244万日元。不足这一数值的一半，也就是在年可支配收入不足122万日元的条件下生活的人，就符合相对贫困的条件，应该被判定为贫困。

谷村女士到手的工资是13万日元，除去房租以外的可支配收入每月只有8万日元。合计可支配收入一年只有96万日元，确实处于贫困状态。而官制穷忙族最大的问题在于，人们不相信，那些在自治体内，怀着较高的志向全日制认真工作的人，居然会陷于贫困。

接下来，不妨让我们继续走近谷村女士这位典型当事人的生活。

因为没钱，所以几乎不会在外面吃饭、游玩或购物。每天就是工作、家务、学习，过着孤独而单调的生活。本人虽然对缺少刺激的生活并无不满，但明年、后年是否还能正常生活下去，一直是她心头挥之不去的不安。

每天就是单位和家里两点一线，既没有电视机，也没有电脑，工作的地方是一个肃静的空间，单位上的人际交往也不深，在这样的日常生活里，她几乎得不到外部的信息。虽然每天都在认真地工作，但她总觉得有什么地方不对。然而，不管她如何烦恼，最后剩下的都只有“今后该何去何从”的不安。

> 图书管理员是专业职种，因为我对写给孩子们看的童书和儿童文学比较了解，所以偶尔会自己策划，在馆里做一些主题展示活动。

无论基层的职员如何怀着自豪感，积极主动地对待工作，雇用他们的自治体都不会予以承认。非正式职员就像可以便宜使用的棋子，反正是规定了最长期限的有期限雇用，他们只要在规定的期限内为自己工作就行了。而享受服务的市民们自己也纳了税，只会当这些职员努力提供的服务是自己应该享受的住民服务。

就算一个非正式聘用职员的成果被认可了，毕竟是在一个以用完就弃为前提的雇用系统之中，签订的也只是保证最低生活水平的雇用合同，这些认可根本不会反映到报酬和雇用形态上去。顶多就是一个不错的上司在语言上慰劳几句罢了。谷村女士不论怎么努力挣扎，都无法摆脱贫困。

> 可是，政府机构反正觉得这些事随便谁都能够做，永远都只把我们当可以更换的零件，所以才不正式聘用我们吧。我真的很想继续做图书管理员的工作，现在这里已经是第二家了。之前，我是在其他县的图书馆工作，5 年合同期满之

后就搬到都内来了。一想到我只剩1年半可以工作了，心里就很不安，有时候都会睡不着觉。

委托职员的雇用合同更新，最长只有五年。谷村女士工作的这家公营图书馆是以非正式聘用职员为主的形式运营的，即使他们是馆内必需的人才，每年还是会因合同到期而辞职。非正式职员没有无限期雇用这一种选择。如果她想继续做图书管理员的工作，只能到别的自治体运营的图书馆去，再接受一次非正式聘用。

等5年合同到期的时候，我就39岁了。我非常喜欢图书管理员的工作，很想继续做下去，但我不知道，究竟是应该下决心接受眼下这种拮据的生活，再去四处寻找非正式聘用的图书管理员职位，还是应该不管自己具不具备其他能力，都努力去找一份工作让自己的生活稍微好一点。我年龄也到这里了，要真是没有未来，我又觉得应该赶紧重新找一份正式的工作。总之，一直很烦恼。

看来她苦恼于无论如何认真工作，都无法找到一条能持续走下去的道路，想要找人商量寻求一些建议，才答应接受采访的。同样是图书管理员的同事有的是地方公务员，有的虽然是非正式聘用职员却能和父母一起生活，或者已经有了配偶，没有一个人是单身生活的。在她工作的这家公营图书馆里，处于贫困状态的只有她一个人。

不管哪儿的自治体，都苦于财政困难，像图书馆这种公共服务设施，都有外包给民间指定管理公司运营的倾向。这些设施只会被民间更便宜地承包，将来无论是工资的提升还是雇用状况的改善都毫无指望，甚至可以说是绝望的。

如果不一直工作就会无家可归

因为她看上去似乎很想听听我这个倾听者的意见，所以我便将心里的想法如实告诉了她：“你即使取得了学艺员的资格，它也可能没法让你摆脱贫困。”“你的雇主自治体并不认可它的专门性，所以这么做毫无意义。”结果她一脸“果然如此”的表情，叹了一口气。

我很理解她坚持认为自己从事的工作是特别的职业的这份自尊心，但是无论是自治体还是享受服务的市民，都不认可她的价值。这令人很无奈。即使图书馆的整体水平和服务质量下降，也不过是运营它的自治体的选择而已，对市民来说，其实无所谓。

> 我之所以这么烦恼，主要是因为总是逃脱不了过几年就会被解雇的不安。我一个人生活又没有存款，如果不一直工作的话就要无家可归了。所以，能工作的时间有限这件事，真的很令我害怕。

谷村女士就是一个一心一意的、太过老实的人。

她对公共事业充满了信任，怀揣着责任感勤勤恳恳地面对自己的工作，为了服务当地住民而不断创造出成果，让这家图书馆成了一个能令不少人满意的地方。然而，雇用她的自治体想要的是：尽量使用非正式聘用人员，花最少的钱达到最大的效果，如果可以，再提高一下服务质量。

这里面其实暗藏着她的选择与市场主义相违背的现实，而对公共事业深信不疑的老实大众则成了牺牲品。因为这些工作并不是生产性的，所以就等于在用被雇用者的良心和善良本性在换钱，而有意让这一切发生就是官制穷忙族现象最丑恶的一面。

在已经被自治体外包出去的看护业和保育业里，这一现象非常显著，明明劳动力非常不足，但工资丝毫不会上涨。结果，他们决定越来越多地引入外国劳动力，所以工资就更不会上涨了。国家和行政都希望在基层工作的非正式聘用人员这一辈子都生活在社会的最底层。

不仅是自治体，那些民间企业也经常会削减那些老实而顺从、从无怨言的人们的工资。像谷村女士这样老实、顺从又文静、得到的信息量很少的女性，率先成了财政困难的公共事业为了维持生存而献出的牺牲品。

要想从看不到未来的痛苦和煎熬中解放出来，就只能脱离那些已经决定将非正式聘用人员当作牺牲品的公共事业。虽然事到如今，谷村女士依然主张“图书管理员是专门职业，像现在这样下去肯定是不行的”，但谷村女士必须要生存下去。想摆脱贫困，她只有一个选择，那就是丢掉自己的职业自豪感和积累的经验，离开这艘将沉的破船，改为从事生产性的工作。

> 我还想被聘为正式社员。我对自己能够找到这样的工作抱有一丝希望。而且，我听说社会上还有“奖金”这种说法。我想，如果我能找到一份能拿奖金的工作，肯定就能过上更像一个正常人的生活了。

我总是在想，为何老老实实工作的女性必须承受这样的痛苦呢？

独居生活的 20 ～ 64 岁女性中，每 3 人就有 1 人处于贫困状态（国立社会保障・人口问题研究所调查数据），而 65 岁以上的独居女性中处于贫困状态的人占比 47%，已经接近半数了。日本社会就是一个让女性无法独立生活的社会。

更何况，图书馆对财政困难的自治体来说就等同于包袱，在图书馆由官方经营转民营的过程中，作为一线工作人员的谷村女士，却深陷残酷的正式雇用与非正式雇用的阶级旋涡之中。所有产业的正式聘用员工的平均工资是 321.6 万日元，而非正式聘用员工的平均工资只有 210.8 万日元，只有前者的六成左右（厚生劳动省调查数据）。

自治体的非正式聘用职位让阶层固化，这些职位就是社会底层的最前线，所有人都应该立刻从那里逃出来。说实话，如果国家和自治体实在没钱，不牺牲现役世代就维持不下去的话，我觉得图书馆还是不要开设为好，用不着。

你考虑过结婚吗？

很多人都说，只要结了婚就能改变生活，但像我这样的非正式工收入低，我对自己一点自信都没有，也不觉得有人能看得上我。我觉得结婚生子都是拥有一般收入水平以上的人的特权，和我应该是扯不上什么关系了。

聊了那么多，我始终看不到她的希望。最后，她低着头，说出了一番更加悲观的话。

和我一起工作的人有两成是正式的公务员。正式工同事在单位上聊的都是购物和旅行、孩子的教育之类的话题。只有那些被正式聘用、有可观的工资还能和家人生活在一起的人，才能送孩子去学这学那，一年几次地去海外旅行……感觉我和他们简直是生活在不同世界的人。因为没钱买机票，我自从在现在的单位工作之后没回过一次老家。人和人的差别，怎么那么大？光是认真努力地工作，难道还不够吗？

安倍政权确立了“工作方式改革”和“一亿总活跃社会”的指标，意欲推动女性进一步进入职场。然而，非正式雇员，占全体被雇用者四成，占全体被雇用女性的六成。那些被迫在临近贫困的状态下生活的非正式工女性，找不到一条可以单纯依靠自己的力量脱离困境的道路。

结束对苦于官制贫困的谷村女士的采访后，一种令人作呕的绝望感袭击了我。眼睁睁看着这个勤恳认真的女性在痛苦中挣扎，真的太难受了。况且，加害者和计划者还是国家的制度。相较苦于官制贫困的女性，那些做风俗业和干爹征集的女性，看上去反而幸福得多了。

谷村女士要想摆脱贫困，过上普通的生活，必须放弃自己多年做图书管理员的经验，也放弃取得学艺员资格的计划，去设法从事毫无经验的生产性的工作。她今后如果依然遵照自治体所希望的那样，舍不得丢弃积累的经验和职业自豪感，继续执着于图书管理员这个职业的话，那就只能找一家居酒屋什么的，兼职做两份工作，通过长时间劳动来弥补经济上的差额。现在的生活已经令她喘不过气了，要真这么做了，可能等待她的就是身心的崩溃。

如果她拿着异常低廉的工资，哪怕搞得身心崩溃，为了图书管理员的职业自豪感也不放弃这份工作，那对于自治体来说就是正中下怀。我并不愿意相信，本应为市民而存在的自治体竟然有意要拖垮现役世代和地区居民，但目睹了现实中的种种，我不得不这么想了。

公共事业对寻求安定的人来说就是一个金字招牌，非正式聘用的劳动者要是出了毛病，就解除合同，再找新的人来填上就是。整个过程简直就像是更换零件一样。

不仅图书馆如此，在看护机构、残障福利机构和保育园里，即使深陷于负的连锁中仍积极对待工作的官制穷忙族也随处可见。如果对方还年轻，我便会建议她“赶紧辞掉这份工作”，但不知为什么，这些人都坚信，只要自己勤恳认真地工作，就能获得回报，哪怕这些行业明显毫无希望可言。这令我十分费解。

在房龄42年、房租4.6万日元的房子里和母亲同住

震动实在是太厉害了。真的，特别厉害。连电视的声音都听不清。

在位于东京通勤圈内的住宅区里，宇野真知子女士（化名，30岁）站在自己和母亲共同居住的公寓前，和我说道。她戴着一副眼镜，身形偏胖，看上去不大显眼。现在，她就职于一个通勤

时间将近两小时的郡部[①]微型企业。

宇野女士住的房子房龄 42 年，房租每月 4.6 万日元。房子是栋老化严重的木造建筑，而且建在轨道边上。两者之间就隔了一道破破烂烂的防护壁，房子和防护壁之间就只留了一条勉强能晾衣服的空隙。特快、快速急行、快速、急行、准急、普通的铁皮车们以迅猛的速度不间断地从她家旁边驶过。没有任何防音和防震措施，声音和震动都直直地传进房里。

> 因为房外有一个类似晾衣竿的架子，所以被子和洗干净的衣物可以晾在上面。但是，一旦电车经过，就会激起很多碎石。和砂石差不多。所以，晾的衣服和被子都会变得灰扑扑的。每天从早到晚声音都很大，电视的声音都听不见。本来光这样就很让人头昏脑涨了，家里还有一个没工作的母亲。她成天都待在家里，健康状况也在不断恶化。

本来我已经进了宇野女士的家门，但总是有令人不快的噪声传来，房子不停地摇晃，她生病的母亲又躺在里屋，为了隔离噪音用被子蒙着头，正在睡觉。这实在不是一个可以久待的环境，于是我们徒步走了 20 多分钟，回到了车站附近。

宇野女士在一家承接拆除工作的小微企业做行政工作。她是从职业训练学校毕业后，被应届招聘进去的。工资很低，基本工资 13.5 万日元，职务补贴 4.7 万日元，劳动时间外补贴是 1.3 万日元，总工资额是 19.5 万日元，到手 15 万日元左右。自从进了

---

① 郡部：日本都、道、府、县的区、市以外地区的一种行政区划，行政功能接近中国的镇。

公司，从没涨过工资。而且奖金也很微薄，多的时候一年也只有10万日元左右，有的年份还一分钱都拿不到。

她工作的地方是一个员工不足5人的微型企业。公司也没有扩大规模的意思，一直维持着勉强能支付所有员工工资的现状。没有发展前景的微型企业里没有上升渠道，也没有涨工资的迹象。而且，这样的公司基本上做不了多久就会消亡。所谓雇用合同也就是走个形式，给不给涨工资全看经营者的心情。虽然她强调自己是正式职工，但也就形式上不是有期限雇用，实际和非正式雇用没什么区别。

每个月除去房租，手上只能剩个10万日元左右。留出自己的手机通讯费和午饭钱之类的零花钱3万日元之后，剩下的7万日元，全都交给母亲。而母亲管的这7万日元生活费里，扣掉水电气费和餐费也就基本没有了。母亲一直在巨大的噪声环境之中，几乎听不见声音，唯一的娱乐就是看电视，每天的生活除了看看大河剧、侦探剧还有月九剧[①]，就是盖上被子躺着。

这半年间，痛苦仿佛扼住了我的喉咙

我们刚走进车站附近的一间KTV包房，宇野女士就哭了起来。我不知道她为什么哭，于是赶忙问她发生什么事了。

> 自从去年的8月份之后，一切就变得一团糟。因为实在忍受不了父亲，母亲下决心和他离了婚，父亲离开了家。因

① 月九剧：富士电视台星期一9点开始播放的电视剧，一般都是制作精良，阵容强大的电视剧。

为父亲申请了个人破产，所以我们也拿不到赔偿金。为了尽可能地降低房租的开支，我们搬进了现在的房子。当时房屋中介说，价位4万多的房子，就只有这一处。那之后，我们就开始过起了一整天都笼罩在震动和噪声中的生活。

宇野女士的父亲现在68岁，母亲66岁，都算老年人。母亲的腰部还有膝盖的关节不好，这几年经常跑医院。自从16年前全家搬到这边之后，母亲一直勉强拖着病体，拿着接近最低工资水平的薪水，每周在餐饮店或超市里打三四天的工。而离婚失去了父亲这个顶梁柱之后，为了尽可能提高收入，母亲在一家看护机构做起了清扫的工作，每周轮4天班。

她在一家专门照顾认知障碍者的机构里做清扫，会用到很多药品，所以短短两个月，她的手就伤得连正常生活都成问题了。整双手都像被腐蚀了似的，实在是太惨了。

母亲的手已经伤到了皮肤溃烂的程度。别说是工作，就连家务都做不了。于是，宇野女士只得从母亲手上揽下了所有的家务。母亲的手伤得最严重的时候，就连用自己的手吃饭都做不到，只能由宇野女士来照顾母亲的生活起居。

因为母亲没法使用工具，所以工作是做不成了。可机构那边一点儿补偿都没给，只让她自己辞职。母亲本来就一直受到父亲的精神虐待，因为精神上的原因，健康状况很差。自从手受了伤之后，免疫力也开始大幅下降，本来就不好的腰骨和膝盖骨进一步恶化，开始卧床不起了。现在，她的精神是一天比一天差了。

父母离婚前，宇野女士每个月会拿3万日元给家里。但因为自己的工资低，所以即使父亲走后，母女俩陷入窘境，她也最多只能每个月拿7万日元给母亲。母亲用她每个月挣来的这7万日元和父亲在的时候存的一点点钱，维持着两个人最基础的生活。

然而，因为要用到汉方药①之类的药物，保险不负担的医疗费用太高，宇野女士母亲的存款很快就用光了。那之后，“我还是回机构做清扫的工作吧”“不只是清扫，我还得找个夜勤的工作，打两份工”就成了母亲的口头禅。面对执意要出去工作的母亲，宇野女士一遍遍地强调“不许去做这种工作”，所以最近她不断和母亲发生争吵。

我对看护的工作实在是恨到了骨子里，真是打心眼里觉得那个世界太可怕了，简直无法原谅。但我又不可能杀了我母亲，所以只能歇斯底里地对她吼，坚决不许她去。我的工资低，今后也不可能涨了。为了过上普通人的生活，每个月至少还得多挣5万，最好是10万。母亲心里也很清楚，所以为了每个月多挣这10万块钱，她觉得自己只能去兼职做清扫和看护两份工作。我们到处都找不到答案，已经连活下去都觉得困难和绝望了。

---

① 汉方药：日本人依据中医和中药的理论改良制出的日式中成药。

去年末，宇野女士认识到靠自己一个人难以支撑母亲的生活，于是到市政厅去寻求帮助。可是，尽管她将自己的困窘现状全都告诉了市政厅的工作人员，他们也没有真心地倾听她的诉求，只是鼓励了她一句“为了母亲，你要加油啊”，然后将她送了出来。

母亲怎么看也不像是能工作的状态。看着她一天比一天虚弱，我意识到，一个无法忽视的事实被摆在了我的面前——今后，我恐怕要一直拖着母亲生活了。可我怎么想，都觉得我做不到。所以，我就到市政厅去咨询，如何才能让母亲不必完全依附于我，自己一个人生活。但因为我懂得不多，和他们的人根本没说上几句，就被说很忙，然后结束了咨询。

看来，宇野女士对最低生活保障制度一无所知，她去市政厅咨询的也是市民咨询科。于是，我建议她检索一下“最低生活保障制度”和“世代分离”这两个关键词。

后来我问她身边有没有可以商量的人，她摇了摇头。别说是可以依赖的人了，她的生活圈附近连个认识的人都没有。而且，她自己除了每天见面的几个同事外，也没有一个朋友或者熟人。

我们搬到这里是在我初中二年级的时候。当时，一家人是从另一个县连夜逃来这里的。在那之前，我一直因为胖被人嘲笑欺负，而到了这边，又因为方言不一样，没有人愿意理我。父亲经营着一个小的建筑公司，我本来打算继承这个公司的。所以，我从小的目标就是考建筑中专。那时候，我们和父亲的关系还没那么糟糕。

然而，宇野女士考入了附近的建筑中专之后，还是没有人愿意理她。虽然没遭受校园霸凌，但班上同学都对她毫不关心，高中 3 年，她几乎没说过几句话。

孤独还是很难受的。因为朋友不愿意理我，所以我只能自我安慰，认为自己不需要朋友。我不需要他们，和这么一群无聊的人能有什么事情可以分享？根本就没必要，这群人实在太无聊了……我差不多就靠这样强行瞧不起周围的人来自我保护。要是不让自己觉得“我和他们不一样”，根本就坚持不下去。

我们进这间 KTV 包厢后，聊了 1 个半小时。宇野女士的自尊心非常强。因为她对自己的评价过高，我的采访进行得有些困难。说到人际关系的话题时，她终于说出了“要是不让自己觉得‘我和他们不一样’就坚持不下去”的话，但是她把自己就读的入学偏差值不足 40 的母校说得仿佛一所名校，把自己工作的郡部微型企业和父亲的公司说得好像一流企业，我花了不少时间才理解了她的实际情况。

在人生经历和日常生活中，人际关系匮乏的人，其判断标准往往会出现偏差。他们在向别人描述自己时总会把自己抬得很高，她就是典型的这一类人。

而且，她说自己从来没有谈过恋爱。从学生时代到现在，她从未有过恋爱经验，并说这是因为自己“讨厌人类”。她真的很孤独，不仅陷入了经济上的贫困，人际关系方面也极度贫乏。

之后，她又开始抱怨起自己的父亲。父亲是一个自营业者，因为工作的关系做了别人的连带保证人，导致破产。在她初中2年级的时候，一家人连夜逃出来，父亲申请了个人破产。连夜逃来这里之后，父亲还是继续做着原来的工作，因此虽然清贫，但一家三口还是过着普通的生活。

> 我们逃来这里之后，有10年左右过的还是比较普通的生活，但自从5年前父亲患了脑梗塞之后，一切就变了。当时他的症状比较轻，也没留下后遗症，但是，他原本就经常骂哭母亲，那之后更是变本加厉，就像是在拿她出气一样。我母亲是个非常害怕怒吼的人，父亲给她造成的精神压力搞坏了她的身体。自从父亲患了脑梗塞后，工作也不做了，收入减少了很多。于是，母亲就靠打工补贴家用。

后来，宇野女士的父亲换了好几份工作，其间只要一遇到什么不痛快就怒斥她的母亲，而她母亲则是一味地忍耐。这样的生活变成了家里的日常。父亲的精神虐待无休无止，终于，母亲在去年8月下定决心离婚，而宇野女士也表示了赞同。耗光了母女俩亲情的父亲甩下几句绝情的话后便离开家，和他们断绝了往来，现在生活在另一个县。

这场变故之前，他们住的公寓每个月房租是5.4万日元，支撑着家里林林总总开销的一直都是父亲。而这场变故之后，母女俩为了换一个环境并降低房租的负担，离开了长年生活的社区，搬到了如今这个铁路边上的公寓里。同时，她的母亲也干起了看护机构的清扫工作。

为了在贫困中活下去，来自亲兄弟、血亲、同一地域的朋友或近邻等人际关系的协助是必不可缺的。然而，她和她的母亲都拒绝了人际关系，与家人分离，甚至舍弃了居住10年以上的社区。

因为没有人际关系，她们就没有客观审视自身选择的环境，而过高的自我评价又让她们意识不到自己的错误。所以，她们始终没有察觉自己已经丢弃了“生存所必需的一切”，一步一步陷入困窘之境。

母亲失去了健康，医疗费不断累积，负的连锁无限延长。最终，宇野女士迎来了只能自己一个人背负一切负担的现在。

现在的宇野女士，一边憎恨着毁了母亲的父亲和唯一愿意雇用母亲的看护业，一边蜗居在一整天被噪音和震动淹没的房子里，和母亲重复着“让我再去看护机构工作吧!”“你不许去!”的争吵，日复一日。

> 因为年龄的关系，母亲能做的工作就只有看护了。她一直说“如果做看护工作，一个月说不定还能想办法挣到10万左右”。可她的腰和膝盖都坏了，还因为甲状腺的病变免疫力下降，我真的只想她好好保养身体。可她就是不听劝，想出去工作。就算我说“那你会死的!”，她也完全听不进去，简直顽固得让人崩溃。

宇野女士每天要花两个小时从住宅区到郡部上班。之所以没有搬到公司附近住，是因为母亲常去的医院就在现在住所的附近。

我虽然讨厌和一切人接触，但老人是我最讨厌的。凭什么为了那些老人过得好，我的母亲就要弄伤自己的一双手，还落了一身的病，害我们活得这么苦？只给人这种工作做，这个社会真是太荒谬了。我甚至在想，最坏的结果，恐怕就是我们母女俩一起自杀。要是我能像男人一样工作拿高工资，我们肯定就能活下去了。虽然烦恼很多，但我现在的想法还是比较积极的。我只要能换个工作多赚钱，母亲就不用再透支自己的身体了，这就是我现在的打算。

我们的聊天结束了。最后，宇野女士让我感觉到，她今后还有可能辞掉工作，失去现有的谋生手段。

按照她的性格、工作经验和学历，恐怕很难仅靠换个工作就能明显改善自己的现状。然而，因为没有人际关系，她又无法向他人寻求建议和帮助。她抛弃了人际关系，抛弃了原来的社区，抛弃了父亲，现在，我感觉她甚至打算抛弃自己的工作。

我想，她是很难靠自己的力量脱离如今的困境了。但她坚信自己是对的，并且拒绝人际关系。于是，我无法再说什么，只向她道了谢，就回了东京。

第 5 章　45 岁，连应聘一份工作的资格都没有

东洋经济在线上的连载系列“东京贫困女子”拥有众多的读者。

所谓贫困女性们面对的现实，至少对大多数普通女性来说，都不会是事不关己的。

根据厚生劳动省“关于全国单亲家庭的调查”的数据，截至本书发表，母子单亲家庭的数量是 123.2 万户，其平均年收入仅为 243 万日元。

而且这是包含了从政府领取抚养费和儿童抚养补贴的金额，如我们所想，这一数字背后的单亲贫困情况依然严峻。

现在已经有很多调查数据和研究结果使单身母亲的贫困问题可视化，从各个方面为我们敲响了警钟。

单身母亲的贫困问题浓缩了雇用的非正式化、男女地位差异、婚姻的不稳定以及儿童贫困等现代社会的问题。

调查数据告诉我们，单身母亲的贫困已经日渐严重，但具体的状况又是怎样的呢？

接下来，我们通过几个“个人的故事”，来看一看单身母亲的贫困吧。

这是东京郊外的JR车站。而我正从这个车站出发，准备前往一位单身母亲村上尚子（化名，45岁）和孩子们居住的县营团地[①]。

从这个闲散的车站乘间隔时间为30～50分钟一班的巴士，车程大约20分钟，我终于到达了团地。这里虽然算得上是东京的卫星城，但出行非常不便。团地本身也很旧，房龄已经接近50年了。这里的贫困户之多似乎远近闻名，外墙已经老化发黑，所有的邮箱都锈迹斑斑。

村上女士是3个孩子的母亲，孩子全都是初高中生。她上班的地方在隔壁车站附近，她匆匆赶回家，急急忙忙为孩子们准备晚饭。之后，她又留了一张“今天会晚回家”的字条，匆匆回到一楼，我们正等在那里。

> 我真的特别忙。早上5点起床给孩子们做便当，然后洗洗衣服，再坐巴士到公司上班，下班之后就去买东西，然后回家做饭，吃完收拾干净，然后洗澡、洗衣服，有自己的时间都是晚上11点以后了。本来这时候总算可以歇一歇了吧，但又总要为明天、后天的开销而烦恼。一直都只是在维持起码的温饱，钱永远不够用。最近，我最怕的就是NHK上门收费。每次他们一来，我就想着怎么办，愁得一宿都睡不着。

① 县营团地：日本的“团地”是指有计划地集中建设的大面积住宅区，类似于中国的“小区”。县营团地顾名思义就是由县政府经营的团地，相当于县政府经营的公租房。

这样的日子，我已经过了 15 年还是 16 年了。一直都很痛苦，看不到一点希望，都不知道自己到底在为什么而活。光是活着，就痛苦得要死。

光是活着，就痛苦得要死。她如是说着，满面愁容。

非正式聘用后勤职位，时薪 1000 日元

县营团地的房租会随收入的变动而变动。村上是非正式雇用劳动者，收入很低，又带着 3 个孩子，所以她们一家在这个贫困者聚集的团地里也处在低收入层。她每个月需要支付的房租是 1.7 万日元，很便宜。另外，她还有一辆 6 年前朋友免费送给她的轻型汽车，停在团地内的收费停车场，每个月 3000 日元。这辆车的行驶距离已经超过 12 万公里，只能说是勉强能开，作为资产来说并没有什么价值。

她的工作是非正式聘用的后勤职位，时薪 1000 日元。上个月的工资是 12.1426 万日元。和这个地区聘用家庭主妇做的服务业非正式工和零工比起来，这已经是破格的高薪了。然而，没有奖金，她的全年劳动所得也不会超过 150 万日元。

家里 3 个孩子每月得到的单亲家庭儿童抚养补贴总共是 5.8 万日元，儿童津贴每月 1 万日元，所以一个月的收入全部加起来只有 19 万日元左右。尽管她要抚养 3 个孩子，但她的收入还达不到母子单亲家庭的平均收入水平，更别说这个平均收入水平本身就存在问题。

我们不妨比较一下这个地区的最低生活保障金标准和村上家

的收入。

这片住宅区里的单亲4口之家可以领到的最低生活费包含生活扶助金17.516万日元，母子家庭附加2.39万日元，儿童养育费附加3万日元，住宅扶助金5.6万日元。一个母亲带3个孩子的家庭如果接受最低生活保障，每月总共可以领取28.506万日元。

村上一家的收入，比最低生活保障金少了8万日元。如果提交申请成为最低生活保障家庭，也许可以领取这笔差额。他们一家人现在的生活水平比国家制定的最低保障标准还低，日子难是可以想象的。

村上女士并没有偷懒懈怠，而且她找到了一份时薪高出当地非正式聘用工资许多的工作，每周上满5天班，还要照顾孩子们的生活起居，日子非常忙碌。她已经尽力了却还是这个结果，看来那句“光是活着，就痛苦得要死”确实是实话。逃不出这穷忙族的泥潭，怎么看得到希望呢?

据说，这个团地里居住的大多数都是单亲妈妈带着孩子的家庭。

当地的福利保障审查得很严，单亲家庭要想接受最低生活保障，一般都会因各种各样的理由遭到拒绝。所以几乎整个团地里的人都不靠最低生活保障，而是靠母亲做一些非正式聘用的工作维持生计。村上女士说，不止她，就连她的邻居们，也几乎都因为贫困而“痛苦得要死”。

孩子上了中学，日常饮食免不了花钱，所以我买东西都是绞尽脑汁精打细算。只去最便宜的店买，便利店一次都没去过，全家人也从来没在外面吃过饭。孩子们从来没有过在外面吃饭的经历，这让我觉得很对不起他们。我们每天最注意的就是，首先，肯定不能乱花钱；其次，就是买东西的时间。如果去超市，就是18点半左右去，不管是鱼也好，肉也好，我只买贴了半价标签的。不止我这样，团地里的妈妈们都这样。因为在只买半价的环境里长大，所以孩子们也学会了只买半价的东西。

村上家的收入低于最低生活保障标准。那么家庭开销又如何呢？每月需要支出的有房租和停车场费用共2万日元，水电气费1.5万日元，交通月票费1.2万日元，手机通讯费3000日元×2部，每月的固定开销一共是5.3万日元。

从月收入的19万日元里扣除这些固定开销，还剩13.7万日元。一家四口人还得从里面支出伙食费、学费、购置衣物的费用、出游的费用、交通费、生活杂费、日用品费用、医疗费、汽车维修费，等等。从两年前开始，现在就读高三的长子开始打工，每月交2万日元给家里。即使这样，钱还是不够用。

现在这个时薪1000日元的兼职后勤工作，也是一年前好不容易找着的。在此之前，时薪只有850～900日元，生活比现在还拮据。Hello-Work有一个44岁的年龄限制，我是45岁，所以很多工作我连应聘的资格都没有。可以成为正式职工，或者每月拿到手20万日元的工作，一个也没有。虽然招聘的人数很多，但基本都是时薪850～900日元的非正式雇用。再加上年龄的问题，收入可能一辈子也就这样，说不定还会下降。等现在读初中一年级的小儿子毕业了，我也许还能再多找一份晚上的兼职，但现在真的是忙得连喘口气的时间都没有。已经是单亲家庭的极限了，我受不了了。

她满脸疲惫，语气也像是在申诉一样。

她穿着藏青色的外套和裙子，尺寸偏小，袖子有些短。是在附近国道边上的二手服装店里花400日元买的。她买衣服都只去二手店，而且不常买。像是车站附近的“优衣库”，还有过道上的“岛村”这些店里的衣服，因为售价太高，她买不起。只要便宜，就算大小有点不合适，也只能将就着穿。

其实我也想穿尺寸合适的。但衣服只要超过500日元我就买不起了，所以没办法。我要照顾3个孩子，因此没法做两份工作。团地里的单身妈妈们，大家都是做两份工作。所以在整个团地里，我们家可能是最穷的。母子家庭里母亲是正式职工的很少，打两份工的话，要么是工作日和休息日做不同的工作，要么是白天和晚上做不同的工作。所以，团地里的单亲家庭之间会互相帮衬。比如遇上孩子生病或者传染病封校之类的情况，会有人说“今天我休息，孩子送来我家我帮你看着吧”这样。另外，学校制服还有其他的衣服，不穿了会送给其他孩子。书包还有初中的制服，都是整个团地共享的，一直在团地内传来传去。我也想给孩子们买新的，但实在是买不起啊。

住在这个团地里的，几乎都是境遇类似的贫困母子家庭，所以远近邻里之间互帮互助的体系，自然而然就形成了。

首先是读同一所小学的孩子成了朋友，于是两个单亲家庭之间就有了来往。升学的时候，必须凑齐制服和学习用品，因此孩子们升初中或高中的时候，家里都会遇到一道坎，妈妈们都想尽可能花最少的钱，所以会在团地里到处找制服，于是制服和学习用品就在团地里共享了起来。

> 我们家最小的孩子小升初时，好不容易才找齐了规定的书包和制服，如果买新的，得花6万～7万日元。另外，中间的女儿现在穿的中学制服，已经说好了要送给另一栋楼里的一个小学六年级的女孩。我们没有直接交流过，是团地里人传人地把有人需要制服的消息传到我这儿了，我就答应了。大家都是这样彼此帮衬着，渡过孩子升学的难关。

这个地方到JR车站还要坐20分钟巴士。团地周围什么都没有，我们的对话是坐在路边的公共座椅上进行的。

选择不花钱的课外活动的次子

村上家上初中一年级的次子回来了。村上女士告诉他："晚饭做好放着了，我大概过两三个小时候回去，也告诉你姐姐一声。"次子手里的黑色皮包，的确像是用了很久的，有点破破烂烂。

> 二儿子私底下到处查什么社团活动不花钱，最后好像加入了田径部。我虽然也很想支持他做自己喜欢的事情，但现

实实在不允许，所以孩子自己就知道体谅家里。说真的，他这样确实让我省了不少心。大儿子升入了不用花学费的县立职业训练类的高中，而现在初中三年级的大女儿说自己不上高中了，毕业了想出去工作。即便我和大女儿说，“只要是公立学校，我可以供你读高中的”，她也一直摇头，坚持说想工作。我们住的是很老的团地，房子特别小。大女儿好像是想早点工作赚钱，好快点从这个狭窄的家搬出去。大儿子呢，每周要打 5 天工，最近每个月能拿出 2 万日元补贴家用，真的帮了我很大的忙。

村上女士为了维持一家人每天的温饱而筋疲力尽，对孩子们的学校生活和学习成绩等情况了解甚少。当然，私塾是供不起的，参考书也买不起。听说，长女和次子好像连平均学业水平都达不到。

日本已经持续 40 多年高中升学率高达 98.8%（文部科学省调查数据）。听说村上家的长女接下来打算和班主任商量，自己究竟应该如何就职，但是一般来说，学历和收入是直接挂钩的。很有可能，贫困会从此传递到长女身上。她为什么会做出这样的选择呢？

虽然很不想把孩子的学业水平和今后的出路问题都怪罪到单亲家庭和贫穷这些因素上，但事实上肯定是脱不了关系的。我因为大女儿的事曾经烦恼了好一阵子，找很多人商量过。结果发现，不止我家的孩子，整个团地里的孩子们几乎都是差不多从小学高年级开始就跟不上上课进度了。等上了中学，成绩就会落后。普通家庭的孩子从小学就开始上补习班，上了中学就要上私塾。但是，这些钱我拿不出来。而且那些兼职两份工作的妈妈们晚上都不在家，孩子们自然也不会养成晚上在家里学习的习惯。每一天，妈妈光是让孩子们吃饱饭就已经用尽全力了，哪里还管得了孩子的学习？所以单亲家庭的孩子，要不是从小就特别聪明，学习都会跟不上的。于是，孩子们自然而然就会觉得，学校不好玩，不想读高中，想出去工作。

即使能顺利升入高中，团地里也找不到高中的制服，然而，新的制服和书包又买不起。于是，受困于这些费用的负担，很多贫困家庭的家长就会不愿意让孩子升学。这些孩子一旦初中毕业，就会在不同程度上被迫开始自立。就算读了高中也要开始打工，导致和初中的时候一样，跟不上学习进度，于是不少孩子很早就中途退学了。

就算孩子能混进一所高中，但接下来就要打工了吧？打工很累，早上可能起不来床没法按时上学什么的，这样一来就更跟不上班里的进度了。一旦跟不上了，高中不是不允许考试不及格吗？不像初中，不管你学习好不好，年级都可以往上升，读了高中，就可能会留级、退学。这样，孩子就没法找工作了，只能变成打零工的人，要不就去工厂或者看护机构做非正式工。如此一来，贫困就连锁到孩子们身上了，这就是现实。我想我家大儿子，真的是很努力了。

现在，初中三年级的学生有六成以上都会上私塾。贫困家庭和普通家庭的孩子之间的差距越来越大，直接关系到孩子们将来的收入。

御茶水女子大学做的“全国学业水平·学习状况调查”数据显示，监护人的家庭收入和孩子之间的学业水平差距是相关的，这一结果曾成为热门话题。特别是算数学科，最能看出这样的倾向：年收入不满200万日元的家庭和年收入超过1500万日元的家庭之间，100分满分的话，孩子们的分数差能达到20分。这就是少年儿童贫困问题中最值得关注的一点——学业水平的差距。

诚然，作为贫困家庭的村上家，孩子们的学业水平很低。

儿童的贫困问题如今已经成了国会关心的问题，现在，针对贫困家庭孩子的“学习支援事业”正在开展，全国各地开始陆续开设一些免费私塾。

曾经是在家带孩子的专职主妇

虽然村上女士一直在控诉自己现在的生活，但听着她的讲述，我仿佛可以在心中描摹出她目前整个痛苦的生存状况。贫困无疑是痛苦的，但总会习惯，如今的困窘会变成理所当然。几乎所有的家长都不会察觉，他们的贫困会遗传下去，招致一个没有希望的未来，就算有所察觉，家长们为了维持每一天的生存也已经筋疲力尽了，无暇其他。

没工夫管孩子学习的家长不止村上女士一个。单亲家庭的家长大都如此。读初中的时候孩子的学习就跟不上了，后来读了偏差值较低的高中，最后退学。从此，贫困就传到了下一代身上，孩子们的痛苦还将一直持续下去。这就是贫困家庭的普遍命运。

察觉到学业水平低下的孩子们将来可能会遭遇不幸的村上女士是在一个普通家庭长大的。当年她从经济类短期大学毕业的时候，还是有无数就业机会的卖方市场时代。她争取到一个普通职位，进入了一家上市企业。27 岁时，她和公司同事结了婚，因为结婚生育而“婚退”[①]了。

> 前夫和我在同一家公司，年纪轻轻就当上了店长，是个工作能力很强的人。我们刚开始交往不久，我就怀上了孩子，于是就结婚了。他的收入不错，所以最开始，我过着普普通通在家带孩子的家庭主妇生活。离婚的原因是怀上二儿子的时候他执意要我“打掉”。我坚决不愿意这样，所以只能选择离婚。

13 年前，村上女士于 32 岁离婚。当时，两个人以前夫每个月支付每个孩子 3 万日元，一共 9 万日元的抚养费为条件协议离婚，她成了一个单身母亲。与此同时，她和孩子们搬进了现在的团地，房租很便宜。她当时想，只要努力工作赚钱，总会有办法活下去。

虽然明白单亲家庭的生活会很困难，但村上女士怎么也没想到，自己竟然会就此陷入摆脱不了的贫困之中。

刚成为单亲家庭那时，村上女士拜托距离她家 40 分钟车程的母亲帮忙照看孩子，自己出来打零工。一个前家庭主妇出来工作，会雇她的也只有算时薪的零工。一个月能赚 10 万日元就算不错

① 婚退：在日本特指女性因结婚而辞职，成为家庭主妇。

了。所以，她只能指望前夫的抚养费。然而，每月 9 万日元的抚养费，却在差不多半年以后，就中断了。

不管我怎么求他拿钱，他都不给。最后连电话都不接了。我当时真的慌极了，完全不知道该怎么办。

自此以后，村上女士带着 3 个孩子，开始了连最低生活标准都够不着的贫困生活。

很遗憾，在日本，离婚抚养费的未支付率超过八成。现实很残酷，绝大多数的母子家庭都无法从前夫那里拿到抚养费。

在我的周围，也有几个答应支付孩子的抚养费后离婚的朋友。

然而，工资太低周转不开，觉得新生活更加重要，或是对前妻怀有恨意……他们都因为各种各样的理由而没有支付抚养费。而且，他们只要懂一点儿法就会知道，强制执行是很难的，即使被告了也有办法逃脱。这些事不过是民事诉讼，就算不给钱，也不会被逮捕。

如果能够如约拿到抚养费，母子家庭的日子真的会好过很多。然而，抚养费的拒缴并不会受到实质上的惩罚，给不给全凭个人的良心。对很大一部分男性来说，一旦家庭破裂离了婚，比起对天各一方的亲人的责任感，还是自己眼下的新生活更为重要。既然没有惩戒的规则也没有实质上的惩罚，那么出现这样的结果，也是显而易见的。

简单来说，单身母亲的贫困，一切都是因为金钱的极端缺乏。单身妈妈从自己家得不到支援，又只能做非正式聘用的工作，前夫若是再拒绝支付抚养费，对她们的打击就是致命的。如果女性能和男性赚到同样多的钱，村上家就不会陷入让长女拒绝高中升学这样的严重贫困。

如果对这样的情况放任不管，那么贫困就会传到孩子们身上，致使社会贫富差距进一步拉大。要么就调整雇用结构让女性也能赚到足够的钱，要么就对父亲的抚养责任提出更严格的要求。我们必须努力促成一种状态，让孩子的父母即使离婚，也必须共同承担抚养孩子的责任。

> 我曾经以为，只要我能回归结婚前那种正式聘用的职位，就会有转机。可惜我太天真了。去做保险外勤，但自己也要交钱买保险，所以剩不了几个钱。即使是单身，能做的工作也只有时薪850日元的。这点工资叫我怎么过活呢？我也考虑过接受最低生活保障，还去咨询过。但我被拒绝了，就因为我有辆车。住在这种地方，要是没有车，还怎么生活？我真的觉得，没有任何人能帮我，我被整个社会放弃了。

村上家的次子5岁的时候，村上女士觉得一家人走投无路了，曾经去福利机构咨询过。

受理的工作人员顺口问了一句她的资产情况，一听说她有车，就立刻打断了她的咨询。全程只有短短的5分钟。打工的时候没法看孩子，村上女士就只有和自己的母亲哭诉，让她帮忙在自己家或者娘家帮她看孩子。每个星期，她都要开车在自己家和娘家之间来回好几趟，所以车是生活必需品，如果没了，生活就难以维持了。然而，福利机构的咨询窗口却连听她解释这一切的时间也没有给她。

> 自从申请最低生活保障被福利机构拒绝，我就没再指望依靠国家了。谁都帮不了我们。和团地里的妈妈们聊天，说的总是钱，还有养老的话题，心里只有绝望。

村上女士一边一脸忧郁地讲着，一边似乎再一次确认了自己的人生毫无希望，深深地叹了好几回气。不管她如何绞尽脑汁也找不到一个可以让她过上安心生活的解决方案。在男性占优势地位的日本社会，单身母亲的境遇真的充满坎坷。

> 一旦带着孩子离了婚，就没办法过上普通生活了。过去人们不是很少离婚吗？我想，过去的时代，做母亲的肯定忍受着各种各样的辛酸。明明一边过日子一边将自己的孩子抚养成人是一件很有价值的事，却得不到任何的认可。人们总是认为，女性就只能发挥辅助的作用，所以主妇打零工才只有这么点工资。你要是带着孩子离了婚，一切就完了。还都得自己负责。不光是我，团地里的妈妈们都过得很苦。看着她们痛苦的样子，我大女儿说，自己将来绝对不会要孩子。我觉得她说得对。

在日本，进入婚姻的人在逐渐减少，离婚的人却在增加。2018 年结婚申请只有 59 万件，而离婚申请就有 20.7 万件（厚生劳动省调查数据）。相当于这一年有 3 对夫妻结婚，对应着 1 对夫妻离婚。村上女士生长于一般家庭，就职后“婚退”在家抚养孩子，是一名很典型的普通女性。

现在，发生在她身上的深重的贫困，仅仅是因为她拒绝了前夫堕胎的要求离了婚，而前夫又不愿意支付抚养费而已。

此时天色已经昏暗下来，团地里的家家户户渐渐打开了灯。也许因为是晚饭时间吧，能听到孩子的声音。结束和我的对话后，村上女士拿出智能手机，打开脸书看了起来。

> 还有联系的都是读高中、短大的时候，还有之前公司里认识的朋友。大家发的都是去迪士尼乐园玩，去海外旅行，还有去了有名的店什么的，全是这些。

而她只能默默地给他们点一个赞。

如果连一个有3个孩子的贫困家庭都得不到最低生活保障，那我们的社会保障制度还有什么意义呢？

> 最低生活保障是一种求生手段啊，在日本生活真是太容易了，哈哈哈。

听着村上女士的遭遇，我想起自己身边有一个熟人刚好在接受最低生活保障。他和孩子两个人组成了父子家庭，已经接受了10年以上的最低生活保障了。

虽说算不上有钱人，但他住在都内超繁华地段，有一辆高级车，时不时还能从他身边一个接一个的恋人手上拿点零花钱，总之一直过着逍遥自在的无业生活。偶尔见面，他总是赞叹最低生活保障制度是一项多么美好的制度。

然而与此相对，村上女士面对的现实又是什么呢？为什么她反而申请不到最低生活保障呢？不仅仅是村上女士，很多单身母亲都过得没有我的熟人那么阳光开朗。她们都因为被贫困的生活剥夺了时间和自由而身心俱疲，看不到希望，整个人都笼罩在阴影之中。

生活中对孩子隐瞒自己的精神疾病

为了和一个44岁的单身母亲见面，这一次，我去了千叶。街边上是一家接一家的连锁小店，同样的风景不断向前延伸着。

> 很痛苦，真的很痛苦。我走在路上总会抬起头，想看哪里能有栋楼可以爬上去往下跳……但每当我想到死的时候，又总能想起我儿子。最近，我总算能说服自己，还是不要寻死了。

三井惠子女士（化名，44岁）顶着一张极度疲惫的脸，来到了我们约见的地点，一家开在国道边上的家庭餐厅的停车场。她一出现就是一脸阴郁的表情，我们才碰面不久，她就叹了好几次气，脸上一点笑容都没有。

她是一位离过两次婚的单身母亲。

她住的公寓离最近的车站需要步行20分钟，交通不大方便，房龄也很老了。她现在和就读于附近县立高中的次子（18岁）一起生活。

现在，读高中三年级的次子已经拿到了一所私立大学的保送名额。孩子的学费，她准备全额用日本学生支援机构的助学金支付。长子（23 岁）已经大学毕业，从去年开始独立在东京生活。开始工作以后，长子立刻开始偿还助学金，所以他现在也过得十分拮据。

现在，电视上还有行政机构的人不是总爱唠叨家人、家人吗？要是有像样的家人，我的生活绝不可能是现在这样。有的人能得到父母、兄弟姐妹、叔叔婶婶、爷爷奶奶的帮助。而我，什么都没有。所以我只有去福利机构努力说明情况，接受了最低生活保障，最近才总算找到了活干，正努力做两份兼职。我不想给任何人添麻烦，所以脱离最低生活保障是我的一个目标，现在算是达成了。

正如三井女士所说，如果身边有家人能给予帮助，一个人就不至于陷入贫困。电视和行政机构之所以以家人为主题大肆宣传，是因为社会保障的财政压力巨大，国家已经渐渐力不从心了。

2 年前，三井女士在做非正式聘用的工作时受到了严重的权力欺压，出现了适应性障碍①的症状，精神状态每况愈下，开始抑制不住自己的自杀冲动。

那时候二儿子刚上高中，我作为家里的顶梁柱必须保护我的家人，维持家里的生计。我发现靠自己已经支持不住了，于是拿着精神科的诊断书冲进了福利机构，申请了最低生活

① 适应性障碍：适应性障碍多为情绪上的障碍，多表现为抑郁、焦虑、产生适应不良的行为（如无法与人正常交往）或一些生理功能障碍（如失眠、食欲不振等），但还达不到抑郁症或焦虑症的诊断标准。

保障。我本来不想接受最低生活保障的，但是当时除了依靠这个，我别无他法了。

接受最低生活保障就等于给别人添麻烦，是不好的事——不知为何，她心里总有这样的一种意识。

两个月前，她觉得这样下去不行，便找了一家便利店和一家车站附近的居酒屋，兼职做起了两份服务业的工作。便利店的时薪是最低工资，850日元，居酒屋也差不多。起早贪黑地干活，才终于保证了稍高于最低生活保障的每月14万日元的收入，这就是她的现状。

周六的晚上，我在她家附近的家庭餐厅里听她讲自己的经历。店里十分热闹。刚一落座，三井女士就像打开了话匣子一样讲了起来。她表现出精神不稳定的人常有的状态，话很多，而且时不时就会做出一些似乎对我们抱有敌意的举动。大概她现在正处于精神疾病的阳性症状中吧。

虽然精神状态一直不稳定，但她因为身为人母，内心抱有一种强烈的必须振作的意识，所以努力着。她对一起生活的次子隐瞒了自己的精神疾病，强迫自己装出开朗的样子。在这样孤独的生活环境里，她没有任何地方可以倾诉。

我有恐慌症①，还有适应性障碍，正在吃的药有8种。所以情绪一旦低落，就会相当危险，已经好几次自杀未遂了。

---

① 恐慌症：也称为“惊恐障碍”，大致表现是受到某种刺激时会突然出现呼吸急促及呼吸困难，身体发颤、冒冷汗甚至眩晕等过激的生理反应，或在心理上害怕自己会发疯、失控等。

但是，我现在不想死。理由当然是为了孩子。只不过，和前夫还住在一起的时候，喝药喝上救护车，还有上吊后摔下来这些事，我都做过。

三井女士说，她很害怕回到那个时候的状态。通过她的表情和语气，我感觉她还没有从病症中恢复过来。

1年半以前，我接受了最低生活保障，精神上稍微轻松了一些，病情总算没那么重了。所以，在精神上，我算是恢复过来了，现在也不想死了。可是，情绪低落的时候还是会觉得特别痛苦。

在采访面前这位贫困女性之前，我还听过成人影片女优、风俗小姐、医疗看护界从业人员乃至朋友和熟人等等很多人的讲述。刚开始做采访的时候，割腕自残或自杀冲动这一类词语还很罕见。可如今，遇到苦于精神疾病的女性，却已成了我的一种日常经历。最近，罹患精神疾病的看护从业者尤其多，再这样对他们视而不见，是十分危险的。

精神疾病是由于精神上、心理上的负担过重而引起的。诱发的原因中虽然也存在家庭环境因素，但绝大多数还是因为经济问题。

通货紧缩以及雇用关系的不稳定，使得大家都身心疲惫。成人影片女优和风俗小姐因为从事的工作完全是按劳分配性质的，所以恰恰是工作忙碌，能保证收入的时候状态比较稳定；而一旦闲下来，精神负担反而会加重，导致出现异常。这样的现象并不仅限于成人影片女优和风俗小姐，不管从事什么样的工作，往往越是低收入的人群，罹患精神疾病的人占比就越高。

精神病患者的情绪通常会起伏过大，其精神状态会在阳性症状和阴性症状之间来回波动。较为严重的精神疾病例如双相情感障碍、统合失调症等，如果患者不处在阳性症状中，往往无法顺利接受采访。他们的病情一旦加重，有时就会出现求死冲动，三井女士自杀未遂很可能就是出自这个原因。然而，人的生命也不是那么容易就能结束的，痛苦依然会继续，于是随着情绪的时起时落，她也许还会一次次地重复自杀未遂的惨剧。

我见过的罹患精神疾病的女性，少说也有几十上百人。然而，在对方处于阴性症状中采访成功的，大约只有十几人。

几年前，我曾去过一个即将被强制送往精神病医院住院治疗的前成人影片女优堆满垃圾的房间。她当时就处于一步也无法迈出家门的阴性症状之中。

几个小时前，和她同居的男人出门上班，她曾高声尖叫："你是要丢下我去公司吗?"然后狠狠地割伤了自己的手腕和大腿，房间的地毯上混杂着血液、各种垃圾以及吃剩的残羹剩饭中流出的液体，已经湿透了。

因为觉得会没完没了，所以无论是她还是同居的男人，都不愿意打扫，也不扔垃圾。房间里堆满了食物和垃圾，到处是血，飘荡着一股异味。因为没有拖鞋，我的袜子被屋里的液体浸湿了。直到现在我都清晰地记得当时那种极为糟糕的触感。

她在接受采访的几天之后，被强制送往精神病医院接受住院治疗。直到现在，我也没有听闻她出院的消息。

在各种各样的精神疾病中，抑郁症是最多的。患病人数从

1999年的44.1万人，激增到2014年的111.6万人（厚生劳动省调查数据）。这一患病人数猛增的时期，刚好和致使雇用关系变得不稳定的《劳动者派遣法》修订的时期重合了。

三井女士认为，自己“在精神上已经恢复过来了”。然而，在我看来，她并没有恢复。因为精神病药物的副作用，她的眼神略有些奇怪，包括说话的流畅程度和语气，都显得有点不大正常。当一个精神病人处于阳性症状中的时候，他可能会因为一句无心的话就突然暴怒。

一和她见面，我就感觉到了她的不正常。因此，我预想了最糟糕的状况，一直保持着警惕。所谓最糟糕的状况，就是她突然暴怒，情绪失控，导致采访无法进行，因此，我在和她说话时一直非常注意自己的措辞。

究竟是什么原因，将她逼到了如此的地步呢？

受到第二任丈夫的家庭暴力

20岁那年，三井女士怀孕了。因为有了孩子，她结了第一次婚。之后，28岁离婚，32岁再婚。直到去年，她第二次离婚了。据说，三井女士是因为受到第二任丈夫的家庭暴力和精神虐待，才开始出现精神上的异常。

一说起第二任丈夫，三井女士的眼里开始流露出恨意。看来，在她心里，这个坎还没有过去。

两年前，我实在受不了我丈夫了，从家里跑出来，让朋友陪我去了警察局。在那之前，我一直处于被软禁状态，是受到了精神虐待的那种家暴。虽然也有遭受肢体暴力的时候，但最严重的还是语言上的霸凌。他几乎每天都会骂我“垃圾”，说我“不如死了算了”，后来这一切超过了我能忍受的极限，所以5年前我才会第一次自杀未遂。一旦他开始数落我“根本没有活着的价值”，有时候能持续7个小时，直到凌晨四五点他的体力不支为止。我的第二次婚姻生活，几乎全是这些。简直就是地狱。

所谓精神虐待，是指表现在语言和态度上的一种精神暴力。发生在家庭里的暴力，周围的人是看不见的。由于这种暴力发生在封闭的空间内，有时候，受害者要过一段时间，才会意识到自己遭受了暴力。因此，这样的暴力事件通常很难暴露出来。

在日常生活中一直遭受精神虐待，有人称之为“精神上的杀人”，这往往会带来比单纯的暴力伤害更严重的后果。三井女士遭受到的来自前夫的精神虐待，是从育儿能力和性格方面开始的，特别在经济问题上，她受到了彻头彻尾的攻击。

我每个月除了交房租和水电气费之外，会从他那儿拿8万日元作为全家人的生活费。结果有一天他突然发难，怀疑我乱用钱，要我做家庭账本，把所有的开销都报告给他。有时候他会不停地责问我直到早上，并且否定我的性格和人格。你看我的打扮就知道，我的穿着多半是牛仔裤和T恤，从来不喜欢什么名牌，又对金属过敏，根本就不会乱花钱。再说了，区区8万块钱光是全家的生活就用光了。到最后，前夫连一瓶汽水的钱和一站路的电车车费都要管，我的生活完全失去了自由。

前夫对她的支配不止金钱，还波及生活的方方面面和她的一切行动。她被强制要求每天报告所有的生活琐事，凡是夫妻没在一起的时间里发生的所有事，都必须一一报告。这是一种过度的束缚，她甚至连交朋友都不被允许。

遭受到丈夫或恋人的精神虐待或过度束缚，甚至是家暴的事情，我常有耳闻。有恋母情结的男性很容易对女性使用暴力。

根据“司法统计”的数据，在女性的离婚理由中，排在第三位的是“精神虐待”，第四位则是“暴力伤害”。有四成的离婚案件起因是对女性的暴力。在内阁府的调查中，有31.3%的女性表示自己遭到了配偶的伤害，平均每3位女性中就有1人在身体、心理、经济、性等方面遭受过配偶的伤害。

对女性配偶的暴力，多是从爱情出发，进而发展到独占欲和支配欲的不受控制，最终变成暴力。而暴力的伤害又导致了离婚，让留下来的女性和孩子陷入了贫困。这是一个负的连锁反应，致使每一个人都遭受不幸。

三井女士的遭遇，就是被独占欲过强的丈夫伤害的典型案例。

因为我前夫说我可能会有外遇，所以我即使是出去做兼职，都得把离家的时间和回家的时间在LINE上发给他。要是时间稍微有点对不上，他就会给我手机打好几次电话，最糟糕的是，他甚至会打电话去我工作的地方。感觉就是不想让我接触任何人。现在想起来，我就像是他的私人所有物似的。最开始我还没注意，后来他对我的约束越来越严重，就连和朋友聊上十多二十分钟，都会听见他说“跟谁说话呢？不许打电话”。要是约人出去吃午餐，他就会以“你敢拿着我的钱出去鬼混”为理由大声骂我。渐渐地我就谁也不能见，哪儿也去不了了。

三井女士再婚之后的第三年，前夫的过度控制造成的心理压力，开始让她的精神变得不稳定起来。她晚上睡不着觉，身体也越来越差，之后又发展成频繁的心悸，有时还会毫无意识地流泪。她开始频繁地陷入诸如“想要从世界上消失”这种类似自杀冲动的绝望感，实际上，在维持了10年的婚姻生活的后半段里，她曾数次自杀未遂。

虽然一直在经历痛苦和折磨，但三井女士察觉到自己的精神异常已是结婚第七年了。她瞒着前夫去医院接受了检查，第一次听说了精神虐待这个词。她根本没想到，自己竟一直在遭受暴力的侵害。

大概是他的感情朝着奇怪的方向发展了吧。就是一种精神上的控制。类似“你就是个没本事的人”“你就是个无能还傲慢的人”“你的想法统统有问题”之类的话，那么多年，一年365天，你天天听，就会以为真的是自己不好。要是被他大声责备，我的脑子就会一片空白，完全无法思考。可要是一味忍耐，身体就会出现异常，会出现过呼吸反应，然后开始一遍又一遍地说“对不起，对不起……”然而，我都呼吸困难了，他还会骂我“你是装的吧”。结果医生给我的诊断是恐慌症。

最开始，她只会责备自己，觉得被丈夫骂都是自己的错。几乎所有的虐待受害者都会因为令对方生气发火的原因是自己而自责。她想逃，但又无处可逃。于是只能一直忍耐，直到结婚七年之后才走进了心理内科。

> 我以前一直都以为是自己不好。现在，只要在网上一查，就能知道什么是精神疾病和精神虐待了，可我过了7年才弄明白，我前夫这样是不正常的。要是换作信息更闭塞的时代，我很可能一辈子都察觉不到。要真那样，我想我恐怕会一直忍耐，搞得身心异常，最后死掉。实际上对这些毫无察觉、只知道不停责备自己的女性，全国估计还有几十万。这么一想，我就觉得可怕。

即使察觉到丈夫不正常，三井女士被控制的生活也依然没有改变。她找曾经工作时的同事倾诉自己一直活在精神暴力中的苦恼，在同事的强烈建议下报了警。之后，她受到了母子生活支援机构的保护，通过律师提出了离婚。据说，她离开之后，前夫急红了眼到处找她。离婚也是一波三折，好不容易，三井女士的前夫才以不支付精神损失费为条件，勉强接受了离婚。

> 最后都闹到他拿着菜刀叫嚣着要杀了我的地步了。那眼神，就跟我偶然在电视上看见的杀人犯一模一样。是可能被杀的恐惧最终促使我坚持离了婚。所以，直到现在我还会害怕前夫哪天会找到我这儿来。当时，我们生活在县内一个完

全不同的地方，离这里有好几十公里。可我还是怕，甚至去办了手续，让自己的户籍和住民信息不可浏览。

去年，三井女士终于成功离婚。她离开了为她提供保护的母子生活支援机构，将过去的生活全部抛弃，从零开始了新的生活。为了不再见自己的前夫，她用尽了所有的手段。然而，现在事情还没有过去多久，她仍然会不时回想起前夫的面容和声音，然后突发心悸停不下来。

来自亲生父亲的严重虐待

三井女士就这样成了单身母亲。以后，自己就是家里的顶梁柱了。然而，不管她到哪里工作，年收入都达不到200万日元。她对清贫的生活是有心理准备的，然而，纯粹在求生线上挣扎的贫困生活是如此艰难，虽然逃离了前夫，但精神上的负担依然存在，自杀冲动也没有消失。

想要求死的心情总也不能消失——若不是太多复杂的消极因素交织在一起，状况不至于糟糕到如此地步。三井女士直到最近才发誓要为了次子活下去，而且终于接受了最低生活保障，休息了一段时间，如今恢复到能和他人分享自己的经历的状态了。

坚持在犯罪现场采访贫困问题的记者铃木大介先生曾列举过“三个疏远”，认为它们是令人陷入真正贫困的原因。它们分别是“与家人疏远”“地域内疏远”和“与制度疏远”，即一种在低收入的贫困生活中无法从家人、朋友和制度的任何一方获得帮助的状态。三井一直在痛苦中挣扎，直到最后才总算从制度上找到了一点依靠，有了健康状态恢复的迹象，但据她表示，致使她跌落谷底的最大原因，在于“与家人疏远”。

三井女士知道，自己的亲生父母早已在痛苦中挣扎了多年。因此，自她从前夫那里逃离之后，他们也没有给予她任何帮助。当我问起她家人的情况时，三井女士的表情更加扭曲，眼中泛起了泪光。

其实，我曾经遭受过父亲严重的虐待，让我从何说起呢……

原来，三井女士是在亲生父亲的虐待中成长起来的。

大概是小学四年级或五年级的时候吧，我母亲抛下我，和现在的继父私奔了。从那时起，我的亲生父亲就开始拼命虐待我。虽然已经过了几十年了，可我直到现在也无法接受那些现实。所以，我没办法全部说出来。对那时的事，我一直耿耿于怀，因此我的精神异常，并不完全因为前夫，而是一直积累下来的结果。

我听她讲述了一部分从父亲那里受到的虐待。她不希望我把关键的内容写出来，所以我只能说，她讲述的内容实在是太可怕、太令人震惊了。她在各种各样的暴力中度过了小学高年级，自上了中学之后，就再也不愿回家了。在学校所在的地区里，她有好几个是被父母放弃养育的朋友。他们每天都会去别人家里过夜，从来不回家。

高中还是勉勉强强读了。从小学到初中，我真的是生活在会威胁到我生命的环境里，所以不敢再回父亲身边了。我知道母亲私奔后去了哪里，所以逃去了那里。我和母亲一起生活了没多久，母亲怀孕了。然而为了我的生活费，母亲必须赚钱，所以她没有停下工作。后来，她就流产了。

于是，继父以“都是因为你才流产”为由，狠狠地责备了她。当时，继父那双满是血丝、充满憎恨的眼睛，她到现在还记忆犹新。

当时就觉得没希望了，我不可能和他们成为一家人了。那之后，我们之间一直有芥蒂，我在母亲家里也待不下去了。高中的时候，我经常会大喊大叫“反正我就是个杀人犯”，或者自暴自弃乱发脾气。我10多岁的日子，一直都活在自己是杀人犯的阴影下。我觉得自己是一个杀死了弟弟或妹妹的人，所以不想待在这个家里，然而又没地方可去。这种时候，家庭关系复杂的孩子一般会聚到一起。于是我辗转借住在不同的朋友家里，高中没读完就退学了。

20岁，三井女士和一个大自己两岁的男人交往了。得知自己怀孕后，他们结了婚。她没有家人，也没有举办结婚典礼，只提交了结婚申请。后来，如今已在都内独立生活的长子出生了。

她的第一任丈夫嗜酒。平时，那人很温和，然而一喝醉就会性情大变，对她使用暴力。结婚后的第八年，他甚至开始在孩子面前使用暴力。长子8岁、次子3岁那年，他们离婚了。三井女士变成了一个带着两个孩子的单身母亲。然而，她没办法自己出去工作赚钱的同时照顾孩子。那时她能指望的，也只有称她是“杀人犯”的母亲和继父家了。

自从成了单身母亲，我一直兼职打几份工。母亲工作休息的日子我就白天工作；母亲要出去工作的日子我就等母亲回来之后再去居酒屋打工或是做夜里的工作。可不管我怎么努力，收入还是不多，一个月 14 万日元左右。年收入就只有差不多 170 万日元。可我继父是个轻易就会说我是“杀人犯”的人，那个家根本不是个称得上“家”的环境。为了孩子们，我决定再婚，并在征婚网站上注册了账号。我和第二任丈夫就是在那上面认识的。

三井女士就这样遇到了最后还是和她离了婚的第二任丈夫。他们一起出去吃过好几次饭。最开始，她觉得对方是个不错的人。有一回她生了病，第二任丈夫还每天接送她去医院，对她细心照顾。她觉得，这样的人应该不会错，后来就接受了求婚。

不仅因为做单身母亲而贫困，还因为第二次离婚搞得精神崩溃，我想我这辈子算是完了。实际上也确实如此。我一直想不通，为什么我就不能得到普通的幸福，为什么我的人生里只有痛苦，脑子里全是悲观的想法。实在走投无路了才去求助母亲，结果比起自己的亲骨肉，她作为一个女人选择了自己的男人。能保护自己孩子的，就只有母亲自己。然而，我母亲却没有这样的观念。我自己做了母亲之后才明白，我的母亲，不是一个有资格为人母的人。

被母亲和继父当作撒谎精

3年前，从丈夫身边逃离，接受母子生活支援机构保护的时候，三井女士曾经抱着一线希望去找了自己的母亲和继父，希望他们能帮帮外孙。当时，她把30年前，母亲和继父私奔后，自己曾受到亲生父亲严重虐待的那段深埋心底的经历告诉了他们。

我和他们说："知道我上学那会儿，你走之后我都经历了什么吗？"然后把遭到父亲严重虐待的事告诉了他们。还有后来继父叫我"杀人犯"让我很痛苦的事儿，我也说了。毕竟我也是个成年人，所以说得很冷静。然而我继父却大吼："我根本就没说过这种话！"我母亲也说："说自己被虐待，你怎么能撒这种谎呢？"他们觉得，亲生父亲不可能对女儿做得出这种事。直到现在，我继父还说我是"撒谎的蠢女人"。所以，无论我过得多苦多难，也没有一个家人能帮我。

坐在家庭餐馆一隅，听着周围家庭的欢声笑语，三井女士说着说着，落下泪来。

这个时代，对母子单亲家庭和非正式聘用劳动者来说，真的举步维艰。离开母子生活支援机构之后，三井女士到一家小店做了一个非正式雇用的店长，却遭到了来自男性正式职工的权力欺压，罹患了适应性障碍。

实在无法继续工作了，她才去福利事务所求助。社会福利机关调查员曾多次问她："真的没办法回你生母家吗？"她只得一遍又一遍地解释和家人已经破裂的关系，直到1年半以前，才终于成功申请了最低生活保障。

接受最低生活保障期间，她曾多次试图找工作，然而能找到的只有报酬和最低工资持平的工作。后来她只有一边对同住的次子感到抱歉，一边兼职两份工作，从早忙到晚，才总算确保了比最低生活保障金高出2万日元的收入。一想到这辈子，兴许自己只有一直这样在生存线上挣扎了，三井女士表示，自己心里只有绝望和叹息。

单身母亲即使成为家庭的顶梁柱，也很难找到正式聘用的工作，工资收入极低。母子单亲家庭的非正式雇用率是43.8%，就业后的平均年收入只有200万日元（厚生劳动省调查数据）。再加上三井女士先后逃离了血亲和前夫的暴力虐待，从小就没有什么地域性的人际交往，真的是一无所有。

你现在有什么期望吗？

能和二儿子一起生活，我虽然觉得很幸福，但也有着很深的孤独感。等儿子们都娶了老婆，我肯定只有孤独死。

从家人、配偶处均未得到过呵护，三井女士心中的寄托就只有一起生活的次子。而这个小小的寄托，也持续不了几年了。

我现在，已经不抱任何希望了。我很害怕过去那种类似自杀冲动的症状还会出现。不过，我虽不会主动去寻死，也并不是很想活，所以，也许有一天，我真的会死。正因为我没有生的希望，也没有死的决心，才会这么痛苦。

三井女士一直带着阴沉的表情，絮絮叨叨地讲述了两个半小时。直到最后，也没有露出一次笑容。

违法欠薪、虐待和违法劳动是消极的连锁

拒绝升入高中的少年的贫困，始终难见起色的精神疾病，来自男性的暴力……面对单身母亲人生中那些令人绝望的消极的连锁，以及令人看不到明天的现实，我不禁深深叹息。而那些企业，也并不打算支付单身母亲们足以维持生计的酬劳，即使已经让她们付出了全日制的劳动。

既然无论如何也找不到能支持普通生活的工作，那就只有让自己满足条件，去接受最低生活保障了。

听当事者们的讲述，其实每个月不够用的生活费也就 5 万日元左右。这 5 万日元本该由雇用她们劳动、受了她们恩惠的企业来支付，然而企业不愿意付，那就只能由税收来担。法案不断修改，对企业越来越有利，加之最低工资又偏低，在日本，现状只能如此。

我对看护和社会福利行业的采访也没有停止过。要说涉及最近女性贫困问题的代表性行业，首当其冲便是看护业。毕竟看护业从业者中，有七八成都是女性。

高龄者和残障人士的看护工作，原本一直都是由行政和地方公务员负责的。然而，自从 2000 年 4 月日本迎来超高龄社会后，

委托民间人士承担相关业务的介护保险制度开始施行了。民间企业的相继进入使官制穷忙族直至今日仍在不断增加，工资水平一直维持在全部 64 行业中的第 64 位。违法劳动、性侵、权力欺压等问题的发生似乎是理所当然，对高龄者的虐待也成了家常便饭，雪上加霜的是，在提高日本人工资之前，国家又出台了大量引入外国劳动者的措施。总之，业界状况一塌糊涂。

在看护业界摸爬滚打多年，居住在东京多摩地区某团地的一位单身母亲——一名看护业员工篠崎千寻女士（化名，46 岁）给我发来了一条消息。

希望您能听听我的讲述，我已无法忍受我的人生。

看护业的薪酬很低，同时比起受到感谢，更易受到高龄者的非议。外国劳动者不断涌入，今后的工资上调也毫无指望。此外，他们还可能会受到激增的蛮横高龄者的暴力伤害。占产业九成以上的小微企业经营者因为不断更改的制度而不得不压低报酬，经营惨淡。现如今，业界已满目疮痍，为之付出劳动的工作人员不断减少，只有高龄者还在不断增加——放眼望去，寻不到一星半点的希望。

我决定到篠崎女士的家中进行采访。

从车站换乘巴士顺坡道上行，一个很大的团地群映入我的眼帘。而篠崎女士就在这片团地一角的顶楼，与上小学的长子以及上幼儿园的长女住在一起。虽然她用笑脸将我迎进了屋，但她的表情略有些僵硬，又一次，我立刻察觉，她的状况并不十分正常。

她把这些一样一样展示给我看：有严重家庭暴力倾向的前夫

发脾气时在墙壁和冰箱上砸出的洞，她就职的看护事务所给出的宣布不支付工资的内容证明，写有重度压力应激反应的诊断书。贫困，以及各种各样的困难似乎已将她逼入了绝境。于是，我让她一件一件慢慢道来。

> 直到上个月，我都在东京都世田谷区从事上门看护服务，单位是一家公益法人。然而，25号的时候，他们没给我发工资。我去催，他们竟然说不会给我发工资。我的钱真的是刚刚够花，日子过得就像走钢丝一样，一听这话，整个人都慌了。因为这个，我被诊断为重度压力应激反应，医生建议我暂时不要工作了。而且就算我现在开始找工作，这个月和下个月的生活也撑不过去。

一周以前，她抱着最后一丝希望，去福利事务所提交了最低生活保障申请。

> 当时恰巧刚收到了4个月的儿童育成补贴。于是他们说："等你把育成补贴，还有孩子的压岁钱都用完了再来吧。"然后把我打发回去了。

现在，她的收入就是每月52330日元的儿童抚养补贴，每月2万日元的儿童补贴，以及每月2.7万日元的儿童育成补贴。此外还有前夫给的抚养费6万日元。合起来是159330日元。本来每月的收入还应该有她劳动所得的到手12万日元左右的工资。但是看护事务所却突然发出通知，说这12万日元的收入没有了，于是她陷入了混乱状态。当然，不发放工资是违法的。

> 我真的是不知道该怎么办了。接连发生了太多事，简直糟透了。

对已经付出的劳动不支付相应的报酬，这绝对是违法行为。但在看护业界，这却是家常便饭。现在，篠崎女士的存款仅剩10万日元左右。等钱用完了，也不知道是否申请得到最低生活保障。带着两个正在长身体的孩子，篠崎女士苍白的脸上难掩不安的表情。

> 那份上门看护的工作我干了两个月就辞了。一切都不正常。雇用合同让我签了五六回，合同上的金额和实际发的工资不一致，反正很乱。而且，事务所里的电脑里存有个人资料，绝对不能用它随便访问色情网站吧？但是事务所是一个女性管理者和她情夫在经营，那个男人成天都在看色情网站。我和他说了好多次，让他别再看了，也没有用。文件，委托，上门看护全都是我一个人在干，简直干不下去了。

2000年4月，看护保险制度开始实施，本来由公共机关承担的看护工作被外包给了民间企业。特别是上门看护、托老所看护这一类居家看护服务的准入门槛非常低，很多和看护完全无关的拉面店、居酒屋等小微企业经营者也加入进来。近几年，可以获得大规模补助金的保育园领域也有类似的现象发生。不少经验全无的外行人也能顺利地经营对高龄者的生命负责的看护事务所或者保育园。

篠崎女士从去年10月开始就职的这家看护事务所就是刚刚入行，开设不过数月，负责经营的是一对没有婚姻关系的中年情侣。而他们的所谓管理，就是把所有的事务都推给了有看护经验的篠崎女士。

一个外行经营一家看护事务所，首先让人头疼的就是介护保险费用的申请以及行政部门所要求的复杂文件的整理和准备。比起为高龄者和残障人士提供服务，工作人员可能会因为疲于应付案头文件工作，而疏忽看护的工作。然后，违法欠薪、职场霸凌、违法劳动开始形成负的连锁。

> 不只是看护工作，从看护计划的制定到费用的申请全都是我做。明明没有提供过服务，却要求我伪造给接受最低生活保障的人提供了服务的文件，还有根本不存在的勤务表。他们要求做的勤务表上常勤人员要有7个人，还给了一些我根本不认识的人的名字，但实际上在这个事务所里上班的就只有他们俩和我，总共3个人。我当时就觉得很奇怪，猜测他们申请开办这家上门看护事务所，以及对国保联[①]提出的看护费支付申请，全都是不合法的。我不想与他们同流合污，参与公费诈骗，所以很快就辞职了。

根据负责制作和整理相关文件以及支付申请书的篠崎女士所

① 国保联：“国民健康保险团体联合会”的简称。根据日本《介护保险法》规定，高龄者的看护费，一部分由看护保险承担（由“国保联”负责审核申请并支付），一部分由被看护者本人承担。看护机构在收取看护费用时，也是向被看护者收取一部分，向“国保联”提交支付申请收取一部分。

言，这家上门看护事务所不仅违反了法律基准，还利用没有家人的最低生活保障接受者不断提出不正当的看护费支付要求。接受最低生活保障的单身人士多半没有子女等家庭关键成员在身边。有很多人都是只要看护事务所要求，就给签字盖章。往往是看护机构捏造了一些未提供的服务和看护保险要他们签字，而当事人完全被蒙在鼓里。

看护服务的报酬有 50% 由国家、都道府县、市区街村分担，靠税收来支付。而眼前的事实是，这些税金就这样源源不断地流入了这些提交不正当支付申请的看护事务所里。

> 虽然我递交了辞职申请，但他们说“绝不会放我走”。他们之所以如此威胁我，也是因为我这个常勤人员一旦走了，这个事务所里就没人了。除了骗取看护保险费，他们好像还在骗取针对雇用关系的补助金，我一旦辞职，他们的这笔钱也会损失。所以，他们有意刁难不给我发工资，不管我怎么催，都不给我开离职证明。因为雇用关系还留在他们那儿，我也转不了职。一想到自己要因为这种诈骗行为而被利用，生活还要被搅得一团乱，我就很受不了。

因为进了这家恶劣的看护事务所，篠崎女士的精神状态逐渐恶化，拿不到离职证明，没法找新的工作，还被拒绝支付工资。现在的她，几乎是走投无路了。她手上有先后签署的好几份雇用合同。工资金额每份都不一样。只支付了一次的工资，金额是 13.3 万日元。没有补贴。不止没有加班费，工资金额还低于东京的最低工资水平，换算成年收入只有 159.6 万日元。

我喜欢高龄的老人还有看护工作。但是，自从我干了看护这一行，人生就变得一塌糊涂。

以离婚为契机取得了家政服务 2 级资格

篠崎女士曾有过两次不幸的婚姻。首先是十几岁时奉子成婚，33 岁时离婚。离婚的理由是丈夫的外遇和赌博。幸运的是，直到孩子高中毕业，她每个月都拿到了抚养费。以这次离婚为契机，她取得了家政服务 2 级资格，于 13 年前进入了一家大型老年公寓，成了一个非常勤护工。

我之所以开始做护工，是想让孩子看到我振作的样子。护工的工作相对安定，我想靠它好好抚养孩子。可我做梦也没想到，护工的世界会这么危险。包括这次的事在内，我失败了很多次。这个业界真的很可怕。

篠崎女士在付费老年公寓里兢兢业业做着看护的工作。38 岁那年，她和比她小的同事谈了一场职场恋爱，怀孕了。之后她再婚，生了孩子。那时出生的就是现在这个小学 3 年级的孩子。

生完孩子后，我就从老年公寓辞职了。之后一边带孩子，一边在附近的超市打短工。自从生了孩子，丈夫的出轨就越来越严重。在看护业界里出轨的人很多，不管男女，有没有配偶，很快就会发展成肉体关系。有的人会趁着上夜班的机会乱搞。我当时听人说，我丈夫趁休息的时候和同事去了情侣酒店。那家老年公寓对面就有一个情侣酒店，他就是在那家情侣酒店和公寓里的女孩子搞在一起。在我还在职的时候，我就见过不下十对出轨的情侣，真的太乱了。

看护职场上的出轨，我在很多地方都听说过，实话说，非常严重。特别是 24 小时营业的居住型看护机构，工作时间不规律，职员们的生活闭塞，很多人的家庭关系都会出现问题。他们和同一个机构的同事待在一起的时间最长，也很难认识其他的人。大家被关在一处，很容易发展成恋爱关系。此外，婚外情是违法的，但看护职场的员工很少有人知道，自己可能会因为这些事被对方的配偶索赔精神损失费。

最过分的是，离婚调解的过程中，我丈夫还因为和老年公寓里的其他男员工交换床照惹出了乱子。趁休息时间带女员工去情侣酒店开房，在男员工里很流行，听说他们好像是都拍了床照然后通过短信互相分享。他们只当这是游戏，玩得太过火了，最后闹得一个女孩子自杀未遂。但因为人手不足，他们惹了这样的事，却没一个人被解雇。

做看护工的第二任前夫出轨行为被发现是在他们结婚后的第 3 年。那时候孩子刚两岁。自那以后，在他们家里就开始了严重的家庭暴力。

最开始，是我看了他的短信。我见他每晚都在发短信，就看了，结果发现了他和一个女孩子泡在澡池里的裸照。我质问他，他就承认出轨了。我叫他把那个女的带到我面前来，他反过来对我发火，大概意思是说“哈？我都道歉了你还想怎样？你这是什么态度？”。那时候孩子还太小，我察觉到危险，当时就没再追究了。结果从那以后，暴力就开始了。

自从被发现出轨，篠崎女士的第二任前夫就很容易发火，动不动就暴力相向。有一次篠崎女士与第一任前夫所生的已成年的孩子来家里玩，她第二任丈夫还突然发狂动起手来。

不知为什么他就对我动起手来。就在孩子开口对他说“你不能动手”的瞬间，他忽然激动了，一把抓住孩子的头发就拖了过去，拽着他的头往这个柜子上猛砸，即使我扑上去用身体护住孩子，他也没有停手。孩子打电话报了警，他就发狂了，大骂着“臭小子，你居然敢把我卖给警察”，连续踢了他好多脚。然而最终，他又跑到阳台上哭，说我们谁都不理解他。

篠崎女士第二任前夫的家庭暴力，后来又降临到了他们上幼儿园的长子身上。见他对儿子的暴力无休无止，篠崎女士的精神状态也开始出现异常。她终日被恐惧支配，开始彻夜失眠。但凡家里人有一丁点不令她第二任前夫满意的地方，哪怕是说错一句话，做错一个小动作，他都会立刻发怒大吼大叫。

从孩子上幼儿园起一直到小学一年级，一直都在承受他的暴力。他长得人高马大，面不改色地把棒子抡圆了打孩子。有好几次都差点要了孩子的命。他打人的理由都是些微不足道的事情，比如孩子不愿意吃药什么的。小孩子不都是你逗他，他就会跑到父母身边来吗？可我丈夫，有时候前一秒还在逗孩子，后一秒就突然暴怒起来动手打人。

在她住的这间两室一厅的房子里，墙壁上有好几处坑洞，全都是她第二任前夫使用暴力时留下的。

即使是在出轨行为被妻子发现之后，篠崎女士的第二任前夫还是天天收集在职场上拍的床照，整天和别人乱搞，回家还要用暴力在妻子和孩子身上出气。这种失控的事态，持续了好几年。

后来，篠崎女士提出了离婚，离婚结果直到两年前才总算成立。她的第二任前夫搬出了这间团地里的房子，现在在邻市的一间廉价公寓里独居。离婚后，他们的孩子就再没和这个人见过面。

每月 6 万日元的抚养费，目前暂时还是每月末汇过来。

在家庭暴力停止后反而变得不安定的孩子

然而离婚后，篠崎女士更加不幸了。

离开了蛮横暴力的父亲以后，他们的儿子开始出现问题。他时常处于一种不安定的状态，在小学里总是和同班的孩子打架或发生冲突，直到现在还时常有其他家长找学校反映，她因此被叫到学校去很多次。

被家暴的那段时间，整个人都被恐怖支配着。可这些一旦消失，人又会变得不安。悲惨的生活忽然变得平稳，就会觉得好像什么地方空了一块似的。我也有类似的感受。所以，我很能理解孩子。被破口大骂，被扇耳光，对孩子来说，这些才是普通的生活。一下子被放到一个不会被打的环境里，真的会非常不安。老师开始频繁给家里打电话，是离婚之后不久就开始的。孩子受了家暴的影响，不能理解他人的感受，总是会反应过激。

孩子在班里不断地制造问题，副校长甚至说“遭受了家暴的孩子，将来成为性犯罪者的概率很高”。学校实在是拿他没办法，还建议他们去儿童咨询救助中心问问，让孩子转学到有特别学级的学校去。

孩子会在试卷上写“混蛋”“去死”，还会动不动就乱骂老师，大概就是这个状况。我去精神科就诊，也被诊断为重度压力应激反应。因为家暴的影响我一直失眠，不止孩子，我也总是和各种人起冲突，人际关系都处不好。

离婚后，篠崎女士再次回到了有工作经验的看护业。她先是以非常勤员工的身份在一家特别养护老人公寓里工作了 1 年半。半年前，她因为在看护时扶一位要摔倒的高龄者，造成左脚骨折，没法继续工作了。之后，她一边领工伤保险，一边参加实务者研修，遇到了同为研修生的之前那个上门看护机构的管理者，被他邀请入了职，此后便开始帮他们做不正当费用申请了。

今天我最想说的是，我真的希望看护机构能好好整顿一下。因为对于没有什么特别技能的单身母亲来说，唯一一个有可能入职成为正式员工的工种，就是看护了。

看护行业中，女性的人数占绝对多数。在看护机构工作的护工平均工资是正规员工 214851 日元，非正规员工 176535 日元（介护劳动安定中心调查数据），非常低。这个行业虽然给单身母亲提供了赚钱的地方，但是也使她们面临低工资和非法劳动，引起女性贫困问题。

要是让害我的那家事务所一样的机构继续逍遥法外，还会有别的女性和我一样受害。单身母亲们真的很难。遇到一点意外，生活都可能难以为继。所以，我希望看护业的职场能让人正正常常地工作。

最后，她用很强硬的语气这样说道。

看护业界的水很深，在这里制度无法正常发挥作用。要想将违法的上门看护事务所绳之以法，需要政府机构分管看护保险事业的人员进行监查，掌握他们违法行为的证据。这个过程要很多人参与准备、调查以及清算结果，既需要人手，也需要时间。再加上现在进行不正当费用申请和故意违反《劳动基准法》的从业者数量相当庞大，抓起来就没完没了了。

我们大约聊了 3 个小时左右。窗外渐渐暗了下来，已经到了孩子们放学回家的时间了。

也许是因为一口气说出了心里话，发泄了情绪，篠崎女士和我道了好几声谢。她一直把我送到了巴士站，最后笑着和我说：“我只能做看护的工作，下一次我一定找到一家正规的事务所，好好努力。”

第6章　孩子的未来正在消失

低收入家庭的孩子陷入贫困的连锁，是从我们这一辈团块世代开始就存在的现象。

父母收入低的孩子，多有学历偏低的倾向。他们有的初中毕业就进入了工匠的世界，有的高中毕业就去小微企业就职了。

然而随着时代的发展，工匠们的工作机会被外国人抢夺，小微企业对文凭的要求也从高中毕业变成大学毕业。

现在，低学历的孩子们能找到的出路，都是将薪金水平压到了最低的非正式雇用的职位，让人看不到将来。

日本的贫富差距越来越严重。

只要贫困的孩子能得到足够的教育，就职于高收入行业的可能性就会提高。

然而，女性的现实又如何呢？

高学历的女性，即使成为单身母亲，也能得到就职的机会，过上普通的生活吗？

在日本，男女地位差距悬殊，男尊女卑的思想渗透到社会的方方面面。对上面这个问题的回答，必然是否定的。

对方告知了我住所，在时髦年轻人经常出现的街区，白天档的电视节目几乎每天都会播出这个街区的特集。我一边想着这个地址不像是贫困女性的住所，一边把它输入了谷歌地图里，然而，这里的道路宛如迷宫，我还是迷路了。

在急行电车会停靠的、最近的一个车站下车，有一条长长的商店街，两边排列着颇有些年月的商店和高级饮食店，穿过这里，就进入了一个住宅区。拐入胡同，道路忽然变窄了。在大约4米宽、勉强能过一辆轻型代步车的狭窄道路上拐过几个弯之后，我面前出现了一块“前方车辆禁止通行”的牌子。接着，就是没有车道的小路。这里光线昏暗，时髦感荡然无存。老朽的木制住宅挤在一起，四周没有人影，寂静无声。

再穿过一条1米宽、没有修整的小路，眼前空地上出现了一栋看上去像是棚屋一样的小公寓楼。川上女士就住在这栋公寓里。

房租5.2万日元，这是一栋以最低生活保障者为服务对象的福利房。5.5万日元以下的房租在这个地区属于破格的低价，但这环境怎么看都太恶劣了。这栋房子和道路不相接，不允许重建，几乎是一栋被遗弃的建筑。

公寓的四周挤满了其他木制住宅，几乎24小时照不到阳光。未修整的小路是条土路，因为没有阳光，雨水晒不干，路面泥泞。我拿起手机，告知对方我到了，随后便看见川上典子女士（化名，53岁）走了出来。她打开木制房门时，传出像是碾过了什么东西的吱呀声，听来令人有些不快。

这公寓房龄50年左右，里面住的人，除了我，应该都是拿最低生活保障金的。房子有缝隙，漏风，非常冷。一到冬天就得裹着毛毯忍受天寒地冻。

看川上女士的气质和举止，能感觉出她出身不错。她离过婚，有一个22岁的女儿。她现在在隔壁区一个大型医院做后勤工作，时薪1090日元，属于非正式雇用，每个月工资到手有12万日元左右。川上女士出身于一个东京中产家庭，曾经考入一所初高中连读的私立中学，后来毕业于一所著名的女子大学。毕业后，她就职于一家上市企业，后来结婚。离婚后，她一个人带着孩子生活，但经济上一直没有遇到什么困难。

陷入贫困的境地，是因为8年前，她为了照顾姐姐而离职。后来她的积蓄见底，女儿也放弃了读大学，直到现在，她仍然没完没了地受着贫困的折磨。

如果不是真实发生，我做梦都想不到自己会陷入贫困的境地。现在想起来，辞掉了正式工作应该是最大的原因。还有就是，我一直生活得很顺遂，对社会现实一点也不了解。现在一切都晚了，我明白自己已经回不到普通的生活了，但是回顾过去，我觉得自己还是有过回避贫困的机会的，只是当初涉世太浅了。

川上女士在这个散发着霉味的昏暗房间里低声讲述着。房间墙壁很薄，说了什么话，隔壁似乎都能听得到。而且，房间漏风，特别冷。于是我们回到地铁站附近，进了 KTV 包间，听她讲述眼前的残酷现状究竟从何而来。

女儿 4 岁那年，我们成了单亲家庭

川上女士出身东京，属于泡沫世代①。她的父亲是媒体工作者，初中供她读了一所初高中连读的有名的女子学校。中学时代，她性格认真，成绩优异，拿到指定校推荐名额，进了有名的私立大学。求职的时候刚好赶上空前的卖方市场，很轻易便拿到了企业的内定。除了那家部分上市的企业，她还拿到了好几家公司的内定。

> 和前夫结婚的时候我 27 岁，我们是一个公司的。因为是社内结婚又遇上人事调动，我就辞职了。前夫当时的年收入是 500 万日元左右。虽然我辞了工作，但后来只打了一份零工，一家人就能维持普通生活了。我 29 岁怀孕，生了孩子，33 岁离婚。我前夫当时是再婚，他在我之前组建的家庭是什么情况，我并不清楚。他和他的前妻有一个孩子，说是商量孩子的事，两个人见面很频繁。因为这件事，我对前夫的感情渐渐淡了，两个人的争吵不断增多，后来关系就无法修复了。当时我凭着一时气盛和他离婚，连抚养费都没要。我当时觉得，自己就算成了单身母亲，也能凭一己之力抚养孩子，

① 泡沫时代：在日本泡沫经济时代成长起来的一代人。

所以离婚的时候一点都没觉得不安。

33岁，女儿4岁，她成了单亲妈妈。

川上女士决定回自己家，找个工作开始新的生活。当时，她抽中房租3万日元的公团住宅①，还找到了一份国公立大学教授秘书的工作。这份工作是正式聘用的，年收入400万日元左右。工资，再加上儿童补贴和儿童抚养补贴，她们的生活不仅没有困难，甚至还很优渥。

那时候，我还存了一些钱。团地里有工作的妈妈挺多的。大家会利用休息日互相帮忙看孩子，帮了我很大的忙。那时候生活富余，女儿很爱学习，成绩很好，所以我供她读了私立中学。我当年就是读的私立中学，而且当地的公立学校也乱得很。

那是一所县内最难考的名校，出了不少考上东大的学生，在网上检索，这所学校的偏差值超过70。看来川上女士的女儿是真的非常优秀。然而就在她女儿上中学之后不久，变故发生了，首先是川上女士的父亲亡故。

女儿上初中一年级那年，我父亲去世了。我有一个姐姐，大我两岁，以前就一直有精神问题。她大学毕业之后一直没工作，在家里由父母养着。自从几年前母亲去世，姐姐就代

---

① 公团住宅：指国家提供部分资金，修建后出售的房屋，相当于公租房。

替母亲在家打理家务，父亲一去世，家里就剩她一个人了。本来她的状态就很不稳定，这下子孤身一人了，就彻底病了。

川上女士十分担心这位从来没有工作过的姐姐，所以家里的房产还有其他财产的继承，她全都让给了姐姐。

把所有财产都让给姐姐之后，我暂时放心了，但是父亲去世两年后，关西的一家精神病医院忽然给我打来了电话，说姐姐住院了，希望家人能过来照顾。原来在我不知道的情况下，姐姐卖了家里的房子在关西买了公寓，搬到那边去了。我真的是毫不知情，一点儿准备都没有，就开始了对姐姐的远距离看护。那之后至少有1年时间，我都是一边工作一边频繁地往关西跑。

川上女士的姐姐是被强制入院的，主治医生下的诊断是统合失调症。

所谓统合失调症，是一种使人将思考、行动和感情集中于一个目的上的能力减弱，人会产生幻觉和妄想，行为变得混乱的病症，它会使人无法在社会上正常生活。想想本书第2章里提到的重复着偷窃和自杀未遂的女大学生石川女士，可以想见，人如果陷入这样的状态，要独立生活必然很困难，而且本人对此也无能为力。

川上女士的姐姐告诉主治医生自己一直被某人监视和监听，所以从东京搬到了关西生活。然而实际上既不存在监视，也不存在监听，都是她的幻觉和妄想。医院告诉川上女士，这种情况无法长期住院，每个月都需要接病人回家几次。于是，为了姐姐，川上女士每个月都要去好几次关西。工作上必须经常请假不说，这样的生活不止要损失时间，交通费还有姐姐的生活费也是一笔不小的经济负担。

虽然川上女士让出了全部财产，但她的姐姐那时已经完全没了存款。自家的房产被房地产商低价买走，后来的公寓却买得很贵。于是，父亲留下来的财产被花得一干二净。

从此，川上女士要抚养一个上中学的女儿，做着全职的工作，还要看护远在关西的姐姐。

> 如果坐新干线，一个来回的交通费就是3万日元。住院费之类的医疗费用也只能全部由我来出，每个月至少是10万日元，多的时候能到30万左右。实在是没法亲自去关西的时候，我只能自费雇一个家政服务员，一个月又是1万日元左右。

川上姐姐的病情一直在恶化。看护者最重要的作用是监督服药，如果没有第三者监督，病人有没有服药根本无人知晓。统合失调症的患者如果不按时按量服药，后果十分严重。事实上，她的姐姐已然频繁地制造了诸如自杀未遂、跳河、在公寓的公共区域失声大叫等各种问题。

每一次发生问题，就会有人联系川上女士把她叫来医院。因为不知道什么时候会出什么状况，给川上女士就职的大学研究室也添了不少麻烦。开始远距离的看护后仅过了1年，由于发生了太多的状况，川上女士觉得一边工作一边进行远距离的看护实在是太勉强了。她不想再给工作单位添麻烦，于是递交了辞职申请。

因为时常打乱正常生活节奏的远距离看护而手忙脚乱，于是突然辞去了研究室的工作，川上女士做出了一个最坏的选择。那个时候，看护离职还没有成为社会问题，川上女士没有任何相关的知识，对陷入贫困的风险没有丝毫察觉。

因看护离职而无法支付学费，女儿从名校退学

这简直是看护离职中最典型、也最糟糕的案例。

川上女士因频繁地被叫去大阪而选择了看护离职的时期，是看护的初始阶段，被称为“看护焦虑期”。在这个时期，看护者无法做出冷静的判断。他们以为此时所经历的忙碌和负担会一直持续下去，因而辞去了工作。

川上女士说，“那时我以为因为看护而离职之后也总会有其他的办法”，然而没有人能保证，她即使再找工作，也能获得和之前一样的收入。实际上，收入减半的例子才是最常见的。而且，日本的社会福利会优先照顾无依无靠的人。如果有家人为之操心，那负担就会转嫁到他们的家人身上。

现在已经不是由长子的妻子承担看护义务的时代了，据统计，一边在公司里工作一边承担看护责任的人数已达 300 万人。如果把团块世代全部成为高龄者的 2025 年作为一个峰值来看，今后承担看护责任的人数还会不断增加。

看护离职率一旦增加，企业会面临人才流失，当事人会失去经济来源，对所有人都没有好处。于是，开始重视这一问题的安倍政权提出的“新三支箭”，其中一支便是“零看护离职”。《育儿

介护休业法》在2017年进行了修订，现在，该法律规定，有需要看护的家庭成员（配偶、父母、子女、配偶者父母、祖父母、兄弟姐妹、孙子孙女）且正在对其实施看护的劳动者，只要向雇用者提出申请，就可以获得每一个家庭成员合计最多93天的看护停工期。

然而，川上女士选择看护离职是在2011年。那时候的制度要求，申请看护停工必须满足同居且存在抚养关系这一条件，因此与川上女士分居两地的姐姐不能算作申请看护停工的对象。川上女士的单亲家庭之后依然维持了安定的生活，大学毕业之后，她在工作和生活上几乎没有遇到过什么困难，便觉得“就算因为看护离职了也总会有办法的”。然而，她想错了。

现在想起来，我那时候简直太无知了，思考方式根本不正常。我当时只想着必须赶紧解决眼前姐姐的问题，觉得自己还有500万左右的存款，只要撑过这一段，再找工作就行了。哪知道姐姐的病完全没有好转的迹象，而存款却花得很快，才1年时间就几乎见了底，很快就难以为继了。

家人的看护问题，很难和家人以外的人商量或求助。川上女士不顾后果地选择了对姐姐的看护，结果却是耗尽了积蓄，花费了时间。

光是去找姐姐居住地的市政厅就不容易。想找他们商量和咨询只会被各个窗口当皮球踢，精神病医院也不会接受病人家属的咨询和求助。当时看护保险这些也不健全，我完全不知道可以依靠谁。而就在我手足无措之间，钱不知不觉就花完了，姐姐也是稍不注意就切断电话线，吵着有人监听她的动静，把家里的窗户全都用报纸或透明胶封上，等等。

现在，社会虽然开始重视看护离职问题，但医疗、看护等社会保障经费的削减却也呈釜底抽薪之势。相关经费并不充裕，反而在缩减，医院降低长期住院患者的接收率，看护保险使用者只有在重度的情况下才能享受报销的情形开始成为大势所趋。

作为经费削减的替代方案，各自治体都开始尝试建构地域居民互帮互助的地域总括看护系统。所谓地域总括看护系统，简单来说，就是让高龄者和残障人士从医院和看护机构回到各自家中，由地方上的组织和家人负责照顾的一种策略，对被看护者的家庭成员和志愿者的依赖性很高。这种变公助为共助、自助的地域建构策略正在各地逐步推进，然而它恰恰与“零看护离职”方针背道而驰，反而会诱发更多看护离职。

川上女士出生于一个富裕的家庭，有着很强的责任感。然而这种责任感反而成为一种灾难，促使她遵从了国家希望将负担最大限度转嫁到被看护者家人身上的意向，背负起了原本身处另一个家庭、超出自己承受范围的对姐姐的看护。

承担起姐姐的看护之后 3 年，川上女士的家庭经济状况由于她的看护离职而崩溃了。没有收入的状态持续了一年多，川上女士只能不断消耗存款，最终，积蓄被消耗殆尽了。

而原本就读超级名校高中一年级，时常一个人留守空房，却坚持努力学习的女儿，因体谅为姨妈的看护而手忙脚乱的母亲，成了母亲错误选择的第一个牺牲品。

结果，我耗光了所有的积蓄，陷入了身无分文的境地，实在是交不起学费了，于是女儿在高中一年级升二年级的那个春假里退学了。我把现实状况告诉她那天，她哭了。但她还是毫无怨言地转去了一所函授制的学校。女儿为了我承受了太多。

在女儿从高中退学之前，川上女士曾经求了学校很多次，希望能延迟缴纳学费。她把这一年里的家庭状况全部告诉了学校，向他们解释了家庭经济崩溃的原因，但校方一直没给她明确的答复。

学费是无论如何也拿不出来了。当时女儿的学费要每年70万日元左右。但是，学校方绝口不提“退学”两个字，只会不停地问：“您打算怎么办呢？怎么支付呢？”要求我拿出有理有据的支付计划来。说“我一定会想办法支付”是行不通的，他们不接受这种说辞；说“请再给我一些时间”也行不通，因为他们等的就是那句“我们不上了”。结果，我只能说：“那我们退学。”老师们这才露出松了一口气的表情。

川上女士的女儿从名校退学，转学到函授制学校之后，没有被挫折打败。她一边打工赚自己的学费和生活费，一边为了考上初中时便立志要报考的国立大学而努力着。结果最后她没能考上，而是考上了为保底而报考的一所同样难考的私立大学。靠着信用金库的学费贷款交了入学金，又申请了借贷型助学金，她总算进入了大学。但是，她只读了1年，便放弃了大学生活。

> 女儿现在有一份非正式聘用的工作。她决定从大学退学，是为了不再增加借款负担。她的成绩虽然优异，但她认为还是趁负担尚轻的时候及时止步为妙，因此选择了退学。我拿不出钱来，虽然觉得很可惜，但也只能尊重女儿的选择。

可见，有多少贫困的家庭，就有多少孩子的未来被剥夺。

别说正式员工，就连兼职都找不到

川上女士45岁看护离职，47岁家庭经济崩溃。没有任何一个救助措施是针对因看护离职而陷入生活困境的人而设的，所以为了生存，她必须找一份工作。

> Hello-Work、网上的招聘网站、招聘传单，我通过各种各样的招聘渠道应聘工作，但全都被拒绝了。被10多家单位拒绝，这样的经历我从未有过，打击得我差点崩溃。我想，原因大概是因为我的年龄。最后，只有一个最低工资水平的超市收银员职位愿意聘用我。

别说是正式员工了，就连兼职工作都找不到。在这样危急的状态下，姐姐的医院仍然会寄来高额的费用催缴单。她付不起，于是只能一次又一次地打电话致歉，请求延后支付。日子实在是有些支撑不下去了。

好不容易才找到了一份医院的工作。但因为是时薪制月结工资，从入职到拿到工资得间隔两个月的时间。面对各种催缴单我无计可施，但又急于早点付清，最后向个人融资这种非法高利贷伸了手。我那时候根本不知道什么是非法高利贷，结果就着了道。

所谓个人融资，是这些年新出现的一种违法金融产品。主要是一些不在乎违不违法的个人在经营。他们会通过网络留言板等方式寻找借贷者，然后当天就能借给他们钱。

因为是非法的高利贷，所以可以谋取法外的暴利。川上女士最初只借了5万日元。规矩是本金5万，每10天利息2万，川上女士把驾驶证的照片通过邮件发送给经营者后，账上很快就收到了扣除了2万利息的3万日元。要求10天后归还本金5万，或者先还2万利息，本金再缓10天，两种方式二选一。

结果，我一次还不上5万，只能老老实实每10天还2万利息。最后，我还了好几轮，总算还清了5万本金。结果对方又擅自打了3万过来，要求我继续还利息。我慌了，于是报了警。结果警方警告过他们之后，他们还是没完没了，不断地往我工作的地方打电话，还以我的名义定大量的比萨只为给我找麻烦。我好不容易找到的医院的工作，也因为不停接到非法高利贷的电话而把我辞退了。

因为是个人经营的非法高利贷，所以其恶劣的程度也因人而异。像川上女士这样老实、天真、责任感强的人，不仅对医院和行政机构，对非法高利贷经营者而言也是极易拿捏的对象，正好大捞一笔。对方料定了即使是强行借钱，她也一定会老实还钱，所以才出了这一招。这个非法高利贷老板缠上了川上女士，从最开始的 3 万开始，先后让川上女士支付了近 100 万日元。

> 我为了逃离非法高利贷，才搬到现在这个地方来。然后我哭着求以前单位上的教授，才被介绍到我现在工作的这家医院，直到前年，才总算过上了普通的生活。从大学退学的女儿和别人合租，勉强算是自立了。她找的是一个非正式聘用的工作，单位是一家媒体。今后会怎么样还不好说，不过我姐姐的病症总算是稳定了，现在的我暂时没什么负担。

说到女儿高中退学时，她的眼眶湿润了。实在是“老实的人最吃亏”的典型案例。

看护病人的家人的烦恼一般得不到同情。不仅是那些只在乎一己私利的非法高利贷放贷者，就连本应施以援手的国家和行政机构，也只会最大限度地将担子往被看护者的家人身上压。这些家人经济上的损失也是巨大的。

假如最初接到关西的医院打来的电话时，川上女士就拒绝承担姐姐的看护，那她就不会失去 500 万的存款和年收入 400 万的工作，她的女儿说不定就能顺利从国立大学毕业。如果之后母女二人一直共同生活，那她们的家庭年收入就可以达到 700 万～900 万日元，更别说会和诈骗走她 100 万日元的非法高利贷扯上关系了。

> 我现在真的非常后悔选择了看护离职。找不到工作的那段时间，我觉得自己应该申请最低生活保障。当时我要是能想到去和政府机构合理提出要求就好了。而且当时，我是真的不知道，这世上居然会有非法高利贷这种让受苦的人承受更多苦难的勾当。

善良的人们最容易受到剥削，就连他们的子女也会沦为被害者。在因长期的通货紧缩而日渐贫穷的日本，人性本善一说就连在国家和公共机关里都不实用了。我想，如今住在老旧的违法建筑里，因墙缝透进来的冷风而瑟瑟发抖的川上女士，便是被现在这个逐渐脱轨的社会所牺牲的众人之一。

毕业于顶尖私立大学的高级官僚的前妻

> 我实在是太痛苦了。我的人生里就没有一件顺利的事。

收到植草纪子女士（化名，55 岁）的这封类似求救信的邮件后，我去和她见了面。植草女士毕业于东京顶尖私立大学，是一个高级官僚的前妻。

我们在约定地点刚碰面，植草女士就深深叹了一口气。她的表情看上去疲惫不堪，说自己“没钱去美发店”，所以头发有些蓬乱。她的白发很多，显得比她的实际年龄衰老。15 年前她和身为官僚的丈夫离婚，之后的生活便一落千丈。

因为她说自己住的房子就在附近，所以我让她带我去看看。

我们从车站出发，沿着一条类似平民街区的商店街走了几分钟后，在商店街一角的一家小补习班门口停下了脚步。那是栋很老的木制建筑，补习班是面对小学生的，很小。穿过教室，我们爬上了一架梯子，发现就在补习班的屋顶上面，竟有一块面积大约 9 平方米的空间。植草女士说自己现在就住在这儿。她住的，竟是像杂物间一样的地方。

虽然收拾得很整洁，但地方太狭小了，根本就不是用来住人的空间。高度只有 160 厘米左右，勉强只够一个女性站直，空间随着屋顶的形状倾斜，有一扇很小的窗户，能让房间的一角照进一点点阳光。如果植草女士是个男性，恐怕就得成为街上无家可归的流浪汉了。

> 我和补习班的经营者碰巧认识，他以让我在他的补习班帮忙为条件，让我住在这里。我是两年前住进来的。当时我从妹妹家里被赶出来，流落街头，多亏得到了这位补习班老板的帮助。屋顶上的房间是违法建筑，出入口就只有这个梯子。只要顺着屋顶的斜角，脚朝这边的话，就能睡人。

植草女士的住民票[①]还挂在同一个区的妹妹家，而自己却住在这么一个违法扩建的屋顶阁楼里。

植草女士的前夫是外务省的高级官僚，她的家庭原本是超越一般家庭、进入了富裕阶层的。离婚前，他们的家庭年收入超过 2000 万日元，前夫长期在海外任职。在植草女士的房间里摆着一

---

① 住民票：功能接近中国的居住证外加户口簿，上面记载着日本公民的姓名、出生日期、性别、住址、与户主的关系以及户籍等身份信息。

些 20 年前，一家人还很幸福时的照片。虽然纸质的照片都有些褪色了，但从上面可以看出 30 多岁的植草女士，或着洋装或着和服，妆容精致，穿戴华丽。当时，他们家几乎每周都会举办各种各样的派对。

我震惊于她原本的生活与这屋顶阁楼之间的巨大落差。正如她本人所说，这确实是“一落千丈”。

> 现在我的状况简直是跌到谷底了。这个月我又交不起电费和燃气费了。因为有罐装液化气，所以没燃气用也还过得去，但这实在是太狼狈了。生活真的很艰难。而我的难处还没法和任何人说。没法和人倾诉，也使我痛苦。要是告诉朋友，肯定会得到同情，但光是同情，解决不了任何问题。

植草女士看上去极为疲惫，但从她的举止和措辞中，还能感觉出她的好出身和好品性。今年 1 月以前，她一直是一边在商务酒店做夜勤，一边在寄住的这家补习班帮忙。夜勤给她的工资接近最低工资水平，一趟班从晚上 10 点干到早上 8 点，日薪只有 1 万日元左右。每周上 3 天班就是 12 万日元左右。另一边的补习班因为自己是借住在这儿，所以负责的是给缺勤的学生讲师代课和打扫卫生。平均下来一个月能拿 7 万日元左右。

但是，3 个月前，商务酒店那边要求她辞职，让她失去了主要的工作。对方的理由是有一个年轻的女性可以代替她的职位了。

植草女士现在的收入只有 7 万日元。这点钱太少了，她陷入了绝境，就连每个月的电费都无法在期限内付清了。

如果不付电费，供电就会立刻停止。没有电，这个屋顶上的阁楼就是一片漆黑。小窗户只有那一个，屋子里真的照不到光。人待在一个黑暗的环境里，精神状态会变得异常。这些都令我感到十分羞耻。最近我会频繁地想，自己的人生到底怎么变成现在这样的呢？但是，我怎么想也想不明白自己沦落至此的原因是什么。感觉好像回过神来，自己就已经跌落谷底，到了这个漆黑的小阁楼里了。自从商务酒店逼我辞了职，我连买食物的钱都不够。但是不吃饭人就活不下去，所以我会趁关门前跑进超市去买打折的食材，1 天就买 1 顿的量。我用罐装液化气煮些便宜的蔬菜充饥，这样才勉强能活着。

如果维持每个月收入 7 万日元的现状，那植草女士的年收入就是 84 万日元。

就算不用付房租，这样的收入也远不够维持最低限度的生活。一旦供电被停掉，她就只能在一个近乎全黑、没有冷暖气的阁楼里度过数日。而且这阁楼还透风。到了冬天，人真的会被冻僵，只能裹着毛毯一边发抖一边等待天明。上一次被断电的时候，植草女士感受到了生命危机，想着无论如何，自己必须尽快找到工作。

失去商务酒店的工作 3 个月后，植草女士在 Hello-Work 和招聘传单上寻找招聘信息，一家一家地去应聘，工作内容完全不挑。哪怕只能拿到最低水平的工资，好歹也能救命。

您看看这些，全都是未录用的通知，邮件也有不少。

在她的桌子底下，A4 纸大小的文件堆积如山。我大致翻阅了一下，确实全都是未录用的通知，再加上邮件，能有 50 多封。

原本身处富裕阶层，曾是高级官僚妻子的植草女士，有着十分漂亮的履历，毕业于都内的一流名牌大学，在一家上市企业谋得了一份综合类职务的工作，结婚后，因为身为高级官僚的丈夫要去海外赴任才辞去了工作。她还考过了英检 1 级①。如今参加就职面试时，她都是如实在履历书上填写这些内容后提交的。

刚开始，我本希望能找一个可以发挥自己英语特长的工作。但是，这样的工作根本就没有。其实从很早以前，我就已经放弃了在工作中发挥自己特长的机会了，所以我也去酒店里做日勤和夜勤。附近超市的收银员，便利店的夜勤，总之只要能工作，让我做什么都行。然而他们全都拒绝了我。真的是所有的工作都不录用我，除了年龄我想不出别的原因。我自认为还是具备一般常识的，面试的时候应该没有说过一句不该说的话。我想，我也许会就这么死掉。前几天，我听说莺谷有一家从来不拒绝应聘者的风俗店，最近我甚至在认真考虑，要不要去那里应聘试试看了。

只因为是一个 55 岁的女性，植草女士应征的所有工作都拒绝了她。

---

① 英检1级：“英检”是日本社会通用的英语水平检测考试的简称。该项考试分7个等级，1级为最高等级。

> 说白了，我以前积累的那些能发挥英语特长的工作经验，在和前夫结婚去海外生活之后，已经全都失去意义了。我明白这才是现实，与其纠结我以前积累了多少经验和业绩，不如去想眼前怎么挣钱谋生。现在，我最渴望的，真的就只有这个而已。换算成时薪，工作多少小时每个月能拿多少钱，让我下个月能活得下去，我需要这样的安定。就算再多人说我拿了英检1级好厉害，从〇〇大学毕业好厉害，现在找不到工作，这些统统都没意义。

虽然贫穷也很痛苦，但再也没有人需要自己的现实，似乎给了植草女士更致命的打击。

这就是住在只有一扇小窗的补习班屋顶阁楼里，丝毫看不到明天的中年女性要面对的残酷现实。屋顶阁楼狭窄，闷热。屋子里无法换气，令人窒息。这里不是两个人能够久待的地方。我们爬下梯子，回到车站附近，听她继续讲述自己究竟怎么迎来了如此悲惨的现状。

随丈夫去海外赴任，过上年收入2000万日元的生活

1961年出生的人，自然是属于最为幸运的那一代。他们在经济高度发展期度过学生时代，于泡沫经济时期就职进入社会。

当时日本是世界前列的技术大国，也是发达国家，学生时代就是年轻人的乐园，讴歌青春的时髦偶像剧在屏幕里闪闪发光，只要成功就职，企业会教你如何工作，并终身雇用。我虽然比植草女士小10岁，但我同样做梦也想不到，曾经如此幸福，让年轻

人们充满梦想的日本，竟然会变成现在这样。

我们坐在车站附近的家庭餐厅里，植草女士说她一天没吃东西了，于是我们一边用餐，一边继续交谈，点的是汉堡肉加一饭一汤的套餐。

> 我小时候，是真的被宠坏了。当时是泡沫经济时期，我父亲在大企业里工作，很有钱。我说想要台钢琴，第二天家里就能多一台钢琴。上大学的时候也是父亲告诉我说“有一所大学特别适合你”，我就去考了。

植草女士和前夫是大学时的同班同学。上学的时候，俩人便开始交往了。毕业后，植草女士在一家外资上市企业工作，而她的前夫则通过了国家公务员第一类考试，成为中央官厅的高级官僚。他们结了婚，植草女士 28 岁时生下了长女，32 岁时生下了长子。后来，前夫被调往海外任职，她便辞去了工作。

> 在国外房租很贵，一个月要 80 万日元左右。但是海外的工作不仅包房租，还有高额的补贴，我们家的年收入应该有 2000 万～ 2500 万日元。我们的夫妻关系出现裂痕，是从我母亲患癌症开始的。那时候我常在日本和前夫的赴任地之间往返，即使家庭关系开始出现问题，我也把照顾母亲摆在了优先的位置。因此，前夫的心渐渐地离我越来越远了。

植草女士竭尽全力救治身患癌症的母亲，医生建议的所有高端医疗手段，她全都给母亲用上了，因此，医疗费用极其昂贵。

两年时间，母亲的医疗费就花去了1000万～1500万日元。在当时，对她来说为了母亲不顾一切地续命治疗是重要的。

所有的钱都是前夫出的。刚开始的时候他还会关心地问一句“手术怎么样了?”。后来渐渐地，他开始劝我“差不多该回来了吧”。那时候，我盲目地想着尽可能地为母亲做力所能及的一切，所以花了很多钱，尝试了一切所谓最先进的医疗技术。我仗着丈夫的理解和宽容，在母亲的治疗上投入了太多，将自己的家庭放在了第二位，最终，我等来了前夫的一句“我想和你离婚”。离婚的时候，我40岁。

不管花多少钱，母亲的癌症还是不断恶化。最初，植草女士的前夫觉得她是在照料家人，还比较理解配合，但渐渐地，他开始焦躁不满，开始对她说：“做人也要懂得放弃。”尽管如此，她还是没有回归自己的家庭，而是继续一心扑在母亲的治疗上。

最先进的医疗技术，高额的药物，尽管她用尽了一切手段，母亲的癌症还是持续恶化，日渐消瘦，最后亡故了。而破裂的夫妻关系，在她母亲死后也没能修复，只过了数月，她就在离婚协议书上盖了章，提交了出去。

长女随着父亲留在了海外，长子则跟着植草女士回了国，开始在日本生活。于是，植草女士带着孩子，在日本过起了单身母亲的生活。

我之前就职的公司社长人很不错，他同意我继续回去上班。但是，我回到公司，发现状况和以前大不一样了。长时间劳动是常态，从早上一直工作到末班车时间是家常便饭。我努力撑了两年，儿子总是问我“你为什么不回家?”“为什么我永远是一个人?”，于是我辞了职。毕竟当时公司的氛围，并不允许我考虑我个人的家庭。

在升学考试的战争中胜出，从一流大学毕业，作为一个社会人，也用擅长的英语作为武器留下了不俗的成果，有赴海外的经历，也自信拥有较强的工作能力。因此，丈夫提出离婚时，植草女士认为，凭自己一人之力也足以抚养长子成人。在被社会排挤，四处碰壁之前，她从未感到一丝不安。

她在东京租了一间房租 8 万日元的房子，开始和长子一同生活。工资到手 26 万日元左右，每月另有 4.2 万日元的儿童抚养补贴，前夫还会寄来 7 万日元的抚养费。刚开始，她并没有遇到任何经济上的困难。然而，她辞职了。那之后，生活变得艰难起来，她开始陷入贫困了。

40 岁以后，正式聘用的工作就完全找不到了。能用到英语的工作，就只有补习班。于是我开始做讲师，年收入降到了原来的 1/3，生活费开始不够用了。那时，我经常因为交不起小学的伙食费而被学校叫去，房租也经常不能按时交。我从小没经历过贫困的生活，第一次知道没钱的生活是什么样，完全不知道该怎么办。

在补习班讲课，一个课时只能拿 1500 日元。即使很努力工作，一个月也就只有 10 万上下，每个月，日常生活都缺个好几万。

因为交不起租金，之前的房东把我们赶出来了。我能依靠的人只剩下我妹妹，于是大儿子读初中二年级那年，我们投靠了妹妹夫妇。妹妹的家是一栋房租15万日元的独栋，我们两家开始共同生活，我负担5万日元的房租，伙食费什么的看情况算。有一段时间，我们彼此相安无事，过得很平静。可后来，大儿子从公立高中落榜，读了一所私立高中，而同一时期，前夫也说“我回日本后收入减少了，所以想减少抚养费”。于是，家里的经济变得越发捉襟见肘。

私立高中的学费是每月4万日元，加上其他费用第一年就花了100万日元。抚养费从7万减到4万，而且一段时间之后，前夫就不再打钱过来了。自从长子上了私立高中，植草女士开始实实在在地为生活费忧心起来。入学金靠卖海外生活时买的名牌包和母亲留下的宝石总算是交上了。然而那之后，悲剧发生了。

我遇上非法盗刷信用卡的诈骗，背上了债务。那之后我连最基本的生活都保证不了了，每个月还要向妹妹借好几万日元。结果，我和最后能依靠的妹妹之间关系开始恶化。最后，我们没法再一起生活了，大儿子一毕业，我们母子就被赶了出来。

长子靠借贷助学金，考去了地方的私立大学，目前在读，靠全额的助学金和打工自立。而被留下的植草女士，则去和原来做讲师时认识的补习班经营者倾诉了自己困难的处境，于是对方给她提供了一个原来用来堆放杂物的屋顶阁楼。这一切，都发生在三年半之前。

长子上大学后成绩很糟。植草女士提醒他注意自己糟糕的成绩，没承想被儿子甩了一句“以后，别再管我的事了！”，随后断绝了关系。那之后的两年半时间里，她和长子再没见过面。他的地址、电话号码，植草女士全都不知道了。时隔多年，她和回到日本的女儿也见了一面，却因为弟弟的事情吵了一架，女儿说了一句“我没当你是母亲”，俩人不欢而散。

对曾是专职主妇的女性和单亲家庭过于严苛的日本

家人，事业，全都离开了她。植草女士不只是无家可归、经济窘迫，还十分孤独。

> 自从开始住在房顶阁楼，每年总会断电几次。于是，我就在一片黑暗里回顾自己的人生。我无数次想，我的人生到底有什么意义。家庭分崩离析，被子女和亲妹妹抛弃，就连收银员的工作也不让我做。一想到这种日子今后还要继续过下去，我真的沮丧极了。我想过，我也许应该自杀，只是，现在的我连这个力气都没有了。

从她的表情里，我读出了放弃一切的绝望。

> 房顶阁楼的生活很难熬。空间太狭小，连站都站不直，

还没有空调，夏天酷热冬天寒冷，我毕竟是个人，这样的生活真的太痛苦了。

植草女士连最基本的生活都无法维持。因为执拗地为母亲治病，她自己的家庭破裂了，最后，就连一直相处和睦的妹妹和含辛茹苦养大的长子，都弃她而去了。

日子再艰难，也没有任何人会帮我。尽管我很想离开这个屋顶阁楼，但我就是有再强的工作意愿，也没有工作肯要我。当年在海外的时候，我做梦也想不到，挣区区20万日元竟然会这么困难。现在，我就连3天之后的生活都不敢想象。

正式聘用的工作，植草女士已经放弃了。哪怕是最低工资也行，她想要工作。她的愿望真的仅此而已。然而，直到现在，她也一直被兼职工作的岗位拒绝着。就在前天，植草女士又收到了一家家庭餐厅的不录用通知，她是真的不知道应该怎么生存下去了。

补习班的工作算是包住宿的，做的也都是帮讲师代课和清扫的工作，比较方便。我要是搬出去住，可能补习班的工作也会丢掉。年轻的时候，我曾经努力学习，也取得了不错的成绩。进入社会之后，我也努力奋斗过。可现在，我却落得这样的下场。日本对曾做过专职主妇的女性还有单亲家庭，都太严苛了，连一个人的基本生活都保障不了，还不给我们机会。

最后，植草女士忿忿不平地低声说道。

她失去了家人，曾经的业绩得不到认可，痛苦万分。在生活的重压下，她自己都能察觉到，自己的脸上已经没有表情了。

在这个平民街区里，有不少看护机构。不管哪一家，都因为人手严重不足，工作十分混乱。虽然觉得向一位高学历的女士推荐看护职业并不合适，但最终我还是对她说："你可以去附近的几家看护机构问问，即使没有职业资格和相关经验，说不定也会聘用你。"

几天后，她联络了我，说是去面试的第一家看护机构就立刻聘用了她。我只不过是和她说了一句，看护行业人手紧缺，但她接连谢了我好几次。

植草女士在做了专职主妇之后，就无法再回归社会了。后来，她被社会和家人两方面排挤，落入了无家可归的境地。

即使受过高等教育，一个女性只要做了家庭主妇，社会就不会再给予她发挥自己能力和价值的机会了吗？不仅是工作，一旦被丈夫要求离婚，其结果就是，她会失去工作同时失去家人。我看着她们，就仿佛看见明天的自己，不禁感觉脊背发凉。

女性组建家庭后，如果为了抚养孩子而离开了职业道路，之后就连养活自己的雇用机会都得不到的话，那现在的社会，女性一旦生了孩子，就什么都没了。谁也不愿意背负植草女士一样的绝望。不愿意生育的女性增加，少子化进一步加剧也是必然的。

双亲去世，与家人绝缘，如今，能够给予植草女士帮助的人，一个也没有了。这现实太残酷了。虽然她本人已然放弃一切，陷入了绝望之中，但我还是希望，她不会选择死亡。

最高学历是东京大学硕士

令人意想不到的是，一个毕业于东京大学研究生院的女性也联系了我。

应井川优子女士（化名，45 岁）的要求，我们见面的地点定在了东京都中心部一处公共设施内的一家餐饮店。店名是很时髦的法语，但就跟大多数公共设施一样，这家咖啡店客人极少，偌大的店面宛若空置。

我到店的时候，井川女士已经在店里了。她坐在一个很大的电动轮椅上，缓缓朝我转了过来，和我点头打了个招呼。她背靠的电动轮椅椅背大致呈 45 度倾斜，所以她整个人几乎是半躺着的。

井川女士声音很小。我竖起耳朵靠近了听，才听见她说了一句“今天就麻烦您了。”我事先便听说了她身体不好，但现状根本不是好坏可以形容的，她看起来只是勉强活着。

> 您不用这么惊讶，我只是身体不能动而已。

她很快察觉了我的惊讶，笑着说道。虽然身体只能半躺着，但井川女士却是一位很有教养的淑女。她的最终学历是东京大学的硕士。毕业后，她成为一名临床心理医生，在业界表现活跃。

10 年前，她罹患了一种疑难病症——慢性疲劳症候群，症状急剧恶化，导致她几乎卧床不起。此后她便陷入了困境，直至如今。她的症状十分严重，全身的肌肉和自律神经功能低下，无法调节体温。她经常会全身剧烈疼痛，身体也无法自由活动。就连翻身或转头和人说话都做不到，她甚至无法自己坐起来，情况相当严峻。

然而，她还是一个要养育两个孩子的母亲。

长女在当地最好的高中读高二，长子在当地公立初中读初三。他们已经在这片都内颇有人气的很方便的住宅区生活了多年。半年前，井川女士终于抽中了已经申请了 10 年的公营团地，如今一家 3 口人就住在那里。

井川女士的收入主要靠残障年金，年收入 200 万日元左右。因为她完全没有劳动能力，只能全面依赖社会保障维持生活。她的病症实在太严重了，就连一个人洗澡、吃饭都做不到，需要全方位的看护，日常生活全都要依靠每天上门的看护人员。无论是身体上、精神上还是经济上，都可谓是“勉强生存”的状态。

> 一旦申领了残障年金，就拿不到每月 4.7 万日元（现在是 5.2 万日元）的儿童抚养补贴。真的是雪上加霜。我因为生病无法劳动，支援团体和区行政厅的人一次次地劝说我接受最低生活保障。但是，接受了最低生活保障，残障附加金和母子附加金就只能二选一。认定接受残障年金之后，就自动不能接受儿童抚养补贴了，而拿不出申领证书，就无法享受支援单亲父母的各种扶持政策了。不知道为什么，制度就这么规定的，为此，我们过得异常艰难。我希望孩子们都上大学，可接受了最低生活保障，他们将来的选择就会受到制约。所以，我一直坚持不接受最低生活保障。

选择了残障年金，就意味着最低生活保障和单亲家庭可以申领的儿童抚养补贴都拿不到了。因为制度不能并用，所以在选择残障年金的现状之下，井川女士无法得到儿童抚养补贴申领家庭所能受到的一切行政支援了。

接受最低生活保障家庭的孩子很难受到高等教育，面对现行制度存在的这一问题，国会一直争论不断。一直以来，接受最低生活保障家庭的孩子上大学是不被认可的。虽然孩子从家庭分离出去就会得到认可，但要从这个家庭的最低生活保障金中削减这个孩子的一份作为这个孩子的保护费用。一个接受最低生活保障家庭的孩子要上大学，需要的费用等于升学费用加上保护费用，可以说是双重阻碍。

所以，将来要供两个孩子上大学的井川女士放弃了最低生活保障，选择了接受残障年金。在收入只有残障年金的艰难处境之下，半年前，家里最大的负担就是每月 8 万日元的房租。他们一家不接受最低生活保障，所以就没有房租补贴，只能从自己的收入里支出房租，租住一般的租赁住宅。这里毕竟是都内颇受欢迎的住宅区，即使要找便宜的房子，也只能找到每月 8 万日元的。全家一年的房租支出竟需要 96 万日元。一家人 1 年的收入，有一半都用来付房租了。

这里地处市中心，8 万日元的房租也只能租到一室一厅的小房子，一家人的生活环境十分恶劣。25 平方米的房间，放了两张看护床之后，剩余的狭窄空间就连两个孩子睡觉的地方都没有。在搬到公营住宅之前，长子一直只能睡在衣橱里。

　　我们好不容易才搬进了房租 4 万日元的公营住宅，肩上的担子这才松了一些。真是太好了。以前真的是穷得连让孩子们吃饱饭都困难，最近终于能吃饱睡好，确保最起码的生活环境了。因为我的主治医生还有孩子们的学校都在这儿，我们没法离开这个街区。以我现在的状态，没办法开展新的人际关系，而且这个地区很受欢迎，公营住宅申请的倍率超过700倍。还好抽选的优先顺序有考虑生活的困窘程度，总算是轮到我们了。

在慢性疲劳症候群发病后到搬进现在的住所之前的八年中，井川一家真的过着地狱一般的生活。之前的住所不仅房租贵，在四层且没有电梯，井川女士坐轮椅根本无法外出。由于没法出门，井川女士甚至有过1年不出门，只靠护工帮忙出门购物的经历。

我已经很多年无法自己一个人生活了，别说是洗澡，就连吃饭都没法自己吃。像今天这样能拿动杯子，已经算是状态不错了，有时候我连杯子都拿不动。我的体力都不够我自己吃完一顿饭。不吃饭，人就没力气。可是我没力气吃饭，结果体力进一步下降。如此恶性循环。我每日每夜都想要能够自由活动的手脚。现在这样，真是太没用了。

井川女士的症状一天天恶化，7年前开始，她的手脚就无法自由活动了。她变得几乎卧床不起，也很难保持清洁。在狭窄的房间里放置两台看护床，是为了其中一台被弄脏时，她可以挪到另一张床上去。而脏了的那张床，就由护工清理。7年前，她的饮食和入浴就只能靠护工了。她一边因为生活环境的恶劣而对孩子们充满愧疚，一边又只能日复一日躺在床上，望着天花板发呆。

身体不能动，人就会变得很消极。而且症状也确实很痛苦。现在虽然相对好一些了，但还是会疼痛。而且是很尖锐的疼痛。肩膀就像开了裂还被人拿硬物碾压一样疼，这种疼痛还会持续好几个小时。这些年，我一直受着病痛的折磨，搬到这儿之后才总算是缓和了一些。活着，真的是太累了。那些自杀死了的人，我会从心里觉得羡慕。慢性疲劳症候群的患者自杀率很高。我被逼得绝望的时候，也有很长一段时间总是想死。

井川女士发病的时候，长女刚7岁，长子5岁。由于房租的负担过重，孩子们除了学校配的餐外，都吃不饱饭。可孩子们饿着肚子，还是轮流照顾母亲的饮食和如厕，等等，生活很是艰辛。

但凡身体允许，我就会为孩子们做各种各样力所能及的事。也有人认为，如果没有孩子，我也许就能更专注于自己的疗养，好得也会快一些。但是，对我来说，正因为有孩子们在，我才能看到希望努力活下去。要是没有孩子，只有我一个人，也许三四年前我就自杀了。

井川女士没什么体力，就连长时间说话都很困难。说到这里，她已经上气不接下气了，只能休息一会儿。

因为上司的权力欺压搞坏了身体

贫困家庭一般分为“单亲”“病痛”“孩子多”“三代人同居”这 4 类情形。符合越多情形，贫困就越严重。井川女士一家除了“三代人同居”之外，其他的 3 条全都符合。

她按下手边的按钮放下椅背，开始闭目养神。

虽然只是轻声且缓慢地讲述了 30 分钟左右，但因为无法调节体温，井川女士现在略有些发抖。时间剩的不多了。等她休息结束，我必须赶紧询问，她是如何走到今天这一步的。

井川女士还在东大研究生院就学期间，就已经开始参与临床工作了。1998 年，她从研究生院毕业后，成为一名独立的临床心理医师。她在多地的教育委员会任过职，也待过综合医院的精神科，还负责过大学的学生心理咨询室，担任过私立大学、研究生院的非常勤讲师，职业活动十分活跃。

> 在我们那个年代，即使从东大毕业也很难找工作。硕士毕业的人最常见的就业形式，就是在多所学校任非常勤讲师。现在，高学历女性的“博士贫困”不是成了社会问题吗？当时也是这种情况。我只是碰巧找到了工资较高的工作，每个月能拿 50 万日元左右。后来 28 岁那年我结了婚，很快就生下了大女儿。

女性博士研究员的贫困如今已然成了一个社会问题。而问题产生的背景，则是自 1991 年开始的重点扶持研究生院政策。这一政策让研究生院的升学者剧增，结果出现研究生院毕业却找不到工作的现象。就算女性能作为研究者就职，但学术界是男性的天下，女性几乎都是固定任期的非正式聘用职位。不断有女性研究员反映，她们的收入太低，根本维持不了最起码的生活。

幸运的井川女士没有经历研究生毕业后的贫困，嫁给了一个大她两岁的男性。对方也是一位研究生学历的非常勤讲师，夫妻生活和家庭都很安定。她遇上的最初的障碍，便是不定期的工作和育儿之间的冲突。

当时我工作的地方是私立大学的学生心理咨询室。那时，校内经常有学生自残，或发出“我要自杀”的预告。如果预告足够具体，我们就必须一直盯着他，并把他带到学生心理咨询室保护起来，直到交给学生的父母。有时候，我们还必须等着学生的父母从外地赶过来，这样职责之外的工作很多。我发现，在时间上，我无法同时保证工作和育儿，便换了工作。新的工作是省厅的一个下属团体。这个组织经常会有一些原体制内的人员流入。

井川女士的人生便是从这一次换工作后开始跌入低谷的。在这之前，她的讲述一直平静而缓慢，然而一说到她就职的这个组织，她那不大的说话声里分明含着一股怒气。

我的身体之所以变成这样，都是因为权力欺压。我一直想找出客观上的原因，但能想到的只有这个。我当时受到了一整个组织非常、非常、非常严重的权力欺压。

这是她今天第一次稍微抬高音量。那是一个以某省厅的退休和离职者为中心来运营的团体，那些从省厅下来的男性正规职员的权力欺压，简直到了令人发指的地步。

我受到的权力欺压的开端是我的姓氏。工作中，我一直是将自己的全名作为通称的。结婚后，我的姓氏变了，但作为一个研究者，如果改了姓氏，我之前的业绩就很难检索了。所以，工作上，我还是一直使用旧姓。即使是在东京教育委员会里，当时都是认可使用旧姓作为通称的。但是2005年，我进入这个组织时，却被告知“我们这里坚决不允许使用旧姓”。他们一直逼我，无论我怎么解释，他们都说这是工作命令，让我必须把姓氏改掉。他们恐吓我，逼我去家庭裁判所。无休无止的恫吓最后逼得我不得不和丈夫假离婚。而离婚的理由，就只是为了姓氏。然而我丈夫观念很传统，这件事让他大受打击，离婚之后，他的心也离开了我。说白了，他甩了我，也抛弃了孩子。

井川女士的家庭原本年收入有1000万日元，因为离婚，收入减半。前夫不仅离开了妻子，而且连孩子也舍弃了。约好的每月10万日元的抚养费，到头来一次也没有付过。井川女士成了单身母亲，一切都变得困难起来，她的生活发生了剧烈的变化。

那个组织的工作环境简直太可怕了。高学历女性占了全部职员的一成左右，而正式职员对女性的霸凌是贯彻始终的。他们会把失误全部推给女性，交给我们规定时间内根本无法完成的工作，并且恫吓我们。被几个男性上司围着辱骂这种事几乎每天都有。最过分的是，有个男性上司在工作时间坐在自己的工位上喝葡萄酒，不小心弄洒了，在地上留了印子，居然走到我身边对我说“我任命你为清扫负责人”，一间500平方米的大办公室里，我一边要完成日常的业务，一边还要不停地打扫卫生，要是留了一点灰尘或者线头什么的，他们还会拿到我面前来对我大吼大叫。而这个上司，就是总务部长。

一个公务员出身的平庸男人动不动就对女性耀武扬威，光是想象一下我就觉得恶心。论资排辈的规矩尚存的公共机关，内部组织是僵硬的。那里不仅残留着陈旧的男尊女卑观念，还总爱继承那些权力欺压和喜欢耀武扬威的歪风邪气。而在这个权力欺压尤其严重的团体里，对女性的霸凌和权力欺压更是常态化的，在井川女士之前，就有很多高学历女性因为精神失常而辞职。

另一方面，据井川女士所说，只因为性别为女，她们就无法得到正当的人事评价。井川女士说，“我在职期间，几个女性职员在分5个等级的人事评价中都只能拿到1”。不管做出什么样的成绩，女性职员的职位永远无法晋升，而男性则容易得多。

2007年，井川女士转职之后的第二年，在一天天的精神重压之下，她的身体开始出现异常。

周末我会因为头疼而一直卧床，还会频繁地腹痛，且根本不是普通的疼法。但我去找医生还有认识的人咨询，大家都说“可能就是胆囊炎吧”。当时我腹痛之前，都会伴随剧烈的头疼作为前兆。基本上，头疼和腹痛后来都常态化了，而且一直不见好转。我只能一边忍耐一边工作。2008 年 1 月前后，我的胆囊疼得越发厉害了，休息日总是会疼得我筋疲力尽。因为头疼，我甚至无法工作。孩子们的学校参观日我也因为头疼而无法出席。除了工作时间，我几乎一直睡着。

即使身体出现病变，那些中年男性职员的权力欺压依然在持续。上司和上层人员开始集中持续地欺凌井川女士一人，只要她因为照顾孩子按时下班，就会被骂工作态度差。每天都会遭到恫吓。但因为她是家里的顶梁柱，所以不管遭受怎样的待遇，她都不能辞职。头痛和腹痛毫无缓和迹象，已经有了健康受损的前兆，但她还是持续忍耐着。

身体彻底垮掉的那天，我印象无比深刻。我当时正向总务部长申请调休。我问他："我的调休日，您看怎么处理合适呢？"而得到的回答却是："哈？别想了。"就在那一瞬间，我突然发起烧来。当时，总务部长正和其他人大声聊陪酒女还有高尔夫之类的话题。我听着他们聊天，忽然就像按下了某个按键一样，因为发烧而晕倒了。

井川女士倒下的那天是在 2009 年的 3 月。从那一天起，井川女士就再也没有恢复过健康。因受到权力欺压和霸凌造成精神压力，最后罹患精神疾病的案例，我见过不少。但有的人不止于此，身体也会因此垮掉。

高烧 39 度，最多只降到 38 度。第二天，我告诉他们我发烧了，他们却不许我休息，仍然给我分派了一堆工作。我的身体是真的受不了了，可我还是强撑着继续工作。最开始，我以为是自己运动不足造成的，还会去健身房慢跑之类。但是，情况却越发恶化了下去。我开始出现羞明症状，也就是眼部功能异常，一遇强光就会疼痛，即使运动了，肌肉还是不断萎缩。也就是那个时候，我开始无法调节体温了。

井川女士的肌肉力量持续下降，就连出门去上班都会累得不行，最后，她的肌肉力量异常低下，手和脚都没法用了。她直到现在手都会发抖，连笔和杯子都拿不稳。她的身体状况毫无底线地恶化着，现在连长时间保持坐姿都困难了。洗澡和吃饭也无法自理，头痛、眼痛以及全身的疼痛都没停过。

不管怎么想，这都是权力欺压造成的。不管流下多少不甘的泪水，坏掉的身体也无法复原了。2010 年 8 月，井川女士彻底病倒停职了。之后不久，她就被解雇了。

请不要将我排除

那之后，井川女士只能靠着健康保险的伤病补贴和儿童抚养补贴生活。然而，她的身体总也不见恢复，反而生活渐渐无法自理了，于是 2011 年，她接受了残疾鉴定，开始领取残障年金。那之后，政府马上要求她返还儿童抚养补贴金，过了一段时间，又要求她偿还伤病补贴金。井川女士原本想求助于失业保险，但她的身体状况令她无法再参加劳动，她的失业保险申领被拒绝了。

当时的生活本就拮据，这170万日元的返还额更是让我六神无主。我就是把手上所有的钱都拿出来也不够还。我原本想，我就每天吃一顿也行，至少保证孩子们每天起码的生活所需，但我们的生活现实却是有时只能买1个面包3个人分着吃。残障年金和儿童抚养补贴不能并用，使得这些年我们生活极端困苦。

说到生活的苦楚，她红了眼眶。分期支付的伤病补贴金的返还，至今仍未结束。无论经济上陷入怎样的困境，只要她依然不能行走，就毫无招架之力。

井川女士说，自己让孩子们也跟着吃了很多苦，总是会和他们道歉。每次去区行政厅咨询有没有可以利用的相关服务，她都会听到“把孩子们送进福利机构”的建议。这样的劝说她听过几十次，但每一次她都拒绝了。

现在的日本社会，一个单身的母亲或父亲如果患病，变得像我这样需要全方位看护，就会被要求把孩子送进福利机构。可我们就算身体不能动，但脑子还能思考，也有自己的感情。在护工的帮助下，我们还能做到许多事情。虽然我每日都全身剧痛，天天受折磨，但我还有一样事能为孩子们做，那就是辅导他们的功课。从大女儿上初中二年级，大儿子上小学六年级起，我就开始辅导他们。

井川女士的长子没上过补习班，却考上了都立初高中连读学校。那还是一所9个学科的综合成绩都必须满5分才能拿到保送名额的名校。而她的长女现在也计划着备考东大。

> 虽然我每天都会不断地冒出想死的念头，但是孩子们在升学考场上拿了好成绩，都开朗起来了。大儿子自从进了梦想的中学，表情都自信了起来。在那之前，他一直内向又孤僻，一看就很没自信，还动不动就哭鼻子。看着大儿子变得开朗了，大女儿也变得爱笑而努力了。我现在每一天都在孩子们的鼓舞下努力活着。

说到这儿，井川女士的身体又颤抖了起来，似乎是觉得很冷。本就不大的声音变得更小了，看样子，体力快到极限了。她的家虽然位于现地点的徒步圈内，但靠她这样的体力，来这里还是要费不少力气的。她能坚持过来接受采访，是真的对现行制度有意见，想要表达出来。于是，最后我问她：

> 您对现行的制度有什么要说的吗？

> 我最想说的是，身有残障的父母要抚养孩子，几乎得不到任何的支援和帮助。直到现在，儿童咨询救助中心的社会工作者都还在劝我“把孩子们送到福利院去”。制定制度的人，就是认定了身有残障的父母不能抚养孩子。这不合理。所以我们这些身有残障的父母抚养孩子才会这么艰难。虽然我是一个需要全方位看护的残障人士，但我还是想作为一个母亲，和孩子们一起生活。

井川女士连自己穿衣都很困难。后来来了一位女性看护人员，熟练地帮她穿上外套，在她背后放了一个热水袋，然后把椅背调直，她的电动轮椅这才缓缓移动了起来。据说，她这样回到公营团地，需要 20 分钟左右。

职场上的霸凌夺走了她的一切。

最后，仅剩下两个和她一起生活的孩子。

即使拥有可以从日本最难考的学府顺利毕业的大脑，但在重获健康之前，她也只能依赖社会保障生活。

请不要将我排除。

这就是井川女士唯一的诉求。

终章　绝望的深渊

至此，我们看到了女大学生、单身职业女性、单身母亲等众多女性的贫困悲剧。

被父亲挪用了助学金的21岁漂亮女大学生低声说着“将来我可能会自杀吧”；25岁非正式聘用员工放弃了自己的人生，坦言“我已经放弃了一切”；生活在最低生活水平线以下的单身母亲发出了“一旦带着孩子离婚，就活不下去”的悲叹。

她们都不是自虐或过度悲观的人，只是无论她们如何努力挣扎求生，都看不到光明的未来。

于是她们叹息，放弃，从心底感到绝望。

现实的残酷令人不忍直视，然而不可避免地，今后还会有更多的女性陷入这地狱般的日子。

因为真的没有任何理由可以令人相信，将来会变得更好。

采访这些生活在东京的贫困女性，让我不得不想象这样黑暗的未来。

至此，我们先后看到了孩子、女大学生、精神病患者、单身母亲、非正式雇用劳动者、被权力欺压的被害者、能力得不到认可的高学历专职主妇、独自生活的中高年龄女性等，各式各样的女性贫困悲剧。

希望能过上普通的生活，所以现在想好好读书，抱着如此平凡愿望的女大学生，却背负着名为助学金的借款而出卖自己的身体。

单身的女性，只能选择非正式的劳动雇用形式。要么穷到什么都买不起，要么就只有去征集干爹或染指风俗业从男人手上获得再分配才能维持生活。

单身母亲因为生活的苦难而罹患精神疾病，只能依靠最低生活保障，然而维系全国人民生存的社会保障事业却在不断缩小规模。

现实的残酷令人不忍直视，但不可避免地，未来还会有更多的女性陷入这种地狱般的日子。

在年轻人持续减少、少子老龄化极端严重的日本，将来要想缩小各种差距，复兴产业，找回曾经作为发达国家的幸福日子，怎么想都不大可能了。

这样下去，真的好吗……

倾听着女性的痛苦处境，我一次又一次地扪心自问。说实话，我感觉现状令人无力。我实在找不到任何理由相信，将来会变得更好。

通过一系列采访，我能够明确看到的未来，只有无止境的下坡路，以及随之而来的令眼前的人们互相憎恨的分裂与鸿沟。

碰巧没有跌落悬崖，侥幸留在中流以上阶层的人们，只会嘲讽那些因为离婚拿不到抚养费、使用助学金等因为小小变故便落入贫困深渊的人们是自作自受，随之而来的，便是贫富之间、世代之间、男女之间的尖锐对立。于是，人们无休止地相互争执、谩骂，一同加速沉沦。

采访这些生活在东京的女性，让我不得不想象这样一个黑暗的未来。

心被医院毁掉了

本书的最后，我遇到一位浓缩了之前提到的所有消极要素，陷入了极其严重的困境当中的女性。迈着颤颤巍巍的步子，戴着口罩出现在我面前的山内里美女士（化名，48 岁），让我在见到她的一瞬间就看出了她极为糟糕的状态。

> 嗯啊，嗯啊啊，嗯嗯啊啊……

她说了什么，我完全没听清。即使我靠近她，竖起耳朵努力听，还是听不清。

于是她从包里取出了笔记本和一支笔，写道："20 分钟后药起效了我应该就能说话了，真不好意思。"字迹非常流畅。

原来，她长年苦于精神障碍、精神药物的副作用和脑脊髓液减少症。最近 4 年，她的症状加重，别说是参加劳动，就连普通的日常生活都难以自理。只是徒步走上 5 分钟左右，她都觉得痛苦，因此平时从不出家门，一整天都躺在床上休养。

她身着运动衫，脖子上套着颈部支架，看上去十分虚弱。据她说，到这里来的路上，她都休息了好几次，晃晃悠悠地，好不容易才走过来。平时她经常动不了，也说不了话，只有吃了药才能暂时恢复，说一会儿话。

这样的状态，只能用满身疮痍来形容。她真的只是勉强活着而已。

山内女士是个有过一次婚姻的单身母亲。她有 3 个孩子，分别是长女（23 岁）、长子（21 岁）和次女（19 岁），现在她和长子还有次女一起生活在附近的团地。山内女士和次女目前正在接受最低生活保障。

因为在药物起效前她没法儿说话，所以沉默持续了很久。这个时间，山内女士安静地给我看了她带来的最低生活保障金领取证明、残障基础年金的到账通知书和过去的照片。

摆在桌面上的那张略有些褪色的纸质照片里，是一位有着如花般笑容的女子。那是 22 年前 26 岁时的山内女士。当时，她刚刚成为单身母亲，为了抚养孩子正做着陪酒的工作。据说，她当时是池袋一家有名店铺的陪酒女。

一边是照片里如花一般的 22 年前，一边是连路都走不稳、只能靠笔交谈的羸弱现状，面对如此令人难以置信的反差，我不禁说不出话来。

我觉得我是被精神病医院搞成精神病患者的。我完全想不到，现实里居然会有这样的事情。

20分钟后，山内女士终于能出声了。透过口罩，她用微弱的声音，缓慢地讲述起来。能听得出，在身体还健康的时候，她应该是一位很有涵养的女性。

我第一次去精神科看病是在12年前。当时，我还是横滨一所上门看护事务所的正式员工，但我已经带着3个孩子，被迫忍受了很多年的长时间劳动了。我真的很后悔选择了这样一份工作，在那家黑心的看护事务所里工作的经历，直到现在还在影响着我的生活。我硬撑着过度劳动了太久，最后熬出了脑脊髓液减少症。这是一种脑脊髓液渗漏，从而引发不间断的头痛和眩晕的病。得病之后，我就没法工作了。疲倦感、失眠等一系列症状依次出现，我只能接受最低生活保障。

然而，山内女士的不幸，并未止步于此。在市政厅最低生活保障科的介绍下，她到指定的精神病医院接受了检查。

最开始，只说是“轻微的抑郁症”，但后来每次去医院，他们都会开出更多的药。有一次我有机会看了诊断书，上面写着“统合失调症”“抑郁症”“失眠症”，等等，好多种病名。

最终，精神科给她开了8种药。

山内女士为了抚养孩子，被迫长时间劳动，熬坏了身体，得了大病。然而接受了最低生活保障，开始去精神病医院接受治疗后，她真正打开了地狱的大门。

服药后，她的失眠越来越严重，开始产生幻听和幻觉，并且频繁地失去记忆。后来她甚至开始有自伤行为和被害妄想，还会在丧失记忆期间出现狂躁症状，行为失控。

她觉得自己不再是自己了。

这些都是毫无作用的药物的剧烈副作用。山内女士觉得，自己因为服用精神药物，身心都被毁掉了。

这一辈子，我都无法不戴口罩上街了

一个母子单亲家庭的顶梁柱垮了，家庭的破碎是必然的结果。山内女士破碎的家庭，波澜不断。

当时，还在读中学的长女开始出现疯狂的叛逆行为，几乎不回家了。偷窃、校园内暴力事件不断发生，家里频繁地接到警察的电话。后来，上小学低年级的次女也开始丧失表情，拒绝上学。她惧怕班主任和同学，缩在家里的角落瑟瑟发抖，坚决不再去学校了。只有长子，对母亲的病和长女的叛逆视而不见，勉强坚持每天上学。

长女不只是夜不归宿和盗窃，还因为卖春行为接受过辅导。山内女士被警察叫去说过很多次，很明显，家庭教育的缺失是最大的原因。

长女的疯狂叛逆，是源自内心的孤独。

每次警察一来电话，山内女士都要去接女儿回家，和警察也不知道过多少回歉。她很清楚，长女的叛逆行为，有很大一部分原因在于她。因此不管女儿闯了多大的祸，心有愧疚的山内女士都没法对她生气。

对大女儿，我很努力地尝试去尽一个母亲的责任，但总是事与愿违。

母亲苦于严重的精神疾病，长女疯狂叛逆，小学低年级的次女拒绝上学。这样一个绝望的家庭，却遭遇了一个更大的悲剧。

最后的致命打击，是我在4年前突然发病，得了运动障碍（一种身体会发生反射性运动的疾病）。都是药物的副作用，现在我戴着口罩遮住了，但我的嘴部周围根本无法按照自己的意志活动，就连普通的啃咬食物都做不到。要是不吃药，我连话都说不了。因为面部的肌肉异常，所以我取了口罩的样子根本没法见人。镜子里映出来的脸，连我自己都觉得可怕。

山内女士今后已经无法再啃咬食物了。她只能吃流质食物和果冻状的食物，直到死亡。而去掉口罩露出自己的本来面目这件事，她再不会做了。

等我发现行政部门和医院有问题时，已经晚了。那时候我的运动障碍已经发作了。我太无知了，作为患者，我们根本得不到任何情报，所以只能怀疑——我变成现在这个样子之后觉得，精神病医院是把我们这些接受最低生活保障的患者当成他们的饭碗了。一切都是从我开始服药之后发生的，所以我只能这么想。不管什么病，只要诊断出一个病名然后开了药，患者就会一辈子在他们那儿就医。现在即使能靠药物抑制症状，但我的病这辈子都治不好了。我只能要么一直服药，要么选择死。太不甘心了。

她用仿佛挤压出来一般微弱的声音讲述着。我检索了一下行政机构的最低生活保障科介绍给她的医院名，发现是位于都内高级住宅区的一位著名的院长经营的一家著名的诊所。

自她服的药起效，她开始讲述之后，已经过去40多分钟了。因为她无法长时间说话，所以我们休息了一会儿。趁着编辑去厕所的工夫，山内女士问我："你想看看我的脸变成什么样子了吗?"

说罢，山内女士留心着周围，选了个只有我看得见的角度，揭开了她的口罩。

只有短短的3秒钟，我看见她的脸因为肌肉的松弛，呈现出一种令人难以置信的状态。具体来说，因为面部肌肉无力，她的嘴因下颚的重量而张开，整张脸被不自然地拉长了。她的这张脸，和恐怖电影里的妖怪形象一样。

我因为震惊而没能说出任何看法。她很快重新戴好了口罩，不久编辑就回来了，我们立刻恢复了原本的姿势。

然而，这样一个令人难以下笔的巨大悲剧的起点竟然又是看护行业，这使我感到愤怒。现在这个优待高龄者的超高龄社会，不仅吞噬了身为弱势群体的女性和年轻人的工资收入，还吞噬了他们的人生。

若要问美丽勤勉的山内女士和她的3个孩子与等待迎接生命

终结的高龄者孰轻孰重，我想无论是谁都会选择前者。然而，在看护行业周边采访多了，尽管像山内女士这样惨烈的悲剧并不常有，但类似的遭遇却层出不穷。

等待迎接生命终结的高龄者受到了无微不至的照顾，而现役世代的孩子们却被夺走了人生。这样的现实，究竟哪一点称得上是社会保障呢？很明显，有什么东西已然失控了。

成为看护工作者之后，看护事务所里超过过劳死标准的无偿加班被强加到了山内女士身上。必然地，她的孩子无人看管，走上歪路；她的健康因长时间劳动而受损；行政机构指定的精神病医院开的药物又导致她的精神遭到破坏，现在的她，已经被逼到只能勉强存活的状态了。

脸变成我刚才看到的那样，她确实只有戴上口罩才能外出了。终其一生，她都无法再恢复曾经的美丽了。看不到未来，只有绝望，她的状态已然超过了这些语言所能形容的极限，真正徘徊在了生死的边缘。

选择做看护工作就是一个错误

除了药物起作用的时间，山内女士甚至无法说话。她到底经历了什么，才变成现在这个样子呢？在有限的时间里，我问起了她的经历。

山内女士出生在东北，从家乡的专门学校毕业后，便上东京来找工作。20 岁时，她成了一名公司职员，在市中心区过着安稳的生活。22 岁时，她和同事结了婚。24 岁时，她为了生育辞职，之后诞下了长女。到了 25 岁，她又生下了长子。然后，就在长女

3岁，长子1岁那年，她离了婚，带着两个孩子，成了单身母亲。关于离婚的理由，她说不想提及。

我突然就成了单身母亲，离婚后基本上就和前夫断绝了关系，所以也没拿到精神赔偿和抚养费。为了抚养孩子，我只能选择夜晚的工作。所以我选了夜总会。池袋、上野、六本木，我都去干过，也赚了不少钱。孩子们就送去夜间托儿所。我尽我所能努力生活，自认为从来没有不管孩子，但现在想起来，我确实挺对不起孩子的，他们太孤独了。

山内女士那时工作的时间是晚上8点至深夜1点，每周出勤4～5天。她当时很卖座，还经常能拿到店里销售的第一名。

做陪酒的营生要想人气高并不是件易事。注重外表的修饰自不必说，还要记住和客人的所有对话，投其所好。繁华街区的夜间托儿所收费也高，每个月的花费在10万日元以上，但山内女士还是只用了两年就攒了超过1000万日元的存款。

要带着两个孩子在东京生活很不容易，我本来是想回老家的。但就在这个时候，我认识了一个男人。他是夜总会的客人，我们很谈得来，后来同居了，我还怀了孩子，我们说好了要结婚。我们在一起不久我就怀上了二女儿，但是孩子刚生下来，那个男人就拿了所有的钱失踪了。他说他经营了一家汽车零售店，还说要和我结婚，全都是谎话。

带着3个孩子，还被骗走了所有的钱。

当时，超高龄社会即将来临，于是山内女士又选择了被称为未来产业的看护工作。

然而这是一个大错误。

看护保险制度刚刚导入不久，山内女士便取得了当时颇受欢迎的家政服务2级资格，成了上门看护事务所的登录看护人员。做了一段时间之后，她被邀请成为正式员工，成了服务提供负责人，后来又成了管理者。

> 看护行业非常辛苦。要做的工作多得可怕，上班时间内根本做不完。肩上的责任越来越重，主要做的是文件和行政方面的所有工作。除了文件的准备和国家保障申请，还要核算工资和制作新事务所许可文件，基本得从早上8点工作到晚上12点。

我接触看护行业的21世纪最初的几年，正是各类事务所黑色劳动的全盛期。当时的看护行业经营者脑子里想的都是“应该如何花更少的钱让员工付出更长时间的劳动”。

一天要被迫劳动15个小时，别说照顾孩子了，就连自己的健康都无法维持。山内女士只能选择放弃对孩子的照看和管教，自从她进入看护行业，家里就只能靠还是小学生的长女照顾年幼的弟弟妹妹，家庭环境变得十分糟糕。

> 当时不是有长时间工作必须中途休息的规定吗？所以我晚上6点会休息1个小时，回家给孩子们做饭吃，然后再回去工作。看护的工作我干了5年，还得做家务，结果就只能

削减睡眠的时间。经常连续很多天只能1天睡2～3小时，最后就把身体熬坏了。

即使做到管理者，再加上如此夸张的加班，山内女士每月到手的工资也只有24万日元左右。

单身母亲如果不承受长时间劳动就无法赚够维持家庭开销的钱。然而，一旦选择了长时间劳动，她们就无法照顾孩子，于是，孩子就成了牺牲品。看护事务所让员工违法劳动，却不关心因此而破碎的员工家庭，他们不在乎这些。

因为看护业不合理劳动的影响，首先是大女儿开始不安定起来。原因是没能得到父母足够的关爱，对此我真的很愧疚。小女儿患上适应性障碍，开始不上学。恐怕很大程度上，也是由于我经常不在家的缘故。那时，我自己的精神状态也变得越来越糟，记忆中断的现象，也是从那个时候开始出现的。从那以后，一切都乱套了。

山内女士开始持续不断地头疼、眩晕，有时头疼起来，视线甚至会出现重影。最令她痛苦的就是头疼，疼起来连工作都做不下去。去医院检查，结果诊断为脑脊髓液减少症。原因是长期以来，她被迫承受长时间劳动和育儿的双重重压，劳动量超过了身体所能承受的极限。这个家唯一的经济来源——山内女士的身体，彻底熬坏了。

变成这样就不可能继续工作了，于是我从上门看护事务所辞了职。虽然我和公司说明了自己的情况，但对方似乎对此毫无兴趣，连一句道歉都没有，便冷冰冰地将我赶了出来。以我的身体状况，想做别的工作也不可能了。于是我怀着最后的一线希望去了市政厅和福利事务所，申请了最低生活保障。

为人父母，只有这件事我决不能做

山内女士接受了最低生活保障，开始在自己家里休养。已经破碎的家庭却未能得到修复。

长女选择了极端的叛逆。山内女士为了把长女拉回正道，曾多次与她发生正面冲突。但面对满身疮痍的母亲，长女却一次次嚷着“这都要怪你被男人给骗了”。次女才上小学一年级就开始拒绝上学。她从 7 岁开始害怕出门，于是没再上学了。直到现在，她 19 岁了，还是一直躲在家里。

而山内女士，则因为精神药物的副作用，状态每况愈下，已经糟糕到连日常生活都无法维持了。她所面对的现实，简直有如地狱一般。

自杀我已经想过无数次了。实际上，我也有过好几次自杀未遂的经历。但是现在想起来，我唯一能做的，就是绝对不能死。如果我逃了，恐怕二女儿要不了多久就会步我的后尘。为人父母，只有这件事我决不能做，所以我不能逃避现实和生存问题。

长女成年后便离开了家，现在在另一个县和恋人同居。她的性格已经完全沉稳了下来，偶尔还会和家里联络。

长子一直默默用功读书，借贷了全额助学金，进了都内一所中等水平的大学。现在，他依然住在家里，继续努力学习。据说，为了尽早离开家，长子找了一份深夜的兼职，正在攒钱。

然而不愿出家门的次女，仍旧没能走出负的旋涡。

> 我和二女儿的愿望，都是能够脱离最低生活保障，过上普通的生活。我要是身体健康，怎么好意思靠着别人交的税钱过活呢？所以我想脱离最低生活保障，因为我们真的很不愿意给别人添麻烦。

次女下定了决心，下个星期要开始打工了。对于在家躲了十二年的次女来说，这是相当了不起的决心。前几天，她去家附近的餐馆后厨面了试，约定先从短时间的工作开始干起。

即使是徘徊在生死边缘的山内女士，也仍然将脱离最低生活保障作为自己最大的目标。虽然以她的健康状况根本不适合出来工作，但她仍然树立了数月内“重新做回登录看护人员，开始一点一点恢复工作”的目标。她觉得自己目前尽最大努力，能保证每周 1 ～ 2 天，服药后坚持工作 3 ～ 4 小时。

虽然痛苦，虽然不现实，但她还是只能为了生存而尽力前行。

令贫困女性增殖的名为东京的疾病

日本，东京，今后到底会变成什么样子呢？

反正我觉得，我们不太可能会迎来任何的转机。

我倾听着东京的贫困女性各式各样的心声，将它们梳理成文，依次分析，发现原因几乎都来自国家的制度和法律。除此之外，就是男性的暴力和自身的精神疾病。现状是她们各自为了生存拼尽了全力，却被世间的不合理逼至绝望的境地，而周围的人们，只用一句“责任自负”就封住了她们的嘴。

国家和行政机构诱导原本肩负着日本未来的女大学生们卖身，在严重少子化的环境中，逼得竭尽全力抚养孩子的单身母亲陷入无法维持温饱的贫困。如果国家的制度和法律的修订就是造成这一切的原因，那么本书中所有女性讲述的苦难，对设计制度的统治者而言，甚至有可能是计划之中的事。

最近，无论是报纸上经常出现的“一亿总活跃社会”，还是外国劳动者的引入，都只会加剧贫富差距，使各种差异越拉越大。今后即将实行的劳动方式改革以及同工同酬制度，也不能从根本上改变现状。然而这就是我们通过选举选出来的国家统治者刻意选择的道路，所以我不得不觉得，目前的趋势恐怕再难回头了。

贫困不只意味着诸如想买的东西买不起、想吃的东西吃不起的消费活动钝化。贫困会造就贫困，苦难会跨越世代持续传递，如果逃不出来，甚至会让人看见死亡。

站在我的立场上，我实在不能理解，让国民贫困化究竟能有什么好处。现在，各个角落都弥漫着一种丝毫看不到希望的氛围。

日本社会，现在已经不再营造安全和安心，反而开始催生不安和恐惧了。

如今，女性的贫困不断加剧，就像是什么人刻意要将她们绝望、痛苦的姿态展现在众人面前，迫使人们想着“如果不想和他们一样，必须再提高点生产力”，从而更加发奋努力。

可如果一个国家必须让一部分人坠入深渊才能维持运转，那么说不定什么时候，被推落谷底的对象就会从女性变成中年男性。我自己就仿佛看到了未来的我和采访中遇到的女性重合起来，开始心生恐惧。

一旦经济上的贫穷、疾病、稀薄的人际关系、孤独、救济制度的知识不足等负面要素彼此叠加，贫困的程度就会不断加重。

尤其在房租昂贵、地域内人际关系淡薄的东京，更是容易失足跌入贫困的泥沼。

听着东京的贫困女性倾诉自己的困境，我曾经不止一次地想，难道就没有什么办法能帮她们吗？然而只要上流社会、富裕阶层和男性不理解她们的困境，任何人都无能为力。

可是，社会上“责任自负”的论调不绝于耳，所以，现状也许只会越来越糟。

在到处蔓延着不理解的现状之下，她们就算发出求救信号，也传达不到任何地方。

事到如今，就只能当它是个人的问题了。

既然在现在的社会，谁都可能失足坠落深渊，那么这些贫困女性的声音对任何人来说，都不可能毫无关系。

我们有必要倾听这些讲述困境的女性的痛苦的声音，设身处地地思考何为贫困，明白贫困的陷阱有可能就藏在我们眼前。

这些讲出自己经历的贫困女性，一定也希望自己陷入贫困的绝望经历能够让更多的人逃离贫困的陷阱。

后记
但仍要活下去

“其实寿町就在这附近，我想带中村先生过去看看。”

在本书没有记录的一次横滨的采访结束后，某位贫困女性这样对我说道。

寿町被称为日本三大贫民区之一。而这片贫民区，就在从品川乘坐东海道本线 20 分钟就能到达的东京近郊的大都市——横滨的境内。

这位女性从小在儿童养护机构长大，经历过贫困。长期生活在举目无亲的孤独和恐惧中的她奋力拼搏，抓住了一份高收入工作的机会，终于摆脱了贫困。然而，即使获得了远高于女性平均工资的收入，她还是一遍又一遍地说，自己至今仍旧无法消除对贫困的恐惧。

她已经花了 2 个小时讲述自己的痛苦经历，但看样子，想说的话还是没有说完。

我们从她家出发，朝着横滨的中心街走出一段距离后，看见了横滨体育场。路过横滨 DeNA 巨星队筒香嘉智选手的巨大广告牌，穿过一个公园之后，周围的街景渐渐发生了变化。比起刚才走过的繁华街区和整洁美观的公园，这里的垃圾和自行车明显变多了，而且不知是不是我的错觉，就连空气都变得浑浊起来。

被称作贫民区的寿町，就坐落在繁华闪耀的横滨中心地区附近，只有这一片区域散发出异样的气息。一走进巷道，只见老旧的居酒屋、小酒吧和简易旅馆紧挨着排列在道路两边，不用说也能感觉得出，这里就是寿町。

寿町里平时大白天就能看到烂醉如泥的人散布在各处。很多劳动者模样的男人大白天就喝酒，还会耍酒疯。街上还有几个坐轮椅的老人，不过他们的表情丝毫不显得沉重。寿町原本是在港湾里干活儿的日雇劳动者聚居的地方，自 20 世纪 90 年代后，港湾里的工作逐渐减少，现在这里已经变成几乎所有居民都在接受最低生活保障的福利街区。

寿町、西城、山谷被称为日本的三大贫民窟，从昭和时代起就被当作贫困的象征，也被称作“宿民街”。“宿民”这个称呼是从“民宿”演变而来，被称作“民宿”的简易旅馆住宿费是一晚 2000 日元上下，十分便宜，更高级一点的民宿据说住宿费要 3000 日元。

这里不止住宿费便宜，自动贩卖机里的饮料也只要 50 ～ 90 日元，餐饮店的拉面也只要两三百日元一碗，套餐三四百日元左右一份，总之物价便宜得离谱。

“你看那个。”

那位女性指给我的是一台出售酒类的自动贩卖机。没有年龄确认，谁都可以买来喝。

虽然地处横滨的中心地区，但寿町像是一个法外之地。

和餐饮店挨在一起的还有老年人日托服务机构和医院，生活设施自成体系，居民们不需要离开寿町就能满足生活所需。

这里的垃圾收集日比其他的区域少，行政机关只对寿町区别对待。因为这里多半没人缴纳住民税，所以服务当然就少一些。把贫困人口全都集中到一处，各方面都方便管理。

寿町的居民们可以在常住的简易旅馆里想睡到什么时候就睡到什么时候，想几点起就几点起。走上街头，遇到的都是和自己境遇相似的熟人和朋友，平日里无所事事，所以大白天就喝酒。他们会吵吵闹闹扯些无聊的闲话，然后醉倒在路边。玩一日元弹子机要是赢了钱，就随便拐进一家小酒吧。听说寿町的餐饮店里流行偷偷搞非法赌博（私人赌马）。这里的居民会一直在店里赌博，消磨时间。

接受最低生活保障的人，医疗和看护都是免费的，身边还有不少同伴。只要不背债务，就能凑合安心活到寿终正寝。

我忽然明白她为何会带我来寿町了。

她是想说，这些生活在所谓贫民窟的人们，生活环境反而比现在人数庞大的贫困女性更为优越，活得也更加幸福。

寿町的居民都在接受最低生活保障。最低生活费加上住宅补助，每月能有将近 14 万日元的收入。简易旅馆的住宿费和水电气费加起来，住一晚只要 2000 日元左右，所以每月的花销是 6 万日元。剩下的 8 万日元左右，他们可以拿来吃喝和玩一日元弹子机什么的。

然而另一边，单身非正式聘用的女性时薪只有 1000 日元左右，要所有工作日全天候地工作，才能勉强拿到稍高于最低生活保障标准的收入。东京和神奈川县的房租很贵，所以这点儿钱根本不够她们维持普通的单身生活。

于是她们只能选择长时间劳动，兼职两份工作，才能勉强维持生活。她们不仅没法像寿町居民那样玩乐，还会因为总是在工作而被孤立，交不到朋友。

> 就是这么回事。日本的制度设计就是让女性在最低生活保障水准线上工作和生活。我只是运气好逃离了泥沼，还有很多普通的女性过得还不如贫民窟的人。

由港湾劳动者聚居地发展起来的寿町颇有些历史。它一直被外界的人认为是贫困人员居住的贫民窟。因为这里的贫困显而易见，所以除了社会保障外，还很容易吸引外界的援助。商店的价格是根据最低生活保障的标准设定的，各种物品的流通价格都比一般市面上要低个三四折。

若将贫民窟居民和非正式雇用的单身女性进行比较，实际的薪金和可支配的收入，贫民窟的居民们要高出很多。把这里的单身女性换作单身母亲的话，更是云泥之别。这些居民们只要能融入贫民窟的生活，真的就没什么可担心的了。

相反，走出寿町，你会看到一般社会中随处可见严重的贫困。

我已经无数次地说过，由国家或行政机构规定薪资的自治体非正规职位和看护类的工作者，即使拼命工作，也达不到贫民窟居民的生活水准。甚至，众多看护工作者还被“有梦想，有价值”之类的口号洗脑，一边在贫民窟水准以下生活，一边还心怀感激。

我不得不认为，某些异常的现实正在一步步向前发展。

寿町是一条典型的福利街，建有非常合理的保障网。将来，各类差距进一步扩大，像这样的街区，有可能会扩大到一个市区或者一个城市。

来这个也许预示着日本未来的街区里转了一圈后，那位女士便回自己家去了。

* * *

在本书出版之前，我试着向几个采访过的贫困女性发了邮件，询问她们“现状如何”。

在第 6 章“孩子的未来正在消失”中登场，毕业于东京大学研究生院，如今却几近卧床不起的井川女士给我回了一封邮件。

> 回想起来，我经历了很多不幸，仿佛遭遇了雪崩，又仿佛被海啸的巨浪吞噬，给您的回信不知不觉就写了很长。虽然我现在的体力只能勉强支撑我活着，但只要活着，就总能迎来更多更好的日子。

她的回信自这一段开场白起，真的写了很长很长。采访的时候，她的身体一度忽然发起抖来，可见她当时的状态确实非常勉强。她向我讲述了她惨烈的贫困生活，提出了“有残障的父母也想养育孩子”的诉求。

> “接受单身父母的支援，就必须停止申领残障年金”，“要申领残障年金，就会被排除在单身父母支援的名单之外”，这

样的政策是不合理的，它会造成极端的贫困。我当初就是为了申明这一点，才和您联系希望接受采访的。

报道发表的时候，我正在住院接受第一次试验治疗。留言栏里的恶评之多令我震惊。只有很少一部分读者能够读完报道就立刻意识到事情的严重性。而且，身体有残障还一个人抚养孩子的母亲毕竟是少数，所以在我生活的街区，人们很快就意识到接受采访的人是我了。

类似情况的出现率低到10万人里可能只有1人左右，但我借此机会也开始和这些当事人有了接触。去年，其中一位患有抑郁症的单身母亲不顾身体承受能力强行增加工作，导致病情恶化，选择了跳楼自杀；而本周，又有一位奋力坚持了5年的单身母亲留下了尚未完全懂事的儿子，撒手人寰。

（中略）

我已经多次被人建议接受最低生活保障了。但现在的最低生活保障制度仅仅只能维持生存，完全不适合需要教育经费的家庭（对不喜欢学习，只想高中毕业就赶紧工作的孩子来说倒是比较适合）。我的孩子就读于都立高中，2年前，学校老师就建议我们，考大学的费用（包含第一年度的入学金）至少要准备150万日元。这还是一毕业就直接考入国公立大学的最低金额。

申请最低生活保障和考生支援借款（实质上支付）[①]的话，高3这年可以拿到20万的补习班费和8万的报名考试费援助。虽然这笔钱很管用，但这种支援却近乎是一种伪善。一旦接受最低生活保障，那么医学部医学科就只能是镜花水月。要想能直接从家里上学，就只能考东大或者东京医科齿科大学，但这两所学校的医学科，我几乎就没听说招过初高中连读学校以外的毕业生。就算是这种学校里拔尖的学生，也很少有能应届直接考上的。要想应届直接考上，只能选地方上的大学，但这样的大学也很难考。我们为了尽量降低风险，查询了很多信息，但光报考的费用就不会低于50万日元。我感觉，这就是制度在制造阶级差距。

从经济上看，我们家今后的状况之艰难，简直难以想象。

残障年金中儿童抚育的份（年金额22万多日元）将会停发，但支出还会增加。学生打工的收入也今非昔比了。我听说，现在的大学生学习和社会实践很忙，升上高年级开始学专业课程之后就没法打工了。而且收入最可靠的补习班讲师和家庭教师的工作也越来越难找，单价也降低了（家庭教师现在的时薪一般是3000日元左右。我上学的时候是在5000日元以上选择，当时真的帮了我很大的忙）。我很想多给孩子些生活费，所以如果不想办法增加收入，那我就很可能无法

① 考生支援借款：是东京都社会福利保健局所提供的一项针对贫困考生的支援服务。就读初三或高三的贫困家庭学生如果符合条件就能申请。东京都社会福利保健局会先借出一定金额给申请者用于支付初三或高三一年的补习班费用和报名考试的费用，考生如果成功考上志愿学校就可以免还款。

在维持自己生存的情况下多拿出1分钱。

小儿子曾抱怨说“完全看不到将来”，他既没有丰富的社会经验又没钱，选择真的很有限。我一直希望我们的社会能让这样的孩子也可以尽情地描绘自己的未来。

井川女士的两个孩子的成长环境是如此艰难，但他们仍然如此优秀，并且尽全力准备着国立大学医学部的入学考试。

而井川女士自己，则因国家对残障人士的排挤感到愤怒。要想改变社会，只有靠当事人提出抗议从而促进修改法律。所以，她强撑着徘徊于生死边缘的虚弱身体撰写论文，向出版社投稿，企图说服国家和政府，行动力之强，实在令人叹服。

像我这样天天做着令人看不到未来的采访，一边与女性的痛苦境遇产生共鸣，一边绝望地想着“算了，活到哪天算哪天吧”的人，真的应该向她学习。

* * *

在第6章出场，住在违法搭建的屋顶阁楼里，就连最低工资标准的兼职面试也无法通过，用丧失了情感的呆滞表情讲述着自己苦难遭遇的高级官僚的前妻植草女士也给我回了信。我当时虽然犹豫，但还是和她建议说“附近的看护机构也许会录用你”。那之后过了几天，她真的去参加了面试，并且成了一名看护工作者。

从结论上讲，在接受了您的采访之后，我顺利地做了1

年半的看护工作，但因工作强度过大，我的身体垮了，现在的状况比以前更糟糕了。

现在，我还住在那个屋顶阁楼里，但房主说希望我搬出去，所以到了3月份，我就不得不搬出去了。

唯一值得欣慰的事情是，儿子因为读了网上的报道和我取得了联系。不过听说他去年刚刚奉子成婚，生了孩子，现在光是经营自己的生活就很吃力了。

至于女儿，前年我前夫升任了外务省的干部回国了，他是带着现任的妻子和3岁的孩子一块儿回来的，新的家庭关系、工作单位的人际关系以及婆媳关系让女儿备感焦虑，她患上了酒精依存症并且自杀未遂，现在因为精神疾病正在住院。

把这些事儿写成文字看着好像挺悲惨的，但事实上我现在已经想通了，反正已经这副样子了，再落魄也不过如此了。

人生是痛苦的。

但仍要活下去。

搬出了不需要付租金的屋顶阁楼，她又该何去何从呢？也许再找一个提供住宿的工作，也许接受最低生活保障。我虽然有些担心她今后应该怎么办，但见她在信的最后不失乐观地写道“但仍要活下去”，我便没有再追问她了。

* * *

又过了一段时间，合作的女编辑联络我说，“菅野舞女士回信了”。菅野女士是在第1章“想为人生画上句号”中登场，在儿童养护机构长大，在自己身上打了很多眼，靠着做风俗小姐和征集干爹供自己读中等私立大学的女大学生。

高部小姐（女性编辑），久疏问候。

如果可以，请代我转告中村先生，此前承蒙他照顾了，我非常感谢他。

接受了你们的采访，让我的内心起了一些变化，今年春天，我就能从大学顺利毕业了。今后我也会进入媒体公司工作，成为一名编辑。

以后，如果遇到什么困难，我说不定会找身为编辑前辈的高部小姐商量，也说不准，我们以后还能有机会见面呢！

届时，还望您多多关照，多多指教。

看样子，菅野女士今年春天会进入一家媒体，成为专职编辑。

我能想象她做采访和编写稿件的样子，她写的文章一定很漂亮。

要成为向读者传达信息的编辑或撰稿人，有过一些特别的经历是非常有利的。儿童养护机构，自残，互相依赖症[①]，卖身等惨痛的经历都会对她的职业生涯有所帮助。看来，她选择了一份很合适的工作。

* * *

这本书原计划是将我在东洋经济在线上以《东京贫困女子》为题写的连载结集成书，但写完后我才发现，其实除了贫困女性们的发言，其他的内容我几乎都重写了。

这 3 年里和我一起采访，并在本书中登场的女性编辑，东洋经济在线编辑部的高部之子女士，实在是一位优秀的编辑。当初接到她的电话时，我完全没想到，她竟能像这样走到贫困女性的身边去展开这个连载。我想，她应该并没有刻意策划，所以是一个天才型的编辑。我一般不会在后记里对编辑表示感谢，但这一次，我想专门感谢她。

另外，我还要感谢所有接受采访的女性。谢谢你们。我衷心地希望，你们之中能有更多的人走出现在的困境，过上安稳的生活。

2019 年 2 月

中村淳彦

---

① 互相依赖症：又称“互累症”或“拖累症”，是指人与人之间有过度互相依赖的情形，造成生活上、情感上不易分割。